JN284604

日下　力
田中尚子 編
羽原　彩

前田家本　承久記

汲古書院

目次

目次

論文

凡例

本文凡例

一、本書は財団法人前田育徳会尊経閣文庫蔵『承久記』の影印ならびに翻刻である。

一、漢字は原則として通行字体に改めた。底本で用いられている旧字・異体字は、代表的なものを後に一括して掲げた。

一、丁数、表裏については、本文中に（1オ）、（1ウ）のように示した。改行は示さなかった。

一、句読点や「　」は加えず、濁点については原則としては底本の通りとした。ただし、一部濁点の位置を訂正したところがある。該当箇所については頭注にてその旨を記した。

一、底本の用字（漢字・平仮名・片仮名）の別は尊重した。

一、底本には小字（主に送り仮名）が混交する。底本通りの翻刻を心がけたが、文字の大小の区別が曖昧な箇所は、私意によって判定した。

一、振り仮名は底本の通りとし、明らかに間違っているものもそのままとした。尚、振り仮名と本文内の小字との見極めが困難な箇所がある。これらも私意によって判定した。

一、ミセケチ・補入が見られる箇所については、訂正後の本文を記し、ミセケチ・補入の状態がわかるように頭注に記した。尚、摺り消しがなされた箇所もあるが、それについては一々断らなかった。

一、本文中の和歌については二字下げとし、一行で記した。

一、本文中の文書についても二字下げとした。

一、空格箇所にはその相当字数分を□で示した。

一、反復記号は、漢字は「々」、平仮名は「ゝ」、片仮名は「ヽ」に統一した。「〳〵」は底本のままとした。

一、漢句等に付くハイフンや朱引は翻刻には反映させなかった。

対校凡例

一、対校には次の伝本を用い、それぞれ以下の略号をもって示した。

東―東京大学附属図書館蔵本（G24　588）。

天―天理大学附属天理図書館蔵本（２１０４　イ２７　１／２１０４　イ２７　２）。

一、漢字の宛て方、漢字と仮名の違いといった用字の問題、音便の変化による相違、送り仮名・連体格の「ノ」・振り仮名の有無等は、原則として取り上げなかった。ただし、文意にかかわる異同に関しては取り上げた。

一、ミセケチや補入箇所は、原則として訂正後の字句をもって校合した。

本翻刻と校異は以下、神戸和（早稲田大学大学院修士課程修了）、北川陽二郎（山脇学園中学校・高等学校非常勤講師）、定方美恵子（学習院大学大学院博士後期課程）、重政誠（学習院大学大学院博士後期課程）、スピアーズ・スコット（早稲田大学大学院博士後期課程）、高津希和子（早稲田大学大学院修士課程）、田口寛（早稲田大学大学院博士後期課程）、田中尚子（日本学術振興会特別研究員）、中久木美穂（和洋九段女子中学校・高等学校教諭）、羽原彩（横浜国立大学非常勤講師）、村田陽子（早稲田大学大学院修士課程）、吉井和義（早稲田大学大学院修士課程修了）、和田琢磨（早稲田大学助手）の共同作業によって行った。

旧字・異体字一覧

圍→囲　吴→異　力丨→引　亂→亂　隱→隠　衞→衛

渕→淵　㫊→於　應→応　徃→往　㤙→恩　假→仮

哥→歌　卧→臥　會→会　恠→怪　閞→開　繪→絵

害・害→害　墎→郭　舘→館　關→関　冝→宜　氣→気

寄→寄　龜→亀　﨑→崎　綺→綺　騎→騎　𠮷→吉

况→況　脇→脇　槗→橋　極→極　亰→京　經・経→経

愁→愁　具→具　輕→軽　頸→頸　藝→芸　結→結

縣→県　兼→兼　劒→剣　絹→絹　廣→広　罡・罡→岡

綱→綱　國→国　座→座　冣→最　雜→雑　參・叅・叅→参

尒・尓→爾　暫→暫　旨→旨　指→指　尼→尼　叓→事

时→時　夀→寿　秌→秋　澁→渋　宿→宿　所・所→所

處・處→処　升→升　召→召　招→招　承→承　證→証

塲→場　讓→譲　觸→触　軄→職　盡→尽　圖→図

雖→雖　数→数　聲→声　盛→盛　聟→婿　舩→船

迁→遷　禪→禅　蘓・蘓→蘇　爭→争　曽→曾　総→総

騷↓騒　續↓続　揁↓損　柰↓奈　躰↓体　對↓対

才↓第　澤↓沢　致↓致　耻↓恥　廳・廰↓庁　輙↓輒

珎・珎↓珍　敵↓敵　傳↓伝　當↓当　黨↓党　嶋↓島

迯↓逃　朩↓等　荅↓答　从↓頭　德↓徳　拜↓拝

發・發↓発　拔↓抜　罸↓罰　判↓判　畨↓番　羙↓美

濵↓浜　屓・貟↓負　冨↓富　了↓部　拂↓払　佛↓仏

邊・邉↓辺　寶↓宝　夘↓卯　夲↓本　广↓磨　宻↓密

冥↓冥　埜・𡌛↓野　餘↓余　欤↓歟　葉↓葉　樣・樣↓様

畄↓留　龍↓竜　良↓郎　粮↓糧　泪・淚↓涙　鐮↓鎌

簾↓簾　溸↓溯　篭↓籠　并↓幷　弥↓彌　早↓畢

書誌

整理番号：458－1（2）手

外　題：「承久記上　共二」／「承久記下　共二」（後筆、表紙左上に直書き）

内　題：「承久記上」／「承久記下」（墨付1オ、巻首題）

形　態：二巻二冊

保存状態：良（但し下巻に虫損あり）。

書写年代：江戸中後期。

装　丁：原装、袋綴じ。

料　紙：楮紙。

表　紙：原表紙。楮紙厚紙、水浅葱色、無模様。

寸　法：縦二十六・四センチ。横十九・五センチ。

一面行数：九行。

字　高：約二十一・五センチ。

丁　数：遊紙、首尾各一丁。墨付四十九丁／遊紙、首尾各一丁。墨付五十三丁。尚、影印では見返しと遊紙表、裏
見返しと遊紙裏は省略した。

書　入：墨（付訓・異本注記等）、朱（朱引・朱点等）。振り仮名と本文の同筆・別筆は判じ難い。

奥書・識語等：なし。

伝来・旧蔵：金澤學校旧蔵。

蔵書印：「金澤學校」（前遊紙ウ右上、長方形陽刻朱印、縦六・二センチ×横二・五センチ）・「前田氏／尊經閣／圖書記」（墨付1オ右上、正方形陽刻朱印、縦四・六センチ×横四・六センチ）／下巻同。

貼紙：上巻表紙右上「普通ノ承久記ト異ナリ貴重ス可キモノ」・同右下「共二冊　珍書」・表紙ウラ右上「三ノ一九」／下巻表紙右下「共二冊　珍書」・表紙ウラ右上「三ノ一九」。

影印

普通ノ承久記ト異ナリ貴重ス可キモノ
記上
共二
共二冊
珍書

金澤學校

承久記上

人皇《にんわう》八十二代《だい》の御門とハ隠岐法皇とも申し
後鳥羽院とも申ける高倉院《たかくらゐん》の第四《だいし》の皇子
御母七条院の御孫《まご》なり寿永《じゆえい》二年八月廿日御とし
四歳にて御即位《ごそくい》御在位《ございい》十五年の間藝能《げいのう》二を
学《まな》ひましまして建久《けんきう》九年正月十一日御位《くらゐ》をおり
させ給ひて第《だい》一の皇子に譲《ゆづ》り給ふ土御門院
あらこをしら以来《このかた》あやしの民に御肩をならべ
いやしき下女《げぢよ》紙をつけ給ふ此事しあり賢王

聖主《せいしゆ》の道《みち》をしれ学《まなび》ありけり文弓取《ゆみとり》にも
兵《つはもの》をも召《めし》つかひやと数居とめくし武勇の
者《もの》ともを召あつめて一つハ国々しらすゝ参仕
院《とし》の御所に北面《ほくめん》と云《いふ》ものをりしめくそ給へ侍《さふらひ》と
玉体《ぎよくたい》近くさせ給ふ事もありき此外
しら西面《さいめん》と云《いふ》事をも始められけるに水練《すいれん》
至《いたる》まで剣術《けんじゆつ》をきこしめしてそ弓取《ゆみとり》くよろ
らん勇士《ゆうし》十人すいくせしも関東《くわんとう》へ作けるは
常陸《ひたち》筑後小六郎遠江承津郎一家《け》に天野《あまの》次

郎左衛門尉時連《ときつら》を始として六人を進《まいら》せらる相《す》
撲の上手《じやうず》年月進上《しんじやう》せられし侍しかバことに此輩
鬼武平次犬嶽《いぬたけ》小太郎家光二人参《まいり》と鬼武《おにたけ》とぞ
秘蔵して冠者《くわんじや》ましめ犬嶽《いぬたけ》小太郎と進《まいら》せられし
くらゐにつく十三年を経《へ》て承元《じやうげん》四年四月廿一日
一の御子御位《くらゐ》を下《おろ》したてまつり第二の御子を御位《くらゐ》
ま立《たて》まいらせ給ふ順徳院《しゆとくゐん》是なり当腹《たうふく》御
寵愛《てうあい》によつて也在位十一年を経《へ》て承久三年四
月廿日又御位《くらゐ》を下《おろ》したてまつりて新院の御子に譲《ゆづ》り

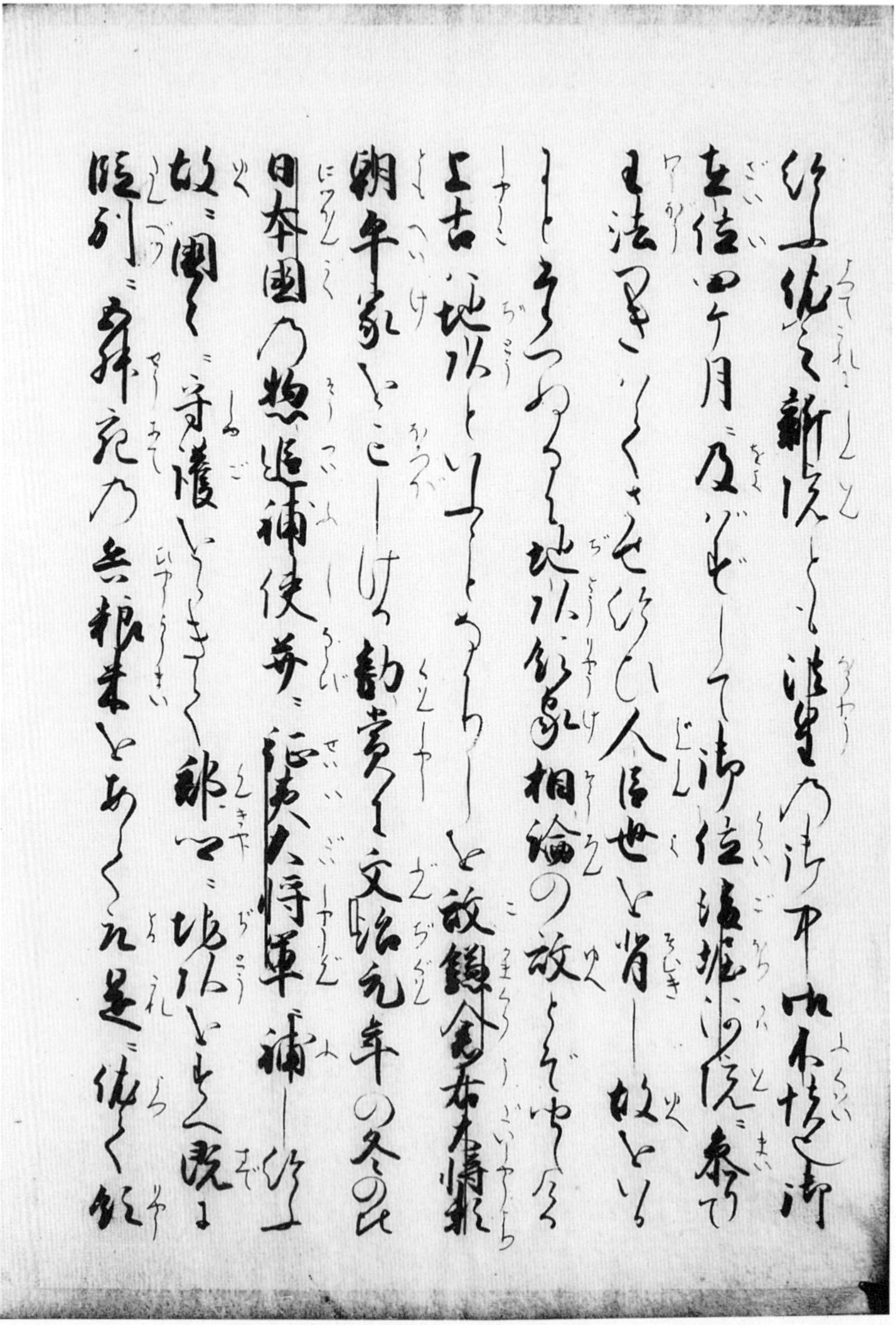

御子継体新院と申し佐渡の御中
在位《ざいい》四ケ月に及ばずして御位は後堀河《ごほりかは》院に参りて
王法《わうぼう》つきさせ給ひ人臣《じしん》世を背し故とぞ
ことさらめでたき地頭領家相論《ぢとうりやうけさうろん》の故《ゆへ》とぞ聞く
上古《しやうこ》は地頭《ぢとう》といふ事なかりしを故鎌倉右大将
朝平家《へいけ》をほろぼしける勲賞《くんしやう》に文治《ぶんぢ》元年の冬の比
日本国《にほんこく》の惣追捕使《そうついふし》并に征夷大将軍《せいいたいしやうぐん》に補し給ひ
故に国々に守護《しゆご》をおきて郡々に地頭《ぢとう》を居ゑ
臨時別に段別の兵粮米《ひやうらうまい》をあてられ是に依て給

家《け》は地頭《ぢとう》をそねみ地頭《ぢとう》は領家《りやうけ》を軽《かろ》しめ朝敵《てうてき》は
伊豆国《いづのくに》流人《るにん》たりしか平家《へいけ》追討《ついたう》せしと云院宣《ゐんぜん》
と号《かう》して治承《ぢしやう》四年の秋の比義兵《ぎへい》を起《おこ》して六ヶ
年の間天下安《やす》からずして元暦《げんりやく》二年春夏の比平家《へいけ》を
滅《ほろぼ》しつくし静謐《せいひつ》して十三年世を取事十九年
あら共年より正治《しやうぢ》元年正月十三日に薨《こう》し給ぬ
嫡子左衛門督頼家二代の将軍として世を継《つぎ》
されとも いつとなく不調のふるまひしけれは
弥々悪をも放逸にして人望《じんばう》をも背《そむ》く故に纔五年

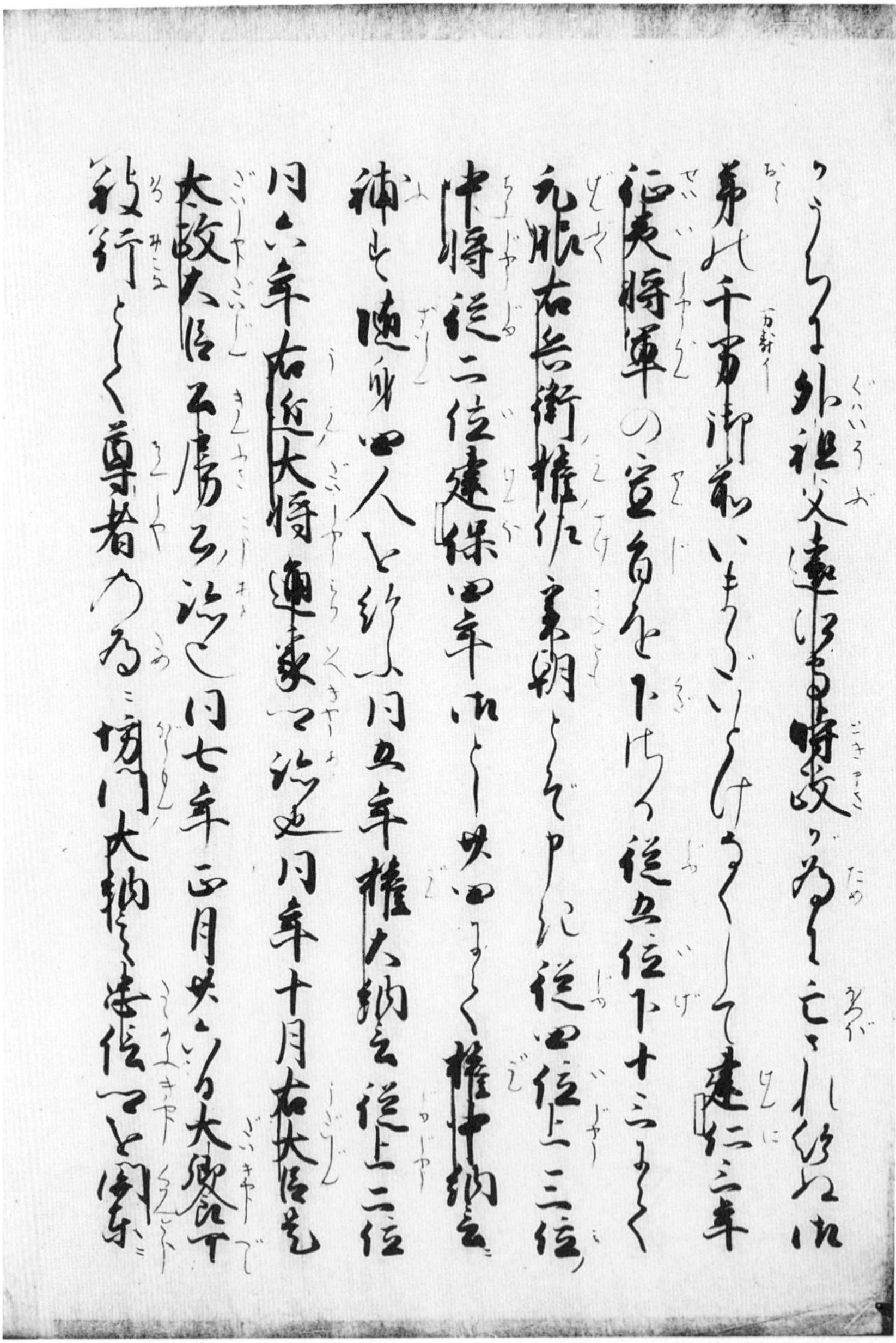

のうちに外祖父《ぐはいそふ》遠江守時政《ときまさ》が為《ため》に亡《ほろぼ》され給ひぬ。弟《おとゝ》は千万御前、いまだいとけなくして建仁《けんにん》三年征夷将軍《せいいしやうぐん》の宣旨《せんじ》を下され従五位下《じゆごゐげ》十二にて元服、右兵衛権佐実朝とぞ申し、従四位上《じゆしゐじやう》、三位中将《ちうじやう》、従二位《じゆにゐ》、建保《けんぽう》四年には廿四にて権中納言、補を随身《ずいじん》四人を給ふ。同五年権大納言、従上二位、同六年右近大将《うこんのだいしやう》遍家て給ひ、同年十月右大臣《うだいじん》、太政大臣[illegible]、同七年正月廿七日大饗《だいきやう》に被行として尊者のために坊門大納言忠信を関東に

招請《てうじやう》すべきよし一定聞えありける此事、公家《くげ》僉《けん》
議《ぎ》ありける按《あん》察《ぜち》中納言光親《みつちか》卿《きやう》申けるは、かゝる格例《きやくれい》を
往代《わうだい》に尋ルに及ぶぞ。実朝《さねとも》ハ親父《しんぶ》頼朝《よりとも》右大将《うだいしやう》拝任《はいにん》
ハ、即上洛《しやうらく》とげ格式《くしき》のごとし。何ぞ実朝《さねとも》自由《じゆう》に
まかせ関東《くわんとう》にありける事、結句《けつく》卿相《けいしやう》を都鄙《とひ》の
増《さうい》に下《くだ》して拝賀《はいが》をとげしや。百官《ひやくくわん》を土《ど》庭《てい》に
並《さう》めしまつく以来《このかた》、いまだかく例《れい》を聞ずと申
さまさけれバ、時の摂政《せつしやう》後京極《ごきやうごく》殿《との》ましくましく
かゝる仰しもかゝるハ、光親卿《みつちかきやう》の意見《いけん》をくこそ猥

あまり仕なきまゝに末朝《すゑとも》か申まゝに位縁あく
べしとて旧儀《きうぎ》をも乱り格式《きやくしき》を違《ゐ》せハ官職《くわんしよく》ハ
私《わたくし》にあてゝ非慮も御ゆるしと位をけれハ
同正月廿七日忠信《ただのぶ》ヲ右衛門督《こ》実氏《さねうぢ》ヲ宰相中将国《ふ》
イ本ニ正月廿四日忠信ヲ鎌倉下着
通池《いけ》三位光盛《みつもり》刑部卿宗《むね》長《なが》殿上人十人一条大夫花
山院侍従能氏《よしうぢ》一条少将良継《つぎ》右衛門督範経《つね》伯耆
前司《ぜんじ》師孝《よろたつ》伊予少将実雅《まさ》因幡《きさ》少将隆経《たつね》右馬権《ごん》頭《こ》
頼茂《よりもち》文章《もんじやう》博士《はかせ》仲章《なかあきら》権亮《ごんのすけ》三位中将信能《のぶよし》ノ随身《ずいじん》
八人秦公氏《きんうぢ》同兼村《むら》播磨貞文《さだぶん》長門親任《ちかたふ》下野敦《たつ》

光 同篤氏《あつうぢ》 前駈廿人 午五當時盛《ときもり》 藤左衛門尉
顕作藏人大夫 行国《ゆきくに》 相模権守 経定《つねさだ》 丹後藏人 季国《すゑくに》
以右馬助 行光《ゆきみつ》 伯耆前司 通時《みちとき》 長井右衛門大夫 親《ちか》
廣《ひろ》 相模守 時房《ときふさ》 足利《あしかゞ》 武蔵前司 義氏 駿河介
越後藏人大夫 重継《しげつぐ》 以藏人大夫 有俊《ありとし》 中將右馬
助 宗康《むねやす》 武蔵守 時廣《ときひろ》 筑後前司 有時《ありとき》 右京権大夫
泰時 修理大夫 惟茂《これしげ》 随兵《ずいひやう》十人 武田五郎信光《のぶみつ》 加賀
美次郎 右衛門尉 定長《さだなが》 長江八郎 師景《もろかげ》 三浦小太郎
兵衛 朝村《ともむら》 調度懸《てうどかけ》には 大夫判官《はうぐわん》 元定《もとさだ》 隠岐次郎左衛

中元行《もとゆき》之同廿七日若宮《わかみや》にて御拝賀《はいが》ありし所に
御装束《しやうぞく》の下にめさるべしとて大膳大夫廣元《ひろもと》
唐錦威《からにしきおどし》の御腹巻《はらまき》一領《りやう》したゝめて進《まゐら》する文章《もんじやう》
博士上古なれどもちかくやめすゝ鉄にしかさて
おらぐやとはほこるしに秉燭《へいしよく》すると
おほしく戌《いぬ》時《こく》若宮《わかみや》へ参《まゐ》り給ふ御車《くるま》より下《おり》
させ給ふ時にしもせの輌車の手輿《てごし》へらせく
ともしとつくと給ひつく引つましせ給ひし悪人あるまじと
見えさりしに文章《もじやう》博士くらしく作りしとく

本を結《ゆひ》て遣《きて》せたりし劉阮《りうくゑん》と云人遥《はると》く遠
ともり車《くるま》のよこさまに折《おれ》たりけるを驚《おどろ》きて
て二たび帰らじとちぎる後車《こうしや》の誡《いましめ》をしり
ながら、いさゝか半さしたる文章《もんしやう》博士《はかせ》一業《ごう》所感《しよかん》
のあまりにや、とかく左近衛の御錦《てい》
賀《が》の御黒《くろ》ほ大《いぬ》の御前《ぜん》にてもの事あらたに
いはくしらとゝもに女房《にようばう》の中の下馬《げば》の橋《り》遠《かう》
しらうを絹《きぬ》きてありけるが二三人ならびて走《り》りより
とてみし、いつくしき薄絹《うすきぬ》うちのきかて

このたちをぬくとてくし五條殿《ごじよう》を切《きつ》てよく
まつ一の太刀を筋《すぢ》よく合させ給ふ次《つぎ》の太刀
をば切刃《きつさや》しをさせ給ひ忽廣元《ひろもと》やとぞ仰られ
ける次の太刀に文章博士《もんじやうはかせ》きこしめし次ノ太刀に銘書
をせし明教《あきのり》とこそおもはれて次の日花をもよく
一同にあしからでおもしろきかな佐々木の公卿殿上人《くぎやうてんじやう》
いさゝく道法はての他兵下くのしらゝ東西周章《とうざいあわてう》
して走《はし》り南北《なんぼく》馳《はせ》ちらすそれを億千《おくせん》の雷《らい》と
集《あつ》めたるらし君《わう》の別當《べつたう》太子寺と

しゐくまそのしりへくくちりへく間三浦平九
左衛門[illegible]《けさまろ》しく彼坊《そのぢうぢ》中ハ候ひつゝひて逐電《ちくてん》しく
みちしば立合者《たちあふもの》ハおほしとしれしたるつふハ多く
つしめとしく此別當《へつたう》と申ハ故《こ》左衛門督頼家《よりいへ》
御子息《しそく》御年四歳《さい》にして父《ち》にをくれ給しを位《い》
殿はぐゝみ奉《たてまつ》り若宮《わかみや》の別當《べつたう》になし奉《たてまつ》り給ふ
今年十九にならせ給ひける此両三年[illegible]
中にくしけ物として女の情《なさけ》しりて人あまた見合
事もし極《きはめ》てく兄《けう》しくやさしくしてありしハ

ふみてもはいへども人見けれども実《げ》ぞ今ぞ
此人の志ありまさと思合《おもひあせ》けれこそたは職《しよく》にく人
とおもひつゝめぐれども禅師《ぜじ》殿ましくはうたらを
里人の推《すい》して申けるは牟木右衛門が子息童《しそくわらや》
の児《ちご》ましくるけれはうまとそのらく山越《やまごし》にた
りしかりしにた呂《ゆさ》はあそきら山のよしかきば
ゆ落《おち》く小屋《こや》のあまたおちらりけると里《さと》の者《もの》
盗人《ぬすびと》とくおころしてくら終夜《よもすがら》犬集《いぬあつまる》くりて
くるしけれはこそ狼《らう》ともみておそれてぞ禅師《ぜんじ》の

くたしすんと推しくらへて殿上人もふる
く帰とう/\駿河國うち海の原もて瑞籬
とつゝ゛く行々を八庶民路美民（くぎていゑぢや）
きじ
妻の原人よわれぬもさるこゝちして
こゝち妣世中いふらうなくて
ーするつたよらいる　鎌倉殿もて誰か
ーときをいつて鎌倉殿の誠閑寺灯
あらむを鎌倉殿の御身に誹やくて人
是もそれに無民うと鍾金殿もゝ立ぬらむ

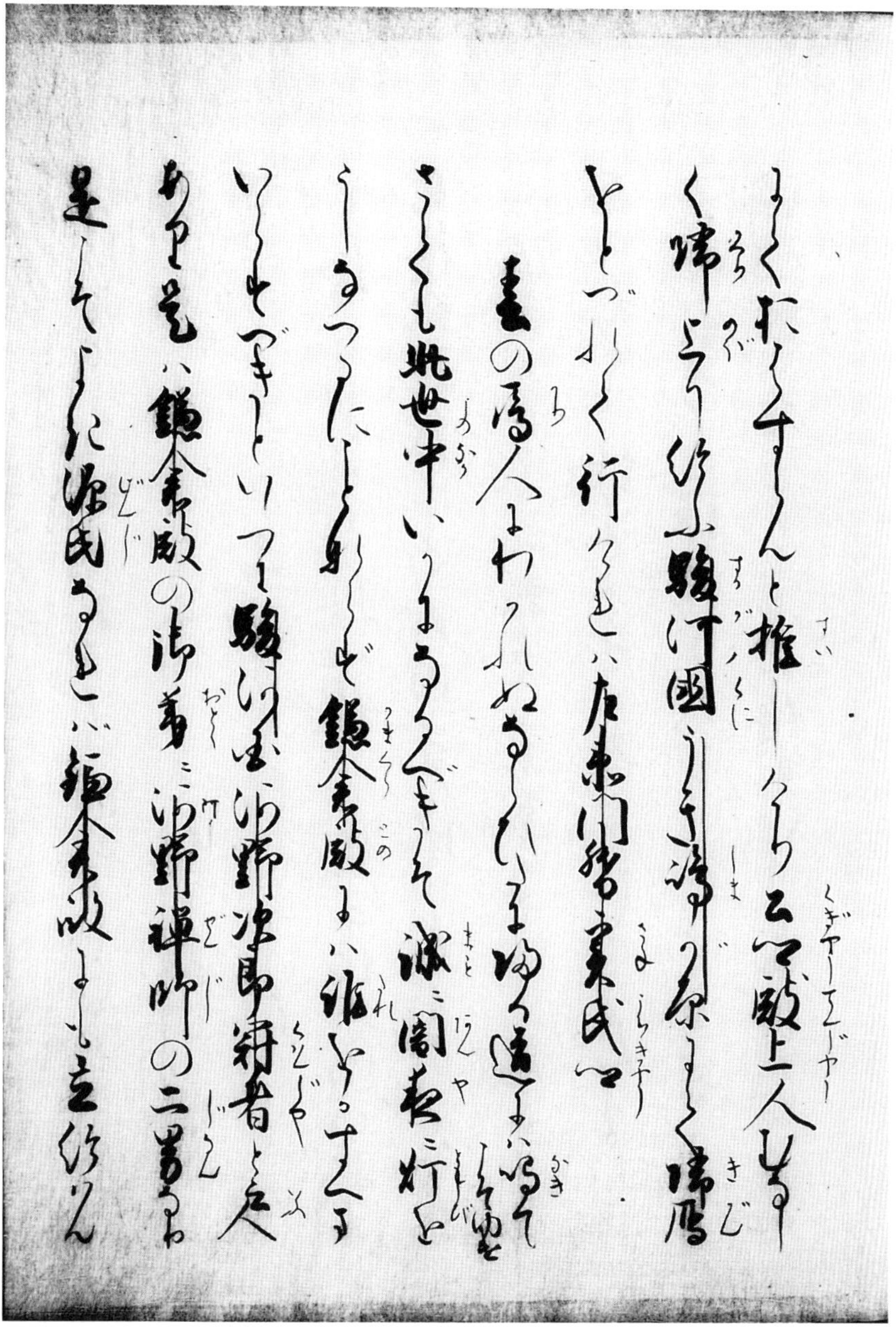

ばんどう侍《さぶらひ》共わかうへ随《したが》へしときこえしかバ
鎌倉《かまくら》しらうるぐしとて伊豆駿河の勢《せい》を以《もち》て
せめらるべしさバ三ぢしく防《ふせ》くへしといけれども
并勢《せい》なるをばうらしれぬ都《みやこ》には源《げん》三位入道の孫《まご》右
馬權頭頼茂とて大内《おほうち》守護《しゆご》にてありけるを是
も源氏《げんじ》なるらんへ頼光《らいくわう》が末葉《ばつえう》なるまでと思召《おぼしめ》て西《さい》
之
西の者《もの》共に仰《おほせ》くさせく咎《ごが》なるにとうたくしゐく
しそ氣《あれ》なる陣《ぢん》に火をかけく自害《じがい》しける
温明殿《うんめいでん》に付《つい》てから内侍所《ないしどころ》いくぐ焼《ぜう》しひらんも

壊いとももして関東とこけんと思召けりとあふ
此京童と集めてそ終くきちらやきちうよ
もく物と終ろとりけまい新きをにすらむと
ききちうとももとぞやけるもハ義が打仏と
玄文学のりくぜし又幸号と義久と付けるもふ深
ちみ里をとち郡如炭く終く義が立見と
一竹よ三条白川よ寺とて三最勝四天寺と名
付く四天王と安置一障子二侍ふと録でささ
ふ束洞うれ終めときくしそて紕に此寺と

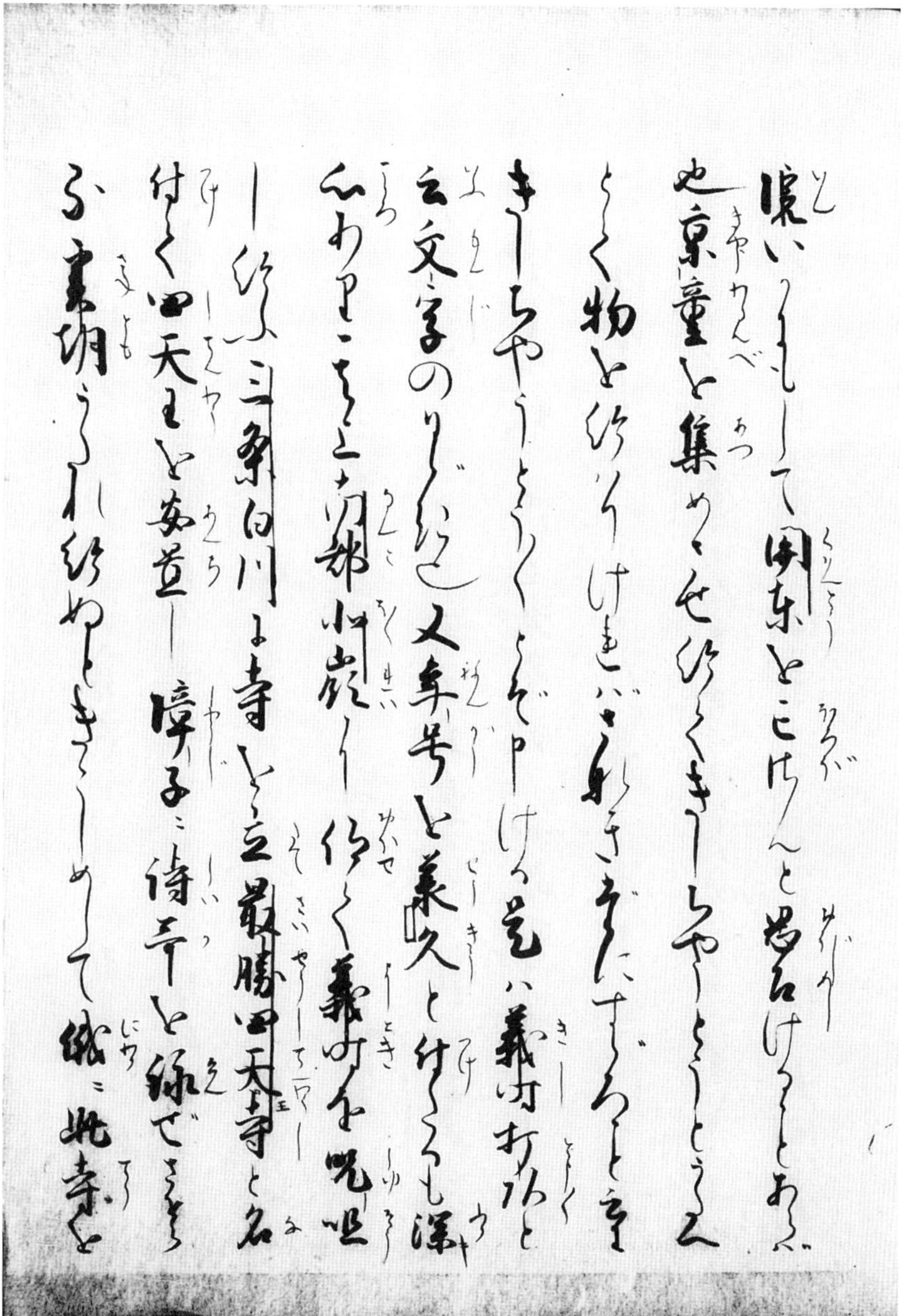

こぞされけり調伏《てうぶく》の法成就《じやうじゆ》すれば破却《はきやく》する故《ゆへ》也
外戚ノ宮《みや》と鎌倉へすへまいらせんとおぼしめさる
京田舎《ゐなか》に二人の聖主《せいしゆ》あるべからずとて止《やう》給ひければ
九条殿の三男《なん》二歳《さい》になり給ひつるを将軍《しやうぐん》に定《さだめ》
させ給ひけり是ハ右大将頼朝《よりとも》の御妹《いもうと》聟一條《でう》
二位《ゐ》入道殿の御女《むすめ》九条殿の北政所《きたのまんどころ》にてましませバ
これゆかりあるべしとて義時《よしとき》申下しけるぞ
さて／＼承久《せうきう》元《ぐわん》年六月廿五日京をたゝせ
給ふ七月十九日関東《くわんとう》へ下着《げちやく》忽ニ槐門《くわいもん》大閤の息と

出て軍《ぐん》監丞相の権としきりに作右兼
右京権大夫平義時ハ上野守直方が五代の
末葉北条時政《ときまさ》が嫡子二位殿の御弟《おとゝ》実朝《さねとも》の御
伯父《をぢ》なれば権威《けんい》重《おも》くして国郡《こくぐん》に仰《あふ》がれ心《こゝろ》如く
して王位《わうい》を軽《かろ》しくさせで爰《こゝ》に信濃国住人仁科次
郎盛朝《もりとも》と云者《もの》あり十四五になる子二人持たり
容貌よろしく元服《げんぷく》しさせて折節《をりふし》熊野《くまの》
参詣《さんけい》の道すがら来りあひしやさしく見参《げんざん》に入たる
うつくしくと申上《あげ》けれハ則《すなはち》西面《さいめん》に参《まゐ》らせよと仰

さればくらくもじとみし父盛遠《もりとを》にもまさる義時《よしとき》
傳聞《てんきい》く関東《くわんとう》御恩《ごおん》のともがら義時《よしとき》に東西《とうざい》へと経《へ》ずして
左右《さう》なく京家《け》なんどの条、甚以《はなはだもつて》奇怪《きくわい》なるべく
盛遠《もりとを》が所領《しよりやう》五百余町《よちやう》没収《もつしゆ》し手盛遠《もりとを》にこのよしを
院《ゐん》へ申けれバ下返付《へきゑして》らし義時《よしとき》に院宣《ゐんぜん》を下ける
御請《け》文にハ下返よしと申ながら即地頭《ぢとう》とす
らもとへわり院《ゐん》奇怪《きくわい》なりと御気色《けしき》斜《なのめ》ならざりけれバ
院《ゐん》白拍子《しらびやうし》御寵愛《ごてうあい》之女
又ハ比京に亀菊《かめきく》と云白拍子あり院《ゐん》御志《こころざし》浅《あさう》

して長江倉橋《くらはし》庄と云所を給りける両所《ふところ》
ハ関東《くゑとう》の地頭《ぢとう》わうくとも、もちゐずハ、てこころもと散々《さく》に
しける間、院《と》ゟ所《ろく》やけれどもハ、地頭《ぢとう》職を可《べき》改易《くえきす》よし
院宣《とぜん》をうけ義時《よしとき》御請《け》に彼庄《かのや》の地頭《ちとう》ハ右大将
の御時平家追討《へいけついたう》の恩賞《おんせう》の命《めい》にかはりて功《こう》をつくして
給りける所《ところ》義時《よしとき》か私《わたくし》のはからひにあらず半
げなくハさうなくしてなるまじ。当時罪科《たいしざいくわ》によりて
改易《ふえき》すること無没収《もつしゆ》すべき由仰下《し》されけれども
程ハ叶難《かなひがたき》由、御請《け》申ければ、院《と》日来《ひごろ》の御憤《いきどほり》に

朝明亀菊《かめぎく》ゝめし中〃間汲御腹立させ給
て、故右大将執的と鎌倉《かまくら》殿とある軍壇御法
生乃ゆ縁なる率去の王ハ皆朕がりかし
然るを義時色々不存に任して院宣を違背
半もそれ不思議《ふしぎ》なり天照大神《てんしやうだいじん》正八幡《しやうはちまん》もいかでか
御力《ちから》を合《あは》せ給はざるべきとて内〃仰合せられ
けるハ坊門大納言忠信《ただのぶ》按察《あぜち》中納言光親《みつちか》
中御門中納言宗行《むねゆき》日野《ひの》中納言有雅《ありまさ》甲斐中将
範義一条宰相能信池《いけ》三位光盛刑部僧正長厳

于信濃守長武士には能登《のと》守秀康《ひでやす》三浦平
九郎胤義《たねよし》仁科次郎盛遠《もりとを》佐々木弥太郎判官
高重《たかしげ》小也是にて身義時《よしとき》をうしなはるゝものならは
神妙《しんべう》の由ゆるしかはらるとぞ仰かく摂政関白殿《せつしやうくわんぱく》
ある位をも犯人には任せ給ふ時々関白は
思召《おぼしめ》さるゝとは殊《こと》に然しに悲しく天下の大事出来
て君も臣もいかなる目をか見給はんと歎き思し
けるに下総秀康《ひでやす》をめして先胤義《たねよし》をかくしてはりて
西存して召とそ尋ねられけるは秀康《ひでやす》の宿

かく胤義をとゝめて鎌倉にをそひにのぼらんとぞ
る家にちかいやうの心にくゝいかゞと尋ねけるは
胤義が伯父人々あひ心二つにすべき事やあるべき
今父平次兵衛尉胤家といひてありけるが
しれもさりぬべき事にこそとて重代のしゑ
し軍ぞもとゝしく此儀にそむく二所の御
軍と称しなどしてもよも別しても鎌倉
胤義がもとく人々きぬ次のよも別の所
ずかり大庭に引きも見次に胤義が当時相具して
かくて故右大将殿の討一族あらぬものなり後家の

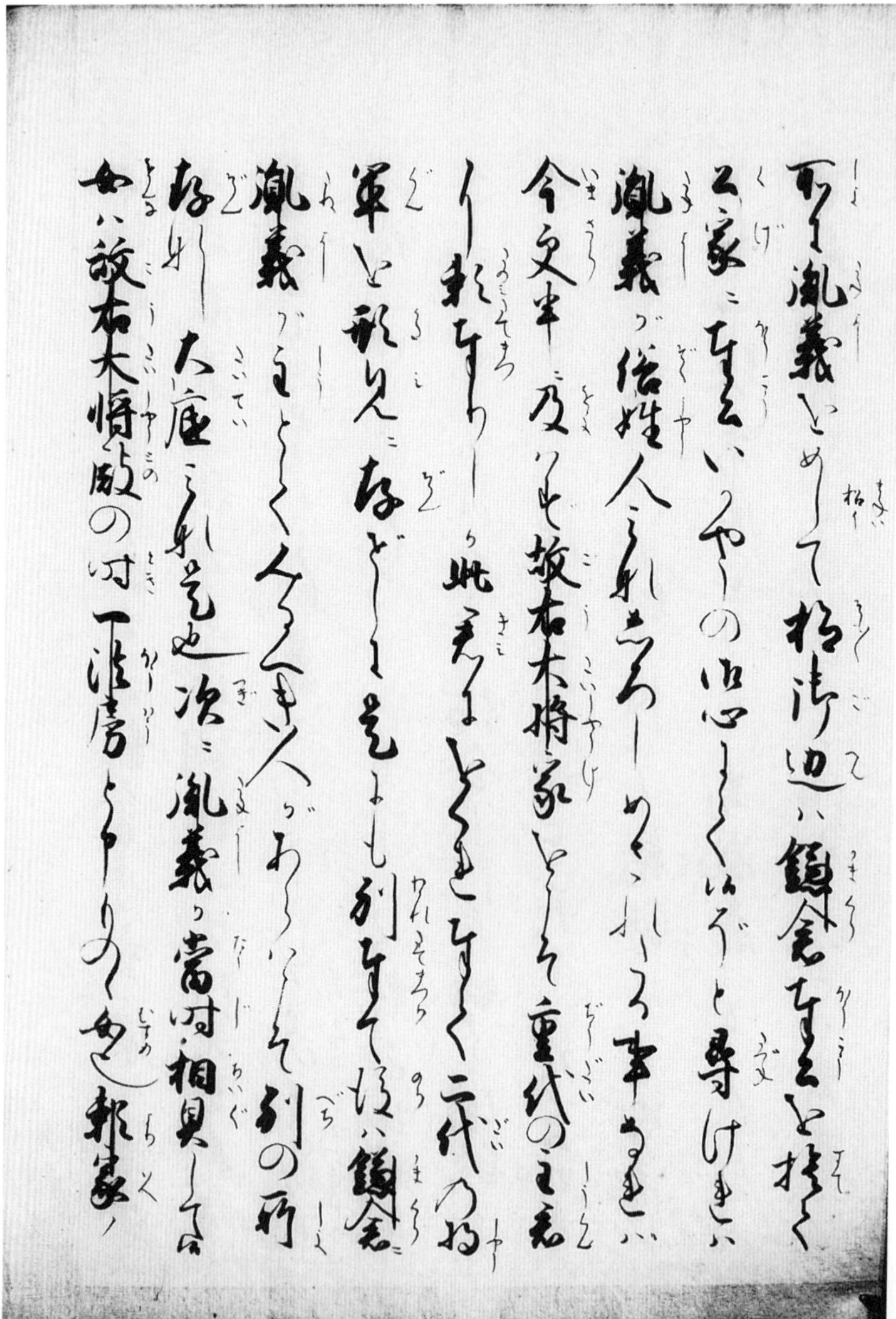

朝敵にめされしかく若君一人候ひしを若君の
禅師公の御侍者に同意《どうい》して義時《よしとき》を誅《ちう》し
せられけるが此故に鶴岡《つるをか》に居住《きよぢう》してつねにかの
今ともに同旦ハ心あるまじきを待ともかく秀《ひで》
康《やす》ましくにうしこ添《そ》て御理《ことわり》義時《よしとき》が挙動を分
をとゝいにて亡すべきよし云けれとも胤義《たねよし》
重て申けるハ京鎌倉立別《たちわかれ》て合戦せんずる
まいりなめてはけれとも謀を廻してハかなふまじ
本意を遂《とげ》ざらんにハ義か兄《あに》めしく義村《よしむら》ハ謀人に

まじく一家変《けう》てん義時《しとき》がごゝの命に代り
てん安をきえて思《おも》ふそらの胤義《たねよし》清息と云て
義時《しとき》討《う》くまいらせ候へ日本国《につぽんごく》惣《そう》御代官《だいくわん》は軽《かろ》し
もくりしんじゝかぬあるしハ余《あまり》の所にもなしばしく
やすからずおぼしめされけれハうち
うちつゞくげんしも下総としく秀康《ひでやす》御所《ごしよ》に参《まゐら》て
此由《このよし》奏して下見胤義《たねよし》と小坪《こつぼ》にめして御簾《こす》を挟《まき》
あざけるを候く案《ろく》に直《じき》に小高語あり胤義《たねよし》
つ半状さにのしし断罪《すゞろざい》感とすゝめ《そゝろ》既《すで》に変《し》

然るに秀康《ひでやす》ニ仰て近江国《あふみノくに》の武士《ぶし》共めさる
鳥羽の城南寺《じやうなんじ》の流鏑馬《やぶさめ》のためとて披露《ひろう》して承久
三年五月十四日在京《ざいきやう》の武士《ぶし》畿内《きない》の兵共《つはもの》高陽院
殿にめさる内蔵権頭清範《のり》着く交名をしるす一千
七百余騎《き》とそ云し先陣居大将軍を
召サル余の御気色《ごきしよく》も兼てなくなりけるハ
城見主税長衛をめして但馬判官光季か許《もと》へ
つかはし三井寺の悪僧《あくそう》寛明なと召《め》さし
其外《そのほか》南都山城熊野《くまの》の者《もの》とも多く催さる

様子細《さましさい》のわたんずまじき光季《みつゆ》公経《きんつ》めさるべく
推し、院《とし》宣を恩《ゑ》て告《つげ》させん時《とき》院参《とさし》なども
左右《さう》なく参《まい》るべからずと給つりけれ小侍《こさふらし》
もとけるハ[illegible]来て公経卿《きんつねきやう》の袖《そて》とらへて
しける弓場殿《いきでしどの》へりと籠《こめ》なまく覚ハ御謀反《むほん》と繁《りすゞや》
すぞい、つまし関東《くわんとう》亡《かうべ》一つ紀よし中て御謀反
まるせばつまよくと今の西園寺《さいおんじ》の先祖《せんそ》さまく
しそ関東《くわんとう》へハ西園寺《さいおんし》の御子孫《しそん》とハ秦事《ろくはらこと》あハ
忘なまつけまし子息《しそく》中納言実氏《さねうち》同めしこめらる

又胤義《たねよし》をめして伊賀判官光季《いかのはうくわんみつすゑ》少輔入道親広《せうゆうにふだうちかひろ》
をハ打へきか又召籠《こめ》へきかと仰合られけれハ胤義《たねよし》
申けるハ親広入道《ちかひろにふだう》ハ弓矢《ゆみや》とる者《もの》にても候ハず
召《めさ》るゝもやすく候へしをのとゆく一方をも指《さし》つかハされし
くじ光季《みつすゑ》ハ源氏《げんじ》なるうへ上義時か小舅《こじうと》なれハ
弓矢《ゆみや》とる家《いえ》にて候へハ召《めさ》れハよも参《まいら》し
討手《うつて》をさし向られしかと光季《みつ》か郎従《らうじう》光西人
めさるへく候と申せ先少輔入道《やうゆう》をめさるやて
参《まい》るへきよし申く御使帰《く》り坂親広《ちかひろ》入道、

光季がもとへ三井寺の騒動《さうどう》しづめんためとて急《いそぎ》
参つべきよし仰下さるゝ間光季は御返事にも御使
候はんずらんと云けれハ判官いまだ参らざるへハ
使もよりそめしに随くしてあらハめし候ハせ
親廣《ちかひろ》入道ハ百余騎にて馳参て殿上口にめされ
ているに親廣《ちかひろ》義時《よしとき》已《すで》に朝敵《てうてき》となりたる鎌倉《かまくら》へ
付つきつる御方へ参べきよし仰下されし条ハ辛出
宣旨をかうむりまいらせてよし申けれハさうらハ誓状《せいじやう》
をかく申つきて仰しら二枚書て表一枚

北野《きたた》にて一枚進《まい》らせたりける北上ハ一方の大将《たいしやう》にさためを
思召よし仰含《かう》められけり

光季《みすゑ》合戦《かせん》之事

こゝに光季《みつすゑ》を討《うつ》判官胤義《たねよし》御使《と》に出合《そがい》申し
けるハ光季《みつすゑ》所のつしく鎌倉《かまくら》の代《だい》として京都《きやうと》の
守護《しゆご》に候を光季《みつすゑ》とめされくなれハ自余《じよ》の
武士《ぶし》をめしつかへきた（ず）今まして光季《みつすゑ》か判官大将《たいしやう》
不審《ふしん》におほしめ（さ）ハやかて参《まゐ》るへきよし申御使
一両《とき》のうちに重《かさね》てとりしとめれハ（参）りけれハ

まし此かやしきこしと申しと大将殿《だいしやうどの》御丈もや
ありし人々しら殿にめさるゝ事も旁以あやしければ
御返事ニハいづくにても候へそれ直《すぐ》に向《むか》て候
御所《ごしよ》へハ参りきたりと申けれハ光季を
くやんゆくなり早く追討《ついたう》すへし今日ハ日暮
ぬ明日向つきてし胤義《たねよし》申く御所を守護《しゆご》し
たまぬ光季も今日ハ日くれぬ明日討手《うつて》向
んずらんと思ひしかもハ楯ごもりて家の子
郎等あまこ居く従之も人く集けるハ無勢《ぶせい》にて

大勢《せい》に叶《かな》はずして私《わたくし》の意根にあるに依て忝《かたじけなく》も十善《ぜん》
帝《てい》王《わう》を御敵《てき》にうけまいらせ給へり夜ノ中に京を
追出しまいらせ給て美濃《の》尾張《おわり》にましまさハのびさせ
給はさらんずる又ハ若狭《わかさ》国へ落させて舟《ま》にめされ
越後の府へつきくにてより鎌倉《くら》へつゝきたまひを
陸《りく》奥に會津《き》も東《じし》ても北《きう》つもおつゞけまいらせ人とそ
坂東《ばんどう》には多けれ共兄弟《さく》憑《たの》て代々《さいくん》として京
都の後《ご》にとりまいらせらるゝ敵《てき》も敵《てき》による所《ところ》
も下りさらくすゝ十善《ぜん》の帝《てい》王《わう》と敵《てき》とまうしまゐらする

所も王城《わうじやう》の花洛《くわらく》弓矢《ゆみや》とるこそ面目《めんぼく》にあらずや
今ハ関《せき》どもすてられてあらん路《みち》に落人《おちうと》と成く
爰《こゝ》かしこにあく打《ち》とられん事そ口惜しけれ義《し》
時《とき》を宮《きう》もらんもなかりし若《わ》党《たう》をばいらん事も
安《やす》かりつるねバ老《ろう》者ハ一足《あし》も行《いく》まじ落《おち》んと思ひん
人々ハ族《そく》々落《みつ》へしう見えもなくへつすと云聲
しそゐけれ猛《たけ》更けれハのかりかく落《おち》ぞ行
忍びきりとしまつる者ハ郎《らう》等《どう》に新枝《にゑツ》与三郎同
弟郎　飯淵《いふち》三郎　大《おほ》隅進士《しんじ》　山村《やまむら》次郎　河内太郎

治中次郎　園田《そのて》次郎　犬村《いぬむら》又太郎　金王《こんわう》丸。已上廿七人
あり各《おのおの》父母《ふぼ》妻子《さいし》のわかれをも惜《を》しけれども年《とし》
来《ろ》のよしミ當座《たうざ》の重恩《ぢうおん》又未来《らい》の恥《はぢ》もある
けれハ終《つゐ》と九重《このへ》の土《ど》となさしとてとまりけり
なり判官《はうぐわん》の子壽王冠者《じゆわうくわんじや》とて十四歳《さい》になるありけ
判官殿ハ名高くも師すぐさるもあり鎌《かま》
倉《くら》へ下り郎大《ろうたく》が聟《むこ》見ともみてけれハねそれ経
八千葉介《ちばのすけ》の孫《まご》のもとまく育《そだ》くとゞめけれハ壽
まかりけるハ弓矢《ゆみや》とる者《もの》の子《こ》とてあらく親《おや》のうら

ゐくと見すて〱逃《にく》る者《もの》やハ又千葉介《ちばのすけ》もおやと
見すて〱逃《にく》るものを養育《やういく》しく事《じ》や[illegible]
佐々へしと云けるハさゝうハ[illegible]に物具《ものぐ》さゝせて
と云けるハ萌黄《もえぎ》の小腹巻《こはらまき》に小弓《こゆみ》小征矢《こそや》と扇
て出すしせられ老者《らうさく》も白《しろ》き大口にきそる[illegible]
り置弓二張長二[illegible]お居の間に居て白
拍子《ひやうし》をとらせ終夜《よもすがら》酒もりして夜も明けれハ
ありしハ日来《ひごろ》秘蔵させしめ[illegible]
いろせ[illegible]帰し[illegible]月十五日午時より京焼亡

出来《いでき》たりとぞのゝしりける。又ありしたく[illegible]
[illegible]にはあらず、是《ぜ》へ[illegible]のるの蹴《け》ちらして
をそれあるとぞ申ける。既《すで》に院より指《さし》つかはさる
大将軍には三浦平九郎判官胤義、少輔入道親広《ちかひろ》、
山城国広綱《ひろつな》、弥太郎判官高重、駿河大夫判官惟
信、筑後入道有範《ありのり》、同肥後前司有信《ありのぶ》、筑後太郎左
衛門有長《ありなが》、都合《つがふ》八百余騎《き》とてよせたり。館の内
にはおもひきりて最後《さいご》の酒宴《しゆえん》して並居たり。
新枝三郎申けるは、京極西の大門とも[illegible]西の

小門《こもん》ともさしに開《ひらい》く両方《りやうばう》を防《ふせい》て最後《さいご》の合戦
と人ごそくゝしんと申けれバ新枝《にいえ》右近申けるを
二の門を開《ひらく》るゝハ大勢《ぜい》にみへくゝ小勢《こせい》を以て防《ふせき》
ぐし大門をバさし堅《ふ》め上土門ばかりを開《ひらい》く入敵《てき》
と云りし防く後ニハ自害せんと申此義ハしかる
あんしくく京極みかそとハさし堅め通みかそと
開《りき》在り兵《つはもの》とし矢《や》はき鉄ろくゝ立るしびわ
一番ニハ平九郎判官友平の者進《す》めしとて守と化
信濃國住人志賀《しが》五郎右衛門のつらくけへ人と

進《す》ミけるを判官の郎等《らうどう》武者《むしや》小次郎ニ膝《ひざ》を射《い》ら
れてのきにけり矢崎《やさき》次郎馳ミつく新枝《にいえだ》四郎
まつさき射られて退《しりぞ》く矢崎《やさき》源清太郎新枝ま
郎ニ胸板《むないた》いさせくみたりけり手井兵衛太郎入
かはりてうちの内しかけ敵《かたき》矢《や》て馬の腹《はら》射《い》られまく
鐙《あぶみ》とらづして縁《ゑん》のきはまでくゞらせさらげるが
高股《たかもゝ》いぬかれて當西《にし》おめくの常力《わき》左衛門
射《い》三つけけれバ退《しりぞ》くらうにをとしよせく
まくへをおし入りのしそてあるつけけき館の内まで

東寺《とうし》もさハらず防《ふせき》かね上たつとハ破《やぶ》り得《え》大門を
打破《うちやぶ》りて下知《げぢ》しけれバ判官是をやすく敵《てき》を
打破《やぶ》られつゝいりぬる内にあけしとし
けれバ治部次郎やがて開《ひらき》とく出入へかへして来
々く兵《つはもの》ども二手に引わかれて待処に筑後左衛門
ともにせめ射《い》しかまへしくのまたから来
野右衛門同逆《ときて》入りてそから内ゟ判官是をとく
日来《ひころ》の詞《ことば》にも似《に》ず物狂《もの》しくとけなて門
の外しられけへく馬しらく下太刀とぬさへ縁《え》落

きゝもしくゞよせそくる簾《すだれ》の中より判官の射《い》ける
矢《や》くり胸板《むないた》のはづれにつれしまでほとらぬ肩に
引《いき》のけく出まゐる平九郎判官車《くるま》やどりに打入
て胤義《たねよし》宣旨《せんじ》の御使大郎判官に見参せんとて
いかもとく簾《すだれ》のきはゝ立よりて行とゝそでゝ人を
招《まね》きすゝめちかく日本《にほん》一の大事《だいじ》とくゝすゝめ
いかに大将軍《だいしやうぐん》と名乗《なのる》つまば矢《や》一ツたまはんとて放《はな》ツ
胤義《たねよし》が弓《ゆみ》の鳥《とり》うち射《い》づけうちも立ゝ武者《むしや》に
射《い》かへしたり胤義《たねよし》人と追《す》すぐ物上稲《やり》あげとて

引ゑらくく弥太郎判官高重《たつしげ》とく門ノ内へ
おめいてかゝく寿王冠者《しゆわうくわんじや》の烏帽子《ゑぼし》おやなれハ
くハ恐《おそれ》ハあつても矢《や》一遣《まゐら》せんとて放矢《はなつや》に高《たつ》
重《しげ》が射向《いむけ》の袖をうしつせられ高重引退
衛国本中丸来平衆郎射しけく引て内ハ
頼《たの》みつる新枝与三大事の手おひて腹を切給
十郎自害《じがい》して家との者二人自害《じがい》すとてく
のこる者矢《や》ハ射《い》つくしけれ内へくゝりて自害《じがい》を敵《てき》
庭《には》に乱入《みだれいる》けきハ廿七人にきりつけ去十余《よ》人疵《きず》ぐら

十八人ハ自害《じがい》して判官父子《よし》新枝《にいゑ》布近政下《またゝろ》大郎
四人よく戦ひける家子大けく自害《じがい》せんとする
下手備前前司鰐の帯刀左衛門二人は又人を新
枝布と政下木ちおち合ておつしに迯て又二人も
手おひ自害して川をわたる寺丸蔵のきへて
立きりけるを判官敵《てき》まじろ乳光李しわ光に
自害せむとしけるく物具《もののぐ》ねぎすてゝ刀を様《わき》
そりけきじとを腹を切ぬさらくらさしぶ大の
中へ飛《え》く入ちゅもいらく立入けるをおそろ

しくやうしいそぎて二三度迄返くしけるを
判官よろしくさし膝《ひざ》にさし目をふさぎて腹《はら》をかき
きる火の中《なか》へまづ入てわが身も東《ひがし》へ向《むか》く南
無《む》鎌倉《まくら》八幡大菩薩老若唯今本夫殿の命《いのち》に
代《かは》りて死《しに》なんと三度かまくらの方礼《れい》して
西《にし》に向《むか》く念仏《ねんぶつ》となへ腹を切《きら》火に飛へく焼まが
死《し》がいをばいかにもしてかくさん胤義《よし》親広《ちかひろ》以下《いげ》御
西へ参り合戦の次第《しだい》と養も君《きみ》も臣《し》も
今も老若同じのさしてあつまりけるとぞかなし

られける。院今度勲賞《くんしやう》たるべしと仰けれバ、
胤義申さくハ、光季ハいやしくしても下﨟也。
義時《しとき》がほどの大事《ざいじ》の朝敵《てうてき》をとつかまつてこそ勲賞《くんしやう》
いかゞつまりて参て君《きみ》も召もいしくも申さる
とぞ仰ける

義時追討之宣旨四方被下事

院仰らくハ、義時が為に命《いのち》をすつる者東国に
いかほどかあるべき。朝敵《てうてき》と成ぬ後《のち》ほどの
事あるべきとこそ思しめされハ、帝王《ていわう》たる

さる兵とも推量《すいりやう》仕に候つ作つきとて三ゐ中
り郷中郎舎弟なるらしと云者進《ものす》ゝめくまゝ中
けるは代々《しきだい》ハさせ給ふ人々なれはやしの者ら
させてたのみも命《いのち》をすつるものあまた人百人はさ
るしいよく/\作もして代々《よく》将軍《しやうぐん》の後見《うしろみ》日本《にほん》
国副将軍《こくふくしやうぐん》としては時政《ときまさ》義時《よしとき》父子二代の間おほ
やけ様《さま》の御恩《おん》とも私《わたくし》の心《こゝろ》とおもふとして
千万の作もしへ就中《なかんづく》元久に畠山《はたけやま》滅されし建保に
三浦をほろほしいよ/\義時か権威いよ/\重《おもし》

しておもはぬ草木《くさき》もなし此人々の為《ため》に命《いのち》を
捨る者《もの》二三万人は候んずらん家室も東国に
ぞ候て義時が恩を見つるもとくしへは死
なんずるなれしかとおもへば御気色あしかりけまし
を後《のち》には末代までも兵《つはもの》の身の合せをも申
本後父子死罪に行はるべきにて候けるは勅
口と聞ゆ徳大寺右大将実継卿しかるは勅
命の事は左右に及ばずして関白の近衛の御物
朝泰と申最後と不知不得心の謀参にはせ

給く義仲《よしなか》と追討《ついたう》せんとせしが木曾《きそ》憤《いきどほり》と
合に法住寺《ほふぢうじ》殿へ押よせ攻《せめ》奉り御方の軍《いくさ》一時《いちじ》の
内《うち》に破《やぶ》られ君《きみ》も臣《しん》もこに給ひける今又亂義《らんぎ》
廣綱《ひろつな》が讒《ざん》にして義時《よしとき》を攻《せめ》らるゝ事敵《てき》とこ
ま付くし御方のこゝんに付くも大臣《だいじん》以下《いげ》納言
ことの人父子死罪《しざい》に行《おこな》はれんとしも給く數慮と
めぐらさせ給つべきよし掉《てう》る所《ところ》なく殺部石
下院宣よりもや御名げし死罪《しざい》とあすごめける
さしくして鎌倉《かまくら》へよし傳聞《つたへきき》く年來《このごろ》遺恨徳《とく》

大寺《だいじ》右大臣《うだいじん》殿《どの》西可被参事《こと》に申されけれ共

光季《みつすゑ》追討《ついたう》のうへは急四方へ宣旨《せんじ》を下されよと

人々申されけれハ中納言光親《みつちか》卿《きやう》奉《うけたまはつ》て宣旨《せんじ》を

書下す状に云ク

右弁官《べんくわん》下

五畿内《ごきない》諸国《しよこく》早《はやく》応令追討陸奥守平義時

身参院庁蒙裁断《さいだん》諸国《しよこく》庄園守護地頭

等事《こと》

右《みぎ》内大臣《ないだいじん》宣《のぶ》奉勅近曽《さいつころ》称関東之成敗《せいばい》乱天下

統之政務《せいむ》雖帯将軍之名偏仮其詞《そのことば》於今
恣致裁断於都鄙剰耀威如忘皇憲論之
政道可謂謀叛早下知五畿七道諸国令追討
彼義時焉又諸国庄園守護《しゆご》人地頭《ぢとう》等有
令言上之旨各参院庁宜経上奏随状聴断
抑国宰并領家等寄事於綸綍更勿致濫
行縡是厳密不違越者諸国宜承知依　宣
行之

承久三年五月十五日　大史小槻宿禰

しそて出さる東国《とうこく》の御使《つかい》ニハ御厩《みまや》の舎人《とねり》推《おし》
松《まつ》と下りける先に付て人々の内《ない》消息《せうそく》多く下し
けり平九郎判官胤義《たねよし》ハ私《わたくし》の文《ふみ》とて多く内消
息《そく》と下しけり十五日卯時《うのとき》に東西《とうざい》南北《なんぼく》五畿《ごき》七
道《だう》に綸旨《りんし》を多く下さる南都山門を始として
諸寺《しよじ》諸山《しよさん》へ悪僧《あくそう》を召して悉《ことごとく》下参《まいる》らし領《りやう》
掌《じやう》卯をもて外[illegible]の志《こころざし》をいたし[illegible]道
けり馳《はせ》参りて美濃国しわ西ハ大[illegible]条しら東
国の道自《じ》の御使胤義《よし》が私《わたくし》の文《ふみ》兼披と論して

下《くだ》らるゝ十九日の未《ひつじ》の刻に判官の使瀬川
より先《さき》に立て鎌倉《かまくら》に入ける駿河守義村《よしむら》が
許《もと》に行《ゆき》て文《ふみ》をさしおきて急《いそ》ぎ取て帰りけるに十
五日午《むま》刻に伊賀判官光季討れぬるとて十五日
卯刻に四方へ宣旨《せんじ》を下されて東国へ御使
下さるゝ日来《ひころ》の大事《だいじ》とて申ければ
義村《よしむら》申けるは御使下るなるはいづくにぞ問
瀬川《せかは》より先立《さきだ》て候つるは今はかまくらぞ
入らんと申せとせんとよこそ今は鎌倉《かまくら》

しり[illegible]も難[illegible]也[illegible]ハ心
得《え》[illegible]使者《しや》[illegible]時《とき》
とて駿河守《するがのかみ》[illegible]ハ義村《よしむら》勅命《ちよくかい》にも随[illegible]
胤義《たねよし》がかく[illegible]兄《え》[illegible]文と
持《もち》て権大夫殿の[illegible]折節侍《さぶらひ》の見参《げんざん》
まく[illegible]中を[illegible]して去十
五日ニ御所より討手《うつて》[illegible]判官うたれ
[illegible]卯時《うとき》宣旨《せんじ》四方へ下さる東国《とうごく》への御使
[illegible]胤義《たねよし》が内消息《ないせうそく》[illegible]て

いちらげく五ろまゝば義時《よしとき》久しく今まで変
るからはこそ不思儀《ふしぎ》なるも宣旨《せんじ》も東国
の者も一味同心《どうしん》す義時《よしとき》討く進せしこそ候
らん人手に不懸《かけ》して御意の手《て》にかけて君乃
兄弟に入させ給へ進らせ給ひ候はゞ
候くらひ給けしもば義村《しむら》口おしく候くして陳く給ね
御衛命に代り《たい》まいらせし度々畠山亡させ給
時も義村《しむら》身をすてゝ小郎に組作建保には一
門をすてゝ味方《かた》に参《まう》以平忠貞一にあらはれて

さしも三代将軍《しやうぐん》の御恩をわすれさせ給ひ候
へば、弓手の捨てまいらせつる今宣旨をもって打
まし。胤義《たねよし》が語らひよしも付まじく、義村二心を
存ぜば、日本国中大小神祇、別しては三浦十二天
神の神罰《しんばつ》をかうぶりて、月日の光にあたるまじきと
起請へしと誓言《せいごん》を立てまいらせしは、今こそ思
ひしられまいらせしは、三代将軍穢生りてわたらせ
給ふとぞ見えまして、其のつもりしくく推松そばれ
おはる笠井谷しらし挽て出来り玉将の宮

香西イ

七道あり足利《あしかゞ》武田小笠原笠井三浦宇都《うつ》
宮《みや》筑後入道を七人にあくしろ此宣旨に付く
人々に消息《せうそく》多かりけり

二位《い》尼《あま》諸卒異見《いけん》之事

権大夫駿河守を相具《あいぐ》して二位殿に参りて大
名《みやう》八人参《まい》りつゝみすの庭よりも間《ま》ちかくそ候ひて
二位殿妻戸《つまど》の簾《すだれ》をしたゝめて先宇都宮あくと
めさるゝわくこそ千葉介足利《あしかゞ》殿をそめされしかく
二位殿仰られけるハ一院として長厳尊長

胤義等《たねよしら》ガ讒言《ざんげん》ニ付《つき》て終《つひ》に義時《よしとき》を討《う》んとて
先光季《みつすゑ》うたれ給《たまひ》て[illegible]世をも恨《うら》みつゝ
なりあしく[illegible]果報《くわほう》の[illegible]御目《め》
御度例《でさきためし》には我《わが》世をば思《おも》はざりけるにや
を歎《なげ》く事《こと》もなくてあらんあらじ故殿《こどの》にあらじ[illegible]
ならしゝ父《ちゝ》の誠《いさめ》[illegible]母《はゝ》の情《なさけ》に男《おとこ》
行末《ゆくすゑ》子《こ》の有様《ありさま》取集《とりあつ》めて[illegible]相続《さうぞく》
て国《くに》を[illegible]仏神《ぶつしん》
に倍《まつ》[illegible]昼夜《ちうや》を[illegible]世をも治《おさ》め

給し後《のち》ハ心安《こゝろやす》くあるへきと思ひしに本院《ゐん》御事《ごじ》とハ
故殿《こどの》もわらハかくあり痛《いた》ハしくおほしめすへきと
思しよ世をはやくせさせ給ハ入道《にうだう》ハしやうとしる
せ故殿《こどの》にいさめしはなく思《おも》ひやすくもとしき
小将殿《こしやう》ニおくれしとくまいらせしつゝしき子の為《ため》
罪《つみ》ふかしといさめしはなりまいらせて理《ことわり》とも思ひな
くさめくさしき故殿《こどの》にとりまいらせ月日の敵《かたき》
を失《うしな》ひ心憂《こゝろう》くして子どもの敵《かたき》とも此人《ひと》まいらす
此思ひしと思ひのまゝなるに思ひしよりしみ

二人の器量《きじら》はいまだおさなくて世の政《まつりごと》もしも不覚《ふかく》に
して二人の器量《きじら》を背《しこうて》しく左衛門督殿にとられ
て娘は世中にうらめしうつらねよもなく思ひ暮て
偏《ひとへ》に死《し》なんとしてを恐《おそれ》しまゝ右大臣殿をたれつは学
るらね実朝《さねとも》が唯一人にあつかひさうらはんとすてたらん
と仰《し》しそ口惜しくくとうしくしうばさもし
死なんする子孫おもしく生《いき》なる子別《わか》れん事
親子《おやこ》の慈悲《じい》おもひつゞけらると思ひ返してを
しかれども大将殿後《ゆく》のやうにして失《うや》給ひしかば

今ハ維まじく命《いのち》もおしからずこそ存は
水のそこにも入なんやと思定《さため》ぬらしと義時《よしとき》
是とらくく故殿の御あたらしくハ清方を
しそ仰《あふぎ》まいらせらへ義時《よしとき》が人ま下とれ作し全《まつたく》
高名あらはし併御事郁かくしそく滅ず
忠右きしてしらく義村先自害《しがい》仕てりんそ候
ぞへしかくくの御菩提《ぼだい》とも鎌倉の名様とし
申さてく滅んかんはしとしそ申しく候へくと
泣《なくく》もしつハござましも故殿の御末《すゑ》さきしへは

也しく思ひしよしをねらとるかくせめくの
ゆかりをことごとく将軍とさくなかりく此二三年
いまゝてきよしはづかしきがうくせ鎌倉の宿《やど》らん
事としてこそ草《くさ》の陰《げ》にてもうらんと思ひしはやる
忽《たちまち》に牛《ぎう》馬《ば》の牧《まき》となりなんずらんこそ口惜しけれ
三代将軍の御墓此跡なく失《うせ》ん事を
あさましき人々見給はとやしれ東国《とうごく》殿原《とのばら》
平家《へいけ》の宮仕《みやつかへ》としまいらつてしまくよらうたり
しぞし故殿鎌倉をと建《たて》させ給く京都の

仕しやこね恩賞おつぎ蒙こさるへき
う故殿の御恩とハ此のもじ（んじ）申
らるゝきみの御恩のある三代将軍の御善と
いうくゝ直垂の馬の鞍ニくつハうち名字切
らみや宣有も但うんと共きて人兆ト竹之
鎌倉中と焼掃そく坂東へ参り行之と
涼く宣いけきも大名ともうてハ取てハ居たる
やニ赤地のりしきの鎧に入る金作の太刀二振
手つと取おつをぐ故殿のかとけるも

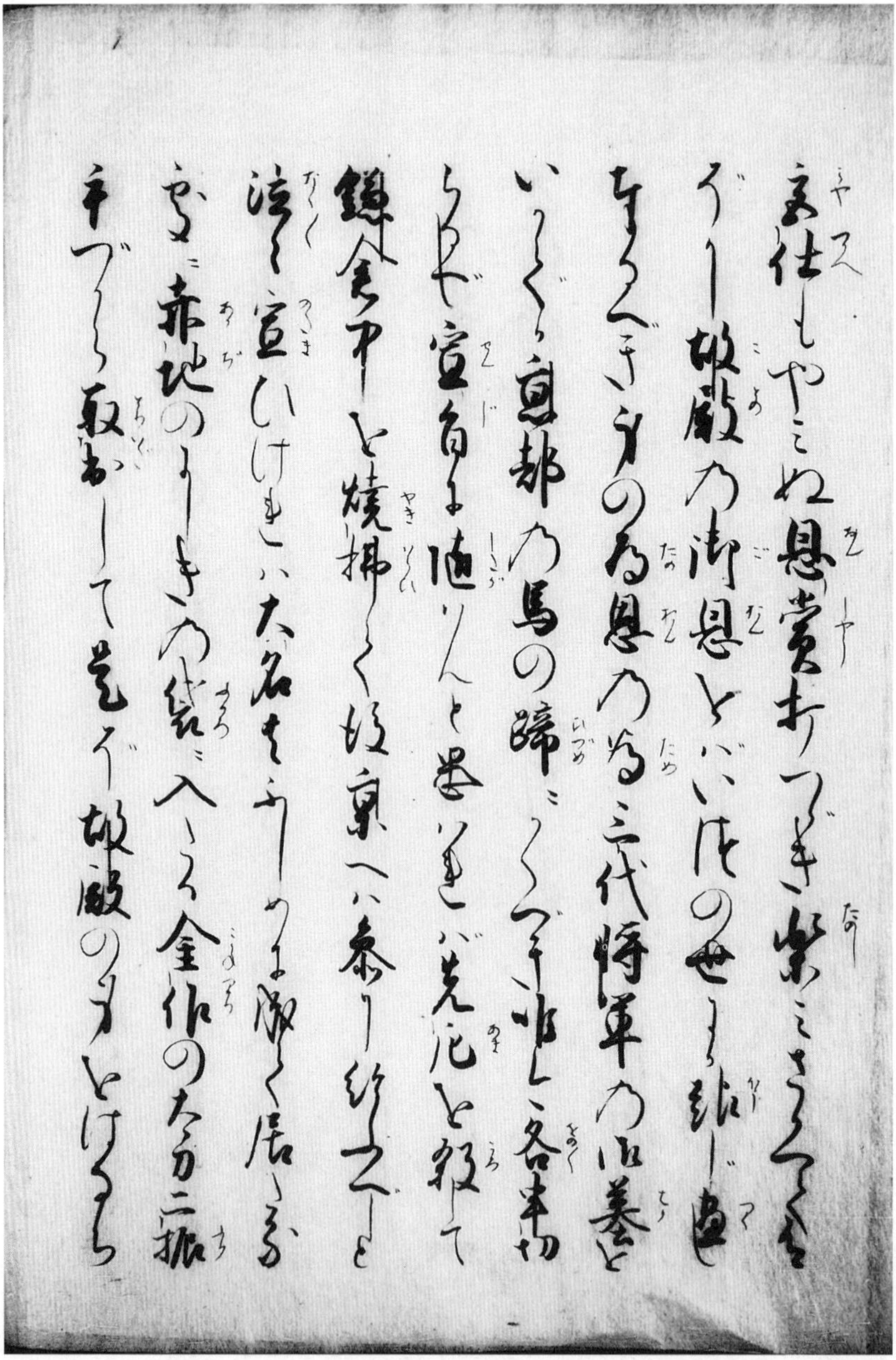

給ひぬ。御いとをしく秘りて持たれける鐙
剣のあくよくてあれはしく足利殿に進らせる
黒《しこまろ》く給ひしかり宇都宮《うつのや》が御馬と云ふ名
鞍《くら》をつとしく萠黄《もえぎ》糸《いと》縅《おどし》の鎧《よろい》とりせ給ふ。千葉
介には紫糸《むらさきいと》縅《おどし》の鎧《よろい》に長覆輪の太刀一腰、何も長
て給りける。ここに陸奥守有時《ありとき》、城《じやう》入道修本
甲斐源氏武田《けさ》小笠原、坂東《だんこう》八ヶ国の宗《むね》と流
太名共二人づゝめされて多くの物を給けり
因幡守廣元《ひろもと》入道、御酌《しやく》取りて御酒《しゆ》を給ひて各《をのをの》

けるは争《いかで》か三代将軍の御恩《おん》をば忘ていますきなつきことを上源氏《げんじ》は七代相伝《さうでん》のこと老之重族はまくしもこそあはれよしことを忘《わすれ》るへきにあれ破《やぶ》テ明日打立て命を君《きみ》に進《まい》らせて首《くび》を西《にし》へ向《むけ》てしれ候ハんずるとやしく一同に立けれ

義時軍勢《ぐんぜい》上洛《しやうらく》之事

其《その》後《のち》義時の宿所に会合《くわいがう》して宣旨《せんじ》の御事合戦の次第評定あり駿河守義村申けるは足柄《あし》箱根《はこね》を打塞《ふさ》ぎ支《ささへ》んとぞ申しける権大夫

此義《ぎ》ありけるん然ハ日本国三ニ分ニハ京方ハ
るんぞ水明白やぐくせ上《のぼ》り敵《てき》のわうん所《ところ》と
ほよく勝負候史《けつ》とへきしるゝれハ此御ぞうし
左右ニ及《およ》ばずとく一味同心打立ける一陣ハ相摸《さがみの》
守時房《ときふさ》二陣ハ武蔵守《むさしのかみ》泰時《やすとき》三陣ハ足利《あしかゞ》武蔵
前司《ぜんじ》泰氏四陣ハ駿河守義村《よしむら》五陣ハ千葉介胤綱
是ハ海道《かいだう》の大将をそうべし山道ニハ一陣小笠
原次郎長清《ながきよ》二陣武田五郎信光《のぶみつ》三陣遠山《とをやま》左衛
門長村《ながむら》四陣伊具《いぐ》右馬允入道北陸道《ほくろくだう》ニハ式部丞

朝時《ともとき》をたねよくらへしと定《さだめ》て各本ヘハ
明日ハあまりに勢あつても今一日のびれく田舎《いなか》
若党《わたう》馬物具《むまもののぐ》ともに砕てら作りやと半れ
けれハ義時《よしとき》なをいかゝいきまれし上ニ一日も延《のぶ》る
うちハ三浦平九郎判官を先《さき》として討手《うつて》近ハ
なんぞ闕とおもしろんしとあしらん明日ハ
悪日《あくにち》なるよしハ由井《ゆい》濱《はま》ニ藤澤《ふちさハ》左衛門清親《きよちか》がりより門
出して廿一日ニ發向《はつかう》すへしと仰《おほせ》られけれハ明日
の卯剋《うこく》ニ既《すで》ニ發向《はつかう》して海道《かいだう》ノ大将軍ニハ時房《ときふさ》

泰時《やすとき》泰氏《やすうじ》義村《よしむら》胤綱《たねつな》随フ兵《つハもの》ニハ信濃中将
庄判官代《くわんだい》狩入道森蔵人入道角野《つの》入道宇都《うつ》
宮《みや》中務大和入道信房《のぶふさ》子息《しそく》太郎左衛門尉同次郎
左衛門尉弟《おとと》平次兵衛駿河次郎重《しげ》村同三郎光村《みつ》
佐原次郎兵衛甥《おい》又太郎天野《あまの》三郎左衛門尉政景
小山新左衛門尉朝直中沼五郎宗政《まさ》大胡兵衛尉結城《ゆふき》
七郎左衛門朝光《ともみつ》後藤《ごとう》左衛門尉基綱佐々木四郎信綱《のぶつな》
酒井平太郎秀胤《ひでたね》飯坂六郎左衛門尉朝重《ともしげ》小笠
原平郎兵衛相馬《さうま》八郎豊嶋《てしま》平太郎園庄次郎

大須賀兵衛尉　東《こし》兵衛尉　武《うけ》次郎　同平次　角田《すみ》太郎
同次郎　佐野《さの》本次郎　同小太郎　同四郎　同太郎入道
同三郎入道　同七郎入道　園《その》原帯刀入道　若狭兵衛
入道　小野《をの》寺《てら》太郎　同中書　下河辺《しもこうべ》四郎　冬兵衛
尉　讃岐《さぬき》兵衛太郎　同弟次入道　同十郎　同七郎　同六郎
同九郎　同十郎　江戸《えど》太郎　同七郎　同八郎　小見《きこ》次郎
品川《しなは》太郎　志村《しむら》弥三郎　下嶋《しもしま》太郎　下条次郎　筒井《つゝい》次郎
渡《わたる》左近　足立《あたち》太郎　同三郎　原田《しぶ》太郎　同三郎　安保《あぼ》刑部
塩屋《しかや》民部　加治《つぢ》小次郎　同丹内《えない》　同源《げん》平郎　荒木《あらき》兵衛

円墨《まろ》太郎　木村七郎　同五郎　相良《さがら》三郎　義加虎小
次郎　馬屋次郎　蓮原《やはら》三郎　熊谷《くまがへ》小次郎平直家
弟《おとゝ》平内左衛門直国《なをくに》　春田《かすだ》刑部　法衛《こせ》左近　田平郎
兵衛　引田《いきだ》小次郎　田五郎　武《け》次郎保宗《やすむね》　同五郎重純《しげずみ》
伊藤左近太郎　有間《とき》太郎兵衛　同次郎　同五郎信《さい》
太郎　若戸柄《とべへい》左衛門　善《ぜ》右衛門太郎　山田兵衛入道　同
小四郎　飯田《いいだ》左近丸　高城野《しやきの》四郎　子息小三郎　相田新
曽我《そが》中村《ぶつし》平川《やへ》人々　波多野《しだの》五郎　信政《のぶまさ》　金田十郎
勅使河原《てしがはら》四郎　新関《しせき》兵衛　同小五郎　伊藤《いとう》左衛門

同六郎　宇佐美《うさみ》五郎兵衛　吉川《よしかハ》小次郎　天津屋《あまつや》小次郎
手島橘太九郎　瀧瀬《ろや》左馬允　橘間《きしま》太郎　渋川《しぶく》中務丞
忠光と先《さき》としてこそ勢《せい》十万余騎《よき》とさし上せ東《とう》
山道《さんだう》の大将軍《たいしやうぐん》には武田五郎父子八人　小笠原次郎
父子七人　遠山左衛門尉　諏訪《すは》小太郎　伊具《いく》右馬允
入道軍《いくさ》の検見にさしそへられしもこそ勢《ぜい》五万余
騎　北陸道《ほくろくだう》の大将軍には式部大夫朝時《ともとき》四万余騎
相具《あいぐ》して三の道より十九万余騎ぞとさしける
宣旨《せんじ》の御請《うけ》に詞《ことば》とらく義時されたくハ将軍

の御後見《しろミ》として麿《まろ》が代に王位《わうい》を押しとゞむること
あまし自《ミツカラ》勅命《ちよくめい》を奉りゝし是非《ぜひ》に乱し道理《だうり》の推
下知中の綸旨なり然と長乱義等が讒言に
付せましくて卒爾《そつじ》に宣旨を下され既誤り
さきに朝敵《てうてき》となりまうし成候条不便《ふびん》之也
往合戦と申しこの武勇《ぶゆう》を御嗜候間海道《かいだう》の
大将には舎弟《じやてい》時房《ときふさ》嫡子《ちやくし》泰時《やすとき》副将軍《ふくしやうぐん》に義氏義
村胤綱等を始として十万余騎とさし遣す東
山道《さんだう》五万余騎北陸道《ほくろくだう》次男《じなん》朝時《ともとき》四万余

騎多く参《まい》り候此兵《つはもの》をめして合戦《かせん》させて後ニ
御覧《ごらん》ん若《もし》此勢《このせい》にてしらこくいく義時《しとき》か二男重時《しげとき》ニ
先陣うくせ義時たるとして廿万騎多く馳集
てくいこを為《ため》にあまく入道をハわつかに鎌倉《かまくら》にのこし留
[illegible]てたゝせ参《まいる》間今ハ坂東三分一の勢を先《さき》
とし餘《あまり》三分二の勢ハ今日明日ニ馳来候
めし奏《そう》し申へしとく粮料あくまつくはして
追出候く推松叢《ゆめ》のくらしくて上りけるか六月
一日の百刻ニ封暢疫て走り来く御坪の内に

討伏せられ君《きみ》も臣《しん》もいつしか推松《たち》物《もの》とば申さるぞ
ほしきまゝにこそ義時《しとき》が首《くび》とは何者《なにもの》が討《う》しく参《まゐ》るぞ
鎌倉《かまくら》には軍《いくさ》するぞ又西方さしてのぼるぞ
としはよはまはる若く作く息《いき》つき作とく
云ひしそくやしけれハ五月十九日午の刻判官の
使片瀬川《かたせかは》にて先立《さきだ》て鎌倉《かまくら》へ入義村《よしむら》が内消息《ないせうそく》
付く作へば義引さる親《ふ》あるく使者《ししや》をば出して伴の
状を義時《しとき》がくるしくく作る間推松しあるさ
もつく縄と付れし作き海道《かいだう》山道《さんだう》北陸道《ほくろくだう》大勢《ぜい》

よく坂《ろ》廿七日の暁《あかつき》追《おい》出《だ》されし義時《よしとき》かくして本
されし候しか大勢《ぜい》ハ只一日に鎌倉《かまくら》を立《たち》候しか
とくも馳《はせ》の勢《せい》を待《まち》くおしくよらハ余《あまり》に大勢て
道《うら》も去《さら》あつてぞ候とくおしく鎌倉をバたちく
つきらくれ候事よく候しと秘《とし》も去候
大勢しらえに参《まい》りく候今ハさりや近江国《あふみのくに》へハ入
つらん海道《かいだう》ハ一町と馬の足の切《きれ》る事候はぞ
百万騎《き》も候らんよく又候《う》しくらう足と聞《きゝ》く
これをきゝしるし魂《たましい》とけと聞ハ推松《としまつ》が申状

ぐらしん臆《おく》すべからず縦《たとい》又味方《みかた》に志《こころざし》あらん者
も鎌倉ことバ義時《よしとき》方として名のらば日月星
を地に落《おと》すべし早《はや》く御方《みかた》に参《まいり》て討手《うって》を向《むく》
べしとぞ北陸道《ほくろくだう》にハ仁科《にしな》次郎盛朝《もりとも》宮崎《みやざき》左衛
門尉親教《ちかのり》糟屋《かすや》右衛門尉有久《ありひさ》都合一千余騎とぞ聞し
遣《つかハ》しかバ重《かさね》てさし下スに及ばずとぞ海道《かいだう》山道《さんだう》二ノ
道に討手《うって》を下されへしとぞ仰られける胤義《たねよし》廣綱《ひろつな》卿
兵《つはもの》を各《おの〱》存しけるを下米由仰下されける中にも
山田次郎重忠《しげたゞ》ハ進《すゝみ》にあらくやくらハ敵《てき》の近づけ

先《さき》ニ御方にし族《ぞく》ニ約《やく》をなして敵《てき》の返《かへり》
所《ところ》もなく御下作りてこそ内の輩ハ御方ニ参《まいる》へし
此義《き》あしくさりて宇治《うぢ》勢多《せた》と固《かため》しく人馬の
足とはからひして関東都《みやこ》よりく御合戦なく
若《もし》法性寺さる殿ありて各陣《ぢん》ゐなく勝負を切るへき
とめ難《うぢみ》とうつしへしと詞《ことば》を致《いた》しくく半かく候《と》き
こしめされ此為奈まつつ仍但し八敵過圏ニ
入ねしん射手《討て》とさし向もして程の者をすてらん
宇治《うぢ》勢多《せた》と固《かため》て都《みやこ》よりくの合戦もんせりしハ

敵《てき》のあらん所まで發向すべく候へしと申けるに胤
義此れをきゝて然べしとぞ申ければ
領掌《りやうじやう》申せしかバつゐに秀康《ひでやす》合戦惣大将として
て胤義・盛綱・重忠以下《いげ》六月三日の卯刻に都を
立て同四日尾張川に着《つき》て手々《てゝ》を分《わか》つ大炊渡
是ハ山道《さんだう》の手なり此手に修理《しゆり》大夫惟義《これよし》其子駿河
大夫判官惟家《これいへ》・筑後六郎左衛門・糟屋《かすや》四郎左衛門
西面《さいめん》の者共にて勢二千余騎鵜沼《うぬま》の渡《わたり》には美濃
目代《もくだい》帯刀左衛門・内蔵《くら》入道千余騎摩免瀬《せ》には明申

判官代関《せき》左衛門千余騎板橋ニハ朝日次郎判官
代川出太郎千余騎大豆戸《まめと》ニハ大手トシテ能登守
秀康《ひでやす》胤義佐々木下総前司《ぜんじ》盛綱《もりつな》同小太郎判官
高重《たかしげ》安芸宗内左衛門源次郎左衛門盛時《もりとき》
次郎西面《さいめん》ノ輩《ともがら》少々《せう〳〵》相具《あいぐ》シ一万余騎池島
ニハ長瀬判官代重原左衛門入道五百余騎食
渡《わたり》ニハ阿波太郎入道臼井《うすい》入道山田左衛門五百
余騎墨俣《すのまた》ニハ河内判官秀澄山田次郎重忠
判官基清《もときよ》錦織《にしごり》判官西面《さいめん》少々相具シテ二陣

三千余騎市川崎《さき》ニハ加藤伊勢前司《ぜんじ》光定倶
国ノ郎従《らうじう》等相催《あいもよほ》して其勢千余騎都合味方
の御勢東国《とうごく》へさしむけらるゝ分二万一千余騎也
色さわくらん東国より攻上《やうのぼ》る勢《せい》の一方の勢也と
分またくみし不及勅命《ちよくめい》の朝家《てうけ》の弓《ゆ》矢《や》の名をしく
こし思ひ切くぞ下ける殿《と》の御旗赤地《かぢ》の錦《にしき》に
むしと金剛経《鈴》と結ひつけしく中に不動明王
天王とあらはしたる旗十流を十人に給り
各私《わくし》の家《えく》々の文《も》の旗さしてぞおもむく

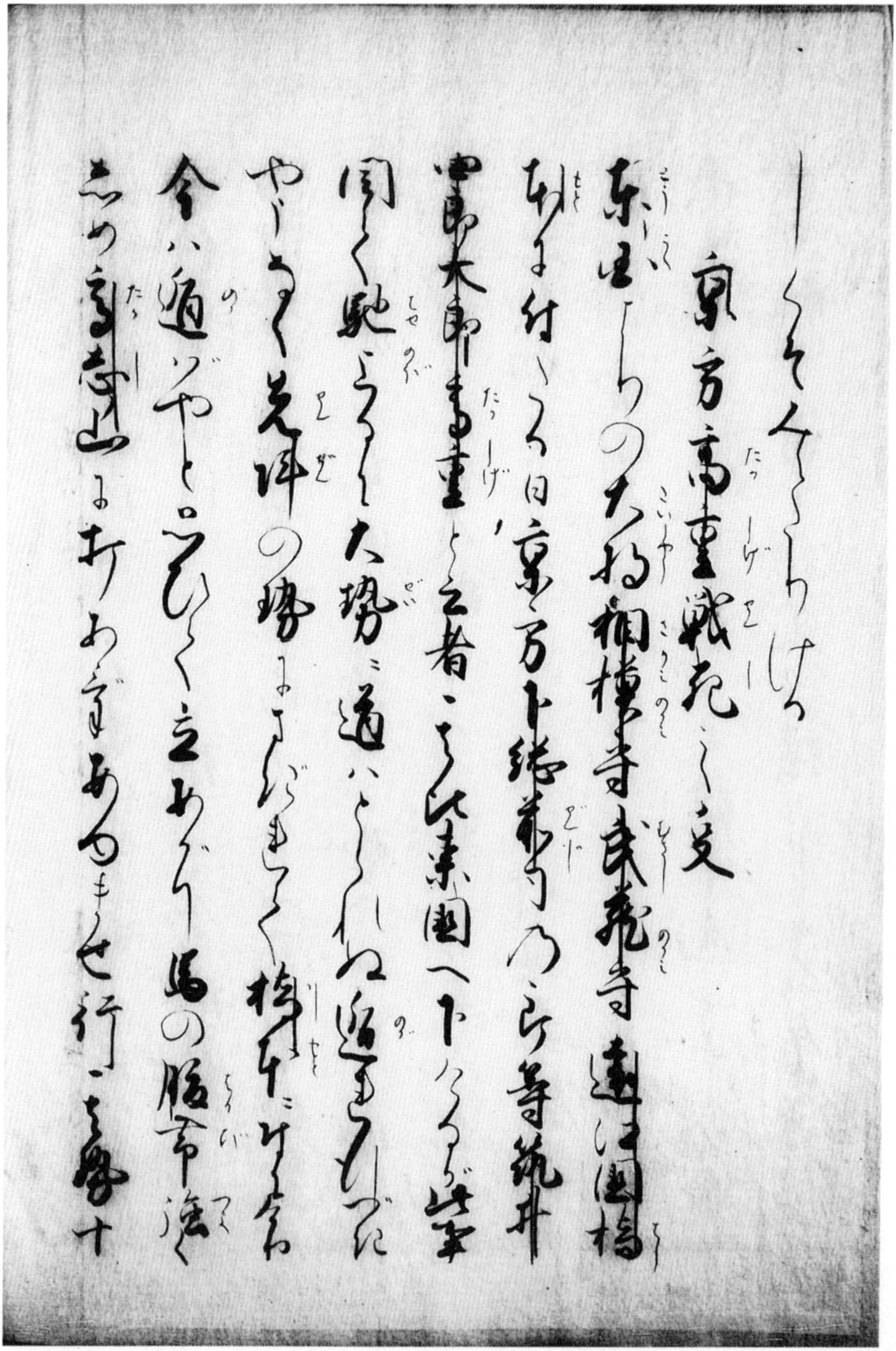
しくそ人そしりける
京方高重《たつしげ》戦死《せんし》之事
東国ハしらの大将相模守武蔵守遠江国橋
本《もと》に付く同日京方下総前司乃子等筑井
四郎太郎高重《たつしげ》と云者ニて東国へ下りけるか
関々駆らくし大勢ニ逢ハしはし道まもれ
やゝうく先陣の勢をよはゝりて様々にけれ
今ハ適やとこゝろくるしく立ぬる馬の腹帯つく
さめ高志山にて打あかりあかせ行に馬十

九騎近相模寺生どもゝ弓く此塔の木と切塵
事者と経どゝて馳りしちやけほとゝすて
と云八達は国信人伯母ごとりけるを雖
たりの中されにしとぞの戌の中を新左
ゑくあらん道く宿〳〵沙用はゞ〳〵参気
の沛つ引れさうと申されんいつやうと
あつぎ鞍どゝく追くゝ先陣新進ぎ
徐大ら新弥右ゑ門二十余騎すく追くる勢
もとしてもるゝ〳〵くもりしゝ音羽川ぞと云

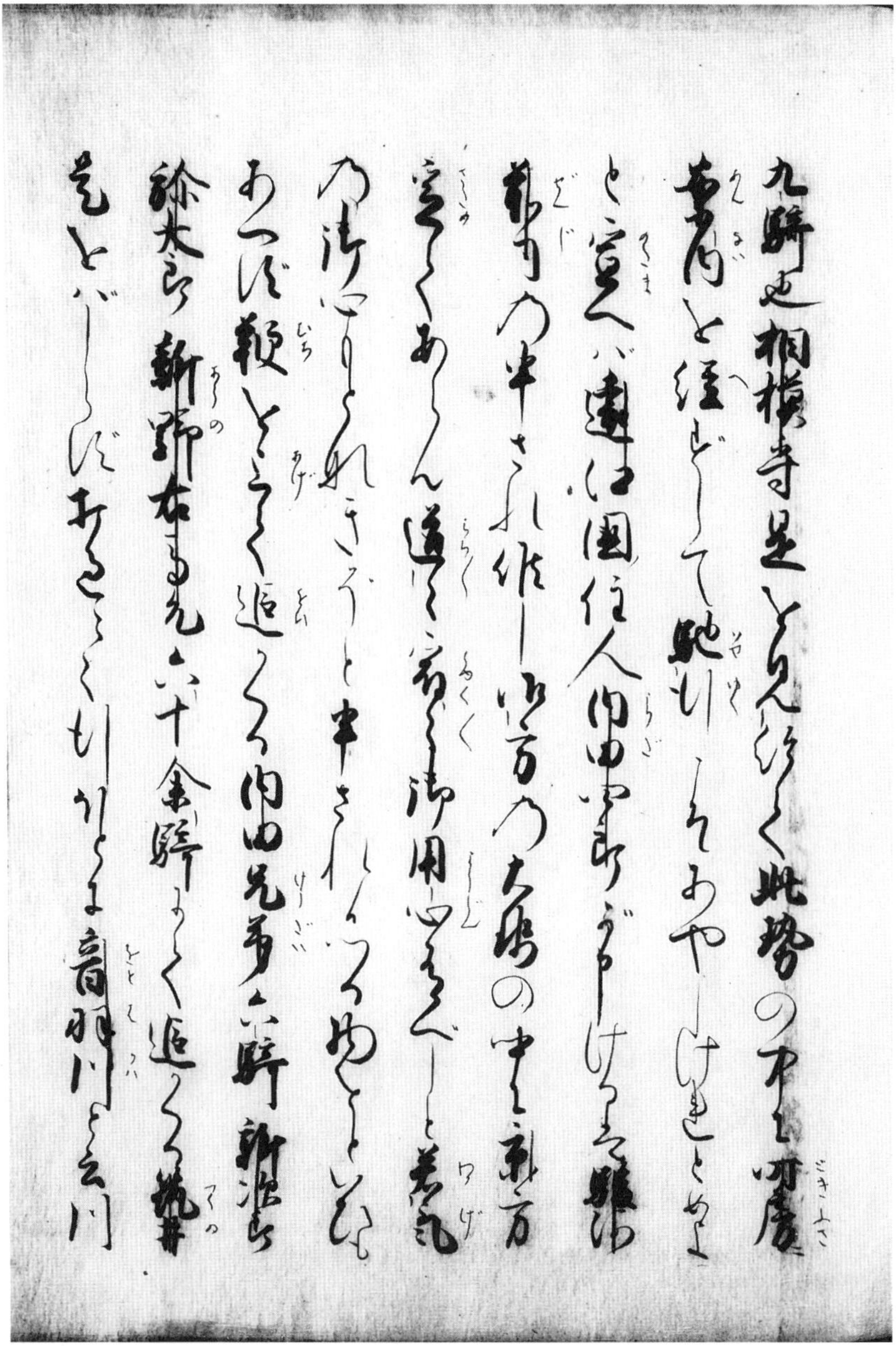

ゞに塔《とう》のあけつゝおわり居て今ハ行かたなくて

きつとく馬の足体めく居ところ打鐘《ひき》つきけれ

者《もの》なりしげまゐる行様《さま》にも重《しげ》しあはせ

すゑとおりあるまじく信にハ小屋《こや》のあけて全く

物具《もののぐ》すゝきまゐらせ御田としくくれ此家《え》籠《こも》り

はるかにハ住くの住人文名いりやのへまくおかすゐ

たねの住《せ》くと聞《ける》く遠江国住人内田四郎等《ら》参り

まいらせけれバ竜井《てゐ》近《すこそ》かく打殺《ちかい》してつくれ

知行バ休もすゝ株《しま》手に鐵《る》浴のへら等築井等

太郎中務重《しげ》とゐ共を大将と敵《てき》して京
方に参らんとするところ車ハ東の内よりて
内田中務が胸板《むないた》けと本苦《もとくず》つきかへしまて射
きられけれバかなしもきまらんでゞ落てゆきさて
六十余騎少しもきまらずけ入そら安房《あは》国住人《ぢうにん》
郡司《ぐし》太郎と云者小屋《こや》に入けれバ忠重《たゝしげ》弓《ゆみ》とバ折
すてゝ組相ひらさしちゞてゐろゝあまた
郎等《らうどう》七人ハせうしけれハ残《のこ》る十二騎よくく
しとみをやぶりて左ハあくく大場の中に入一騎も

のこりは討れてその十九人が頸一所にかけゝる
相模守武蔵守とく〳〵こそ従せしけるを
ある者どもまで感じ給ひけり

義秀大夫河村まで射返事

六月廿日辰剋に尾張国島井の前司清春
こ下二郎ひろく手にとりくゝる敵已に付
くし出して大炊渡とは山道の手にあひし
うちは鵜沼渡ハ毛利入道池の瀬ハ足利武蔵前司
足助冠者板橋ハ狩野入道大豆戸ハ太郎まで

しく武蔵守駿河守伊豆駿河両国の勢馳加く
泳雲蔵のしく渡にならひ墨俣《すのまた》には相模守殿
道等遠江の勢小嶋足立沼川越入道相
具してしもとに手を分けり大手ハ山道の
手をまはりくり下ての矢合《やあはせ》さるべしと武蔵守留
作ゑからハ大堀太郎浦田法師兵衛次郎
渡によせらけるとも山道の手と相待《あいまち》て摩免
まる下の大井戸の手ハ敵向《てきむかひ》てくる所の
ゆるしからよ左右《さう》なく川をわたしやすて府

らゞくさら武蔵守是をみて大きにいらて軍《いくさ》
どすゝもやしきてしあ也さしもときゝしと合《あひ》
尚ときしくゝむいしうく軍《いくさ》どもしりく清作を
さりがさうん宇蓮坂相違《さうい》してうんぞ過て停外也
との給けれバ京方より明稿《あきし》まち
宇義秀と名乗く矢《や》一ッ武蔵守の陣中《ぢんぢう》へ射
かしそう取くゝもバ十四束《そく》二伏してをあ恭射矢《や》
と大に驚く朝稲ハちハ射《い》さらく矢《や》づる十二
束《そく》にかくうきしうき討し是ハ味方臆《おく》させんとて

わとく一うへ進つ射也とつまて宣へ八
り汲る委村住人とてゆされ之泰可也て
もと所る生の遠矢八とよりもう
まり御村よ此失射せよと作た
くり又山通の年團大郎と云者歌も
三年がつ八奈可次郎長清父子
人武田平四郎伯光父子七八奈古大郎
王未大ら平井二郎加葉義車ら秋中木ら
三人小佐里大ら南武太ら

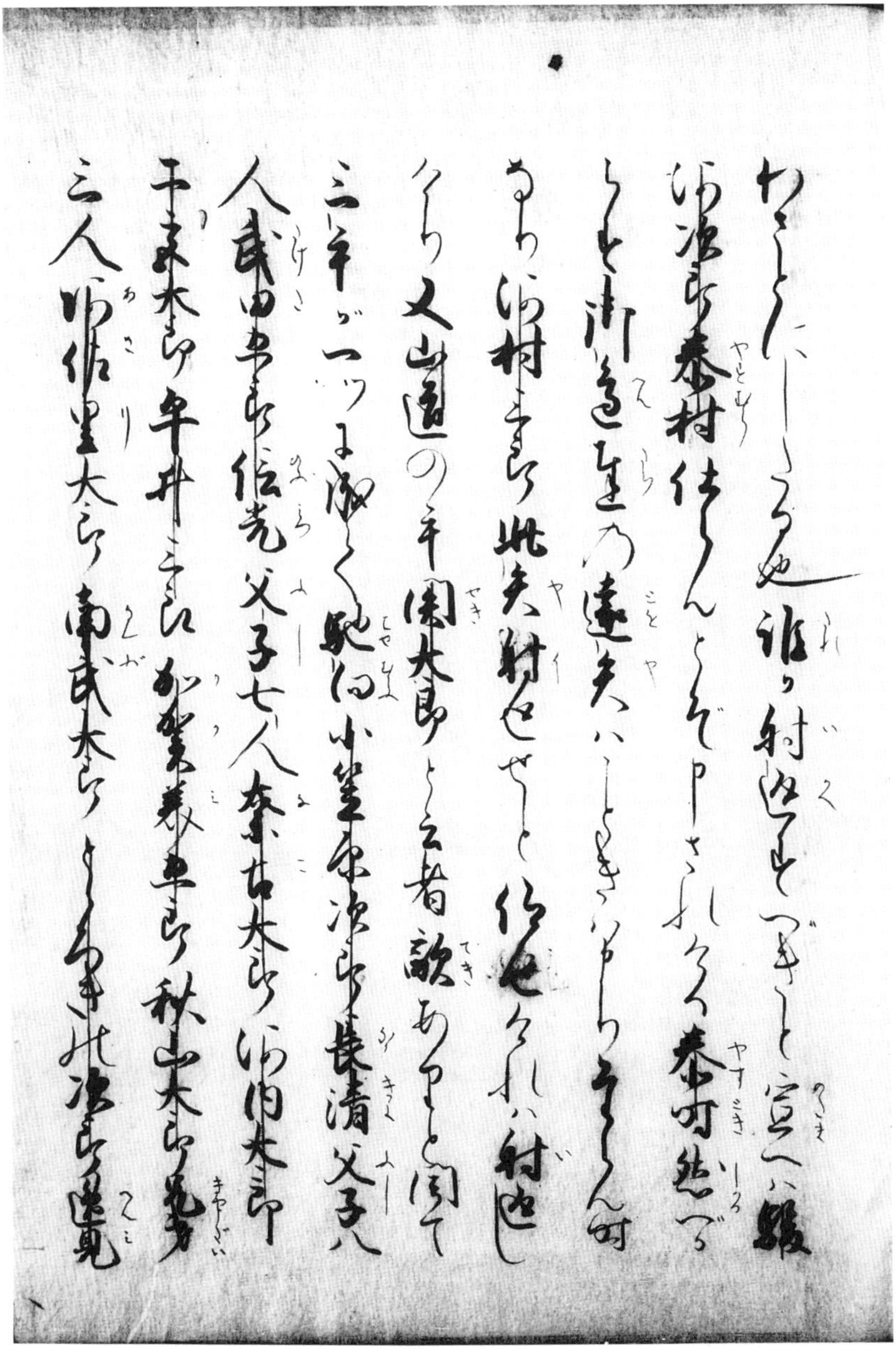

入道・遠山《ことやま》左衛門・伊具《いく》右馬入道・布施《よせ》中務丞・中郎兄弟《きやうだい》三人・豊《ぶ》中主《ちうし》・春葉平太郎・塩川《しかハ》四郎・栗原《やり》太郎・小山田太郎・河津三郎・石義《こゝ》田太郎・千野太郎・黒田《くろだ》刑部・相良《さぎら》三郎・長瀬《ふつや》小三郎・西沢《をさは》左衛門・海野《うんの》・望月《もちつき》山をく馬ども馳こえ伴野《の》の大寺《てら》に・敵《てき》もみえておとしいれども人もなし一河原《そうがう》と京下の体《どろ》ども二三が一手にしゝ合て軍《いくさ》の評定《へうでう》を明日大炊渡《おいツノわたり》をばわたさんとて各《おのおの》宿《やど》へ下しける武蔵太郎申けるそ明らゝの給へども目に見えず

敵《てき》をいつくゞつ一段もじくハ遁るべき人ハしれ
信光今日此川をわたしへとく於にく武中小
五郎ょ里を合をもく進にくわ二陣の手が進みし
惣陣後陣ハつゞくつゞきして駒も川端よ
馳《そ》てく人もハ敵《てき》川ゞくしりかしさて陣を取川
岸《きし》に舟を伏く道茂本をしそり瓶くわたるべ
きやくしるし河上左近千野源六ハ常葉小次番
中島内蔵入道乞常等わたりけるを見てく敵《てき》の
方しら武者《むしや》一人下てかしくくハ一番にわたりハさえ

〻中ハ信濃国住人《ぢうにん》須方《すは》党《たう》ニ大妻《おほつま》太郎兼澄《かねすみ》
うちとぞ申ける坂東しり取あつてぞよろひける
同国住人《ぢうにん》川上左近千野六とぞ答《こたへ》けれハ
一家《け》なるものハ千野ハとハ大明神《だいみやうじん》ニ供《ぐ》しける
左近先とハ申侍とて川へさゞと打付ら千野
おくれじとおめいてつゞくこゝとて明神《みやうじん》を
念じ奉るとハ申侍ん《け》とて切付《きりつけ》のあまり
羽つくろしもつく射付ら千野逆茂木《さかもぎ》のもとニ立て
太刀をぬく所をつゞく武者《むしや》落合て討取ぐる

幸葉《さきて》小次郎續《つい》て寄《よ》すゝとりこめて五人落合て
頸とらる赤《あか》田御房党も馬の腹射《い》させて平武者《ひらむしや》
なく川をわたり向の岸《きし》の下にわたり付敵《てき》党とば
しばしして討《う》たれけり武田太郎渡《わた》らんとしける
よ相具《あいぐ》してわたる處に小次郎千野五郎太郎
次郎は乗、次郎太郎を先《さき》として百騎ばかり
この波白《なみしろ》くけたてゝわたらんとしけれは敵《てき》党見え
て川岸《かはきし》に歩《あゆま》せ矢《や》先揃へて雨のふる如《ごと》く
射《い》すくめられて川中《かはなか》にしはしそて武田太郎信光

鞍とあぶみく川の水の岸にひかへつゝ鉦鼓を
いうち小むれ見の口をも似せ計く後におと
東へおし物ごゝに信光義氏討つゞくて
きゝをいふ中もう三なかく逃ざれどで呼ろ
小串忠をとやく唯一みやむく鋒をとて
あ此百騎あまち月いくゝを渡せ舟も達義本
も跳らして雲とをつぐ向の岸（きし）にくゝ鞍と
あぶく父を討とくく小串為討とれとく
馳下て小串原津兵衛清達中左衛門直とくて

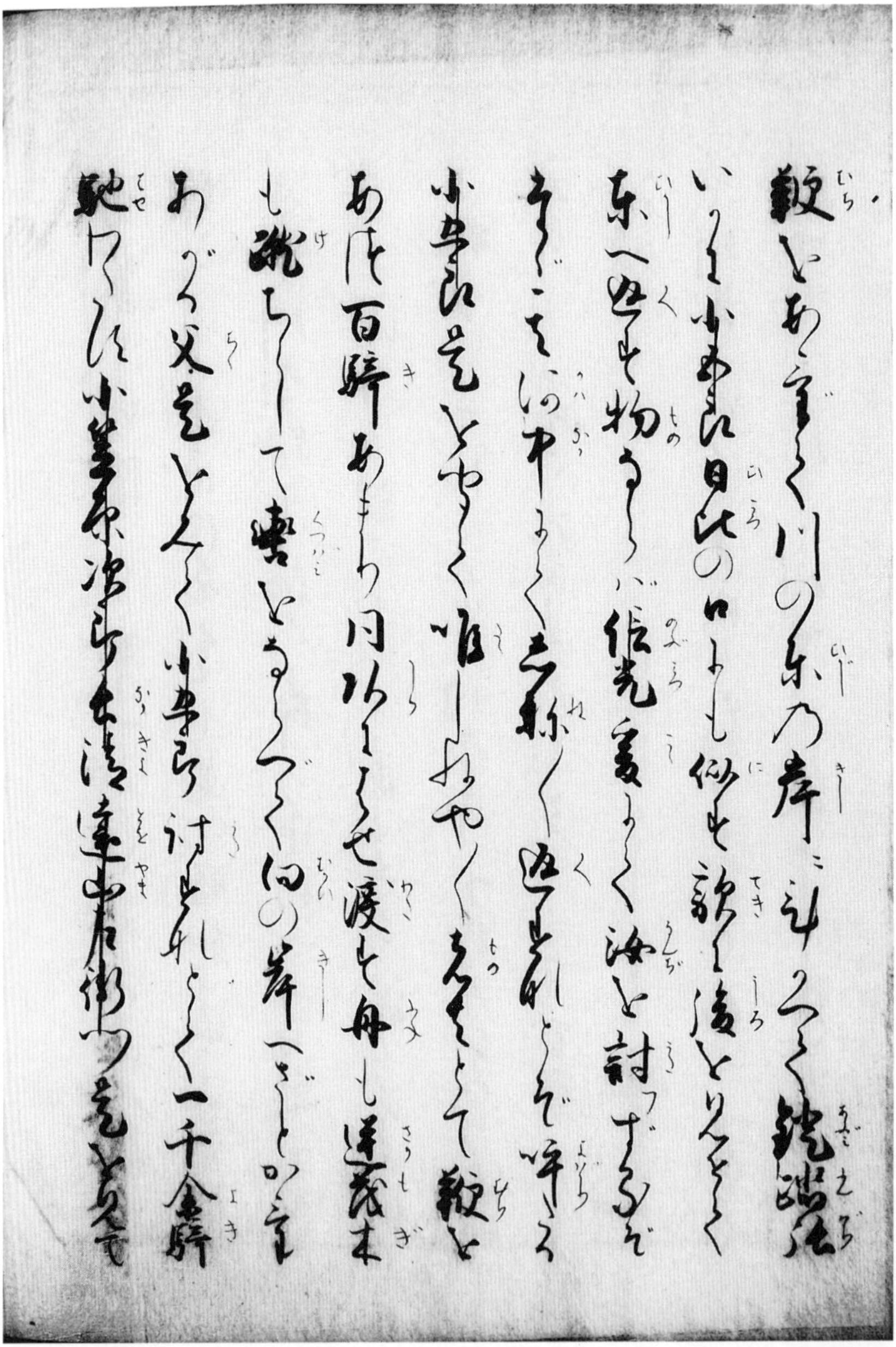

鞭《むち》をあてゝ馳《はせ》けるを始《はじめ》として山道《さんだう》の手《て》五百余
騎《き》轡の水を一にして一騎《き》ものこらずうちわたる
駿河《するが》大夫判官《はうくわん》筑後左衛門筑後小郎左衛門糟屋《カスヤ》
四郎左衛門を始《はじめ》として名《な》をおしむ輩《ともがら》を追合《おひあひ》く
さうしくしく落行《おちゆき》ける中にも筑後左衛門追合て
深入して足野木郎に討《うた》れにけり美濃蜂屋冠者《はちやのくわんじや》
も又深入《ふかいり》して佐里次郎に討《うた》れにけり大嶽《いぬけ》小太
郎家光《いへみつ》と云者名乗て切て追合たりしかども信
濃国住人岩間《いはま》女郎組《くみ》て落《おち》て岩間が子《こ》二人落

合く討くら筑後楢屋入ねもくさいこく
けきを人勢ゝしゝゝゝく力ゝく成りけり
本妻もの始もり命すらしをへへさりくく車
の手負て迯もやらに長野四郎と渡辺を
三人してとりゝけふ小峯本ゝ四郎うをとりまし
討んとするとりゝく本妻ゑくゝ車洸ゝ敵の手
いひくにして山へく女月賓らへく戦原
是よりへ返戸へ戻りつ合戦のやゝ々築手成
定下の人くゝ借り卒をくく山へくを入くら筑波

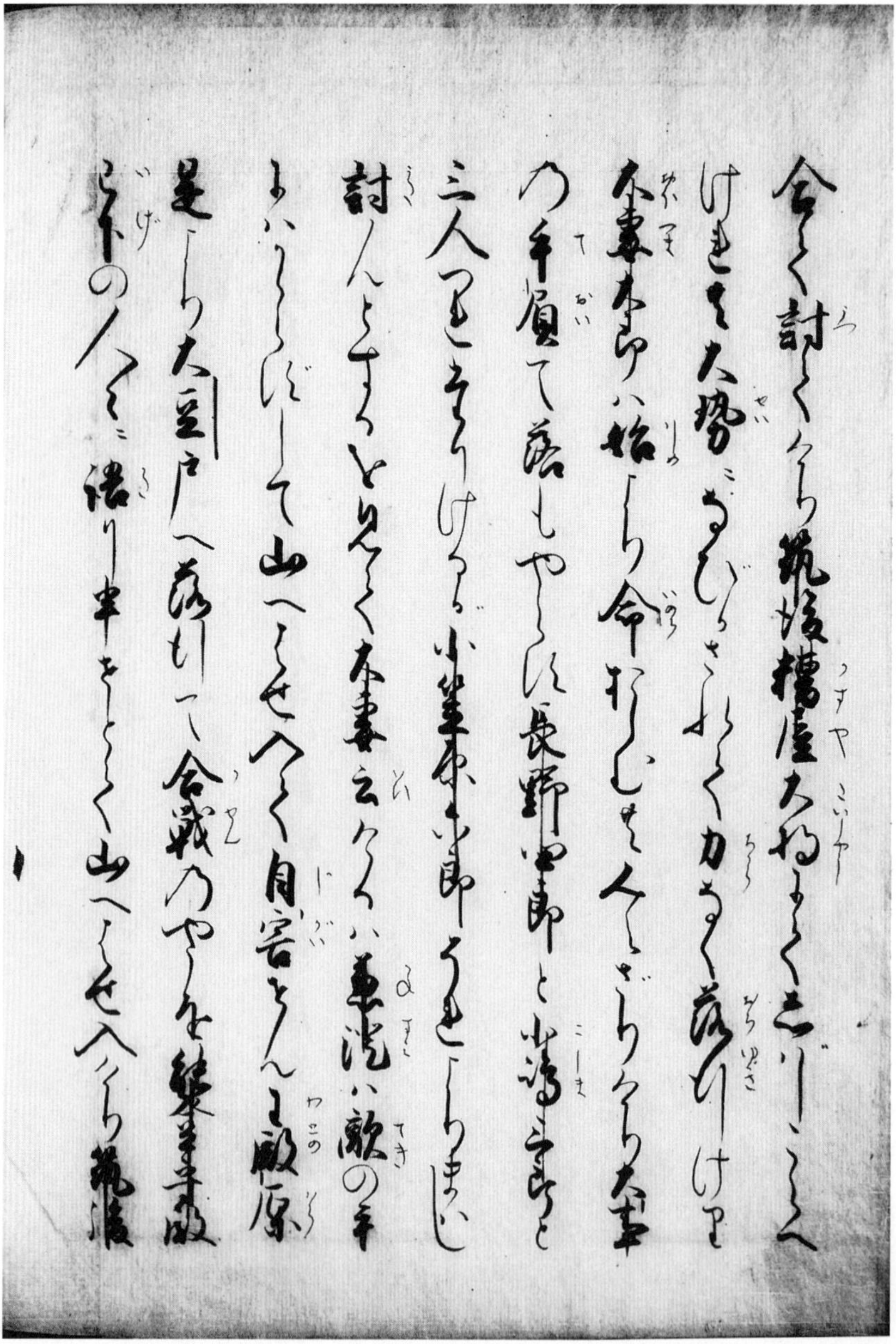

小次郎ハ小笠原七郎と弓手に双て聞ゆる御所焼《しよやき》
菊作《きくさく》の太刀をぬいて小笠原が胴中《どうなか》を切落《きりおと》んとしける
が打そこなひて馬の首《くび》を打落しぬ手を深《ふか》く負の
久の長野四郎小嶋三郎大夫へ馳行《はせゆき》て合戦の
子細《しさい》を申けれハ能登守秀康《ひでやす》を始《はじめ》として打手《あそさし》
支《ささへ》え知らせとふらひつるまゝに関東勢
そまふ瀬義足と聞く山道《えなし》の手破《やぶ》れぬ
刀根《とね》の手ハ是と聞く二陣も落ぬんさらせ給
はや判官山道《えなし》の手に向く支て候けて其《ときハ》

女房ノ案内《あんない》しく五百騎づゝ歩《あゆま》せけるニを日夜
く入けれハ能登守下総前司《ぜんじ》以下《いげ》しら合て
平判官ハそのよしけによくしのいつかたゝ夜
明るハ山道の手あつまりて大手前しら渡《わた》を
するハかくしく引も叶《かなふ》まじ夜ニまぎれてくこゝと
引て都ニ参て事のよしを申へく宇治《うぢ》
勢多《せた》をも固めて世間《せけん》をまもりしらんと云けれとも
上下然しく落行ける胤義も此事我一人哉
なりつき勢《せい》次第《しだい》にすくなくなりゆかハ叶《かなふ》まじとて落

てけり爰《こ》に大豆戸へむかひける勢の中より武
蔵国住人阿当治《めうぢ》小次郎と云者あり川に打臨《のぞ》ん
て申けるは山道の軍《いくさ》は明日と合図《あいづ》をさゝれし
をしや始く作くら死《し》そく馬かけのまそさ
山道の手の後陣《ごぢん》にてこそいへとしてそ口惜
けれとよ云もあれは打入二番に武蔵太郎時氏《ときうぢ》
打入ぬ是をみて十万八百余騎一度に
打わたしけるを時氏三十余騎にて敵《てき》の鏃の
内へたゝいくら花入ららは兵《つはもの》一人もちくそとは雑人を

ぞ十四五人迯《にげ》散《ちり》ける

前田家本承久記　上巻（裏表紙）

承久記下
共二
共二冊
珍書

金澤學校

承久記下

去《さる》ほどに夜《よ》も明《あけ》ければ武蔵守《むさしのかみ》小太郎兵衛
有使として唯今《たゞいま》大豆戸をわたらせ給也同御急《いそぎ》給
と申されければ足利殿使の人々ありして
ことしんしく足助冠者相共にわたしければ小太郎
兵衛も此手《て》に付くわたしけり渋川《しぶかは》小次郎が落ゝく
と日来《ひごろ》のしゝおも似《に》ず返《かへ》さいてもまてく大
勢《ぜい》の中にけ入けるが又二そじき人てさらりけり
池田《いけだ》右近としく徒《さくよ》がちんわり者《もの》是も返《かへ》しあひ防

けふ義氏の千々年中専和と続く首とて
ふ昔後の手もえを聞くたヽく小太郎
て先けゐる敵をさんに先げらつ付く落
リニ外渡ニ六月百年剣らうしれ追落を
京方一騎ものくしに面を拾くヾ歳があろ
野山林汀どもきつと田の中藩の中をいつ
に折入く山もえを開東の勢くうりそり
京方逃由をいヱしヽかくヽつて相待まるを
くヽ土屋尾小大郎京方一入つ首とろ善秦

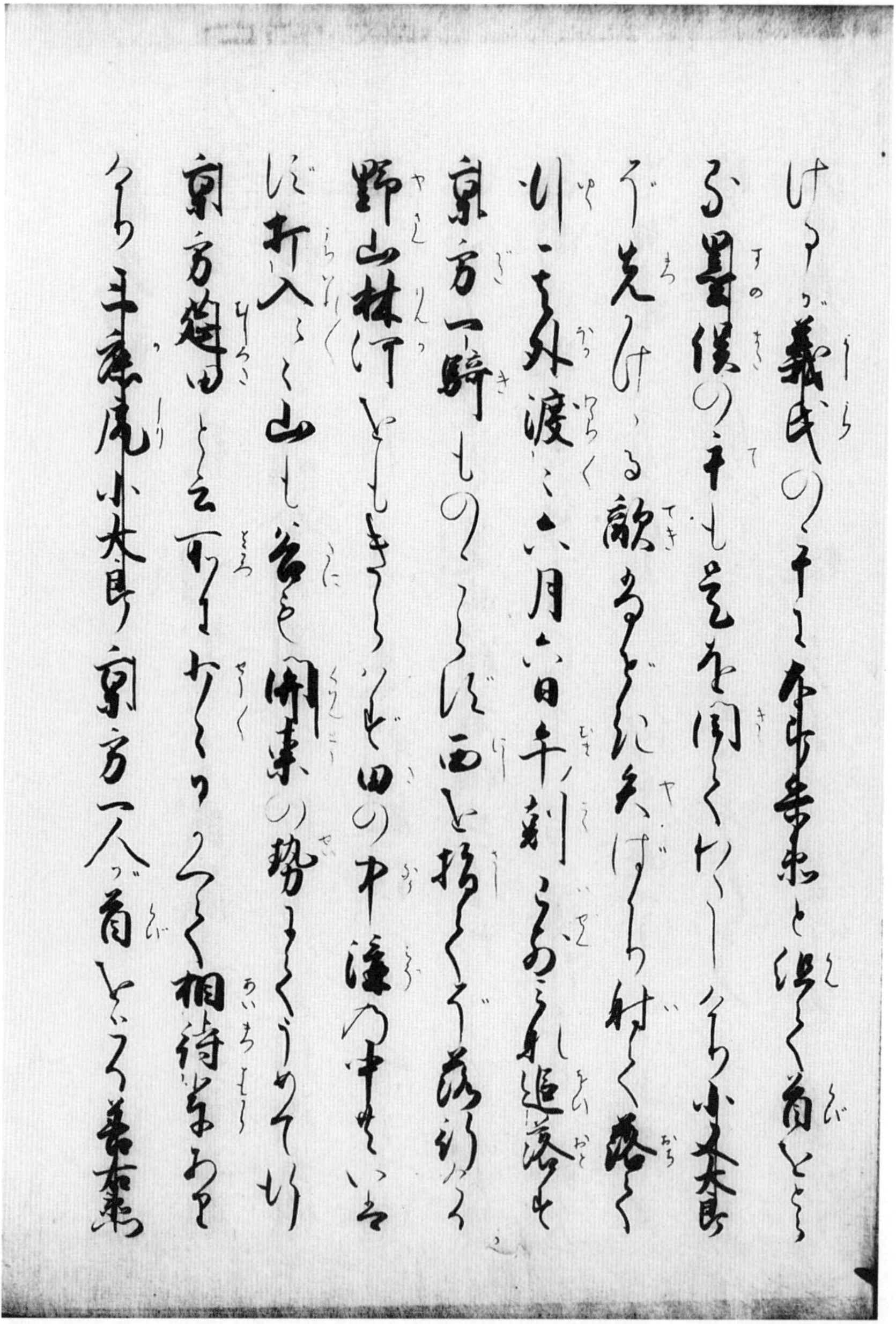

西《さい》ノ右近庸兼各敵《てき》一人づゝ打山田重忠
二人ガ首《くび》とらる京方ニ尾張国住人下津《しもつ》太郎
ガ手《て》の者《もの》落ハくる所追かけ紀《き》平郎兼入道
生捕《いけどら》るゝ京方ニ尾張源氏《げんじ》山田次郎判官一
人ものこらず落もしと人々あるか心しや重忠ハ
矢《や》一ツ射《い》ずくして落ハなかりて杭瀬川の西岸
ふたに九十余騎ありけるが関東方ら鷲
橘左衛門五長五十余騎あく馬しやニ真先《まつさき》
けくいの端ニ打臨こたくるら山田次郎ガ旗とく

いつゝ思ひしるを村上らくぞりけるへ入て陣に
わかきせいにて相郎三郎波多野中三郎鎌田丹内
同太郎中務宅間《たくま》次郎矢部《やべ》平次郎伊佐《いさ》三郎
三十騎ばかりにて馳来《はせきた》ると見えて金長川より
ゑさればこそ西《にし》のつらにおもむく同心く山田次郎
重忠《しげたゞ》と名宗にて射合《いあい》ける山田が郎等《らうどう》藤兼
父子《ふし》出来荒畑庄辺小畑右衛門にのへ熱ちけり
されば陸《くが》へあがりけめく敵陣《てきぢん》して西《にし》の方へ落《おち》
行《ゆく》相郎寺に敵を射つゝ若党《わたう》の肩を

しらくあをく道し体《ヤナ》、らく矢《ヤ》とゆくに柄《カウ》がら

ぬきとく根《ね》はとまりて僅《まづ》に五分ばかり尻《しア》の尾さきと

り石あそおゆがめくぐくぐり多しともぬげぞ

全《ふ》りしまく引《ひけ》ともぬきえぬ相胆いかにもして早《はや》ッ

ぬきまもてたゆむところ弓《ゆみ》の弦《ほろ》とつめて結《出い》

はらく木《き》の枝《えだ》にしけくりうかれし

ば槙《めけ》えだぬきとらば死《しに》なん驚《しづ》くもて息《いき》

あきさむぞ此ばへ国へかへりへ但大将《こいしやう》の御目に

くへしらく界《こい》て帰りは相模目とり見あて

口おしとする奴原《やつばら》乱西へくだり死《し》なば宇
治《ぢ》川にこそ入しと云けれバ力なく又兵のく
加地中務波し野平郎矢部《やべ》付して阿弥に
ともかくら残《のこ》ハ敵《てき》と返しく大将しみて兵《つはもの》
さしも行《ゆく》目とひく落行を伊佐《いさ》大郎と
あまりて組見さて古き堀のうちにけるを敵《てき》継ける
しく馬まろびけるを伊佐ブこるも續きまろ
じめら出ておきた真く海ハ何者ぞ我ハ源重進
うち伊佐ハ信濃国住人伊佐三郎行政《ゆきまさ》也とぞ

答かくさくハ恥《ぢ》ある者にこそとて太刀を抜き
けるとりんてく山田ゞ郎ホく藤兵衛と云者ある
こよりト伊作兵衛と切る、千郎居虎にあすてれし
て居ありつるたる刀をとりく合せ候伊作が郎籍
の与等二人まもりゐさりけるる主の腕にうた
るゝとみて二人走りかりけるに敵《てき》太刀を取返し
討んとすれハ逃《にげ》にけり又主を討んとすれバ
二人走りよりて我旅すゝしと三四度《ど》あはこたう
こら大勢馳来りて山田とハ藤新兵衛馬ぞさ

のごとく旅立けり

武家《ぶけ》宇治《うぢ》勢多《せた》手分《てわけ》之事

相模守《さがみのかみ》中一日酒井《さかゐ》に留《とゞまつ》て山道《さんだう》海道《かいだう》二の手《て》と
二宿《しゆく》ましせ合《かハ》を路次《ろし》の兵《つハもの》ども馳《はせ》集《あつまつ》て都合十
八万騎にぞ成にける関《せき》の東《とう》と云所《ところ》にて軍《いくさ》評議《ひやうぎ》、
所《しよ》ゝの手分も有。武蔵守申けるハ今度
宇治《うぢ》勢多《せた》の合戦《かつせん》しそ終《ばう》ゝくてくるゝ時《ちく》
軍《いくさ》の会議《くわいぎ》も手分《てわけ》も大事《だいじ》にて候へハ駿河守
敵ハいかにもしひにつけゆくへく悍《く》のしはらく候て

申けれハ大将の御命にしたかへハ高絲し
給へ北陸道《ほくろくだう》の手ハまうずみてらるゝ勢多《せた》の大手
をハ相模守殿供御瀬《くごせ》よりハ武田五郎一家人とも
甲斐《かい》信濃軍勢《ぐんぜい》宇治《うぢ》へハ武蔵守殿向ひ給へ
し一口へハ毛利《もり》蔵人入道殿向ひ給へし淀《よど》の手《て》
ハ義村《よしむら》殿向ふへしと定申けるを相模守の
手ニ本間兵衛忠家と云者進出て駿河守殿
れハのしもたゝに及すとて相模守殿若党《わかたう》
軍《いくさ》をせすしてとの事とこそ見へしハ武蔵守殿勢多《せた》

へ向《むけ》進《まい》らせられ候へく、宇治《うぢ》へ相模殿を向進《むけまいらせ》
つかはさらへしとぞさるへく候、いかにしても半の沙汰
ぞ聞しめさるへき駿河前司《ぜじ》義村半さるへく候ハ乗る
ましく候とも軍《いくさ》の習ハ下ましく候ぞ
兵《つはもの》の習ましく候ハゞ又相模守殿と相継《さう》進を
候ハゞ急《いそ》ぎ武蔵殿勢多《せた》へハ向はせ給べき、且《かつ》ハ私《わたくし》
の新儀《しんぎ》にあらず、平家《へいけ》兵乱《ひやうらん》の手合《てあはせ》に木曽《きそ》殿を
追討《ついたう》ありし時も兄《あに》の蒲《かば》御曹司《ざうし》ハ大手《て》勢《ぜい》へ
弟《おとうと》九郎御曹司《ざうし》ハ宇治《うぢ》へ向《むか》はせ給候きハ乃

先規亀鏡《ききやう》として今もつて関東《くわんとう》にてもちゐらるゝハ
義村《よしむら》が私《わたくし》のはからひにあらず候ぞと申されければ
武蔵守殿今にはじめぬ事なれども此義《ぎ》にて
へつかはすべく西路へ小笠原次郎範長太郎左
衛門上田太郎をはじめとして甲斐源氏信濃国住
人をさしつかはす小笠原次郎進出《すゝみいで》てかゝりけれバ
身をおしむものハ佐々関山《せきやま》よりく馬もおほく馳
しのり又大坂渡《わたり》よりく手のきゝはつ合戦《かつせん》仕く
馬も人もせめ依《よ》くむ事もあはぬ人おほく死

なりける長清と仰られし侍共御前をたちにけり
差しくへ候ぞと申されしかハ武蔵守殿宣《のたま》し
けるハ痛ニ半さうしなむもの諸ノつせ寄く
思なまくしそて大事の手ニハ向奉りて宣しなし
ハカ及ぞも重て辞し申ニ及ぞとゞく向毛ら
ニて勢一万五千余騎なら式部丞朝時ハ五月晦日
越後国府《こふ》ニ付く打立ぬら小国の峯悪桐坂ニ
五万余騎ニ及ぶら京方ニ仁科《にしな》次郎宮崎《みやざき》左衛門
糟屋《かすや》右衛門先立て下りたりけれハ加賀国林が

もとより体《やと》ゝ無く関ゝの名をとりて井手《いて》左衛門

石見前司《ぜんじ》安原左衛門石黒《いしくろ》三郎近藤四郎同子

郎従等を始めしくわ参らざらんぐ物具《もつぐ》て日数

を送りて宮崎《みやさき》と云所とききこえしは田脇《わき》と云所に

逆茂木《さつしき》をひきかゝしも関東の兵乱杭のうつし海

を泳《およぐ》ぎせくとよりとも六月八日越中の砺並

山を越《こし》くくこゝに京方二千余騎を二手《て》に

分くさしくへしけしもを太平山のあるゝ陣《ぢ》

をとりて夜をこめて黒十荒薫を前《さき》として

山をこしハらく上ハ仁科《にしな》宮崎《みやさき》一軍《いくさ》もせすして
落にけり糟屋《かすや》ばかりぞ討死《うちしに》しける林次郎
石黒《いしくろ》三郎近藤四郎同五郎らとぞしく
関東《かんとう》方へ参く北陸道《ほくろくだう》の在〻京方へ降《こうへ》
もせぞこそ落にけり桐ちて首を
道にて切けりうちんの打西とつゞ手ヽ横てけれ

一院山門御幸《ごかう》之事

六月八日ノ暁《あかつき》秀《ひで》康《やす》胤義《たねよし》已下《いげ》御所へ参て去ル
六日大炊《おほい》渡《のわたり》をはじめとして落失《おちうせ》候杭瀬川も

外ならぬ軍《いくさ》しける所も人ぞとも弁へけれバ
聞《きき》も居《し》もおはしまさゞりけるぞ行幸ハ唯《た》今都《みやこ》へ敵《てき》
打入候ハんやうにおぼしめされけれバ一院《いん》ハ合戦の習
一方ハなましひに負《まけ》させ給ひしかども矢《や》も射《い》させじやハ
あら今ハ世をてしましましそ慈の軍《いくさ》をもしらるれハ
山門《さんもん》へ移《うつ》て三千人の大衆をたのむく君ハ相《あい》語《ろ》
くねらしと関東《くわんとう》へ急状《こいかや》せんとして殺仕る郎
坂本《さかもと》へ御出なる御勢千騎ばかりたてまつり用に
立つきの一人もなかりけり都《みやこ》にハ聞《きき》も居《し》も

武士《ぶし》もみな関東《くわんとう》の勢もいまだ参《まゐ》りあつまらで、
もいくさのしたくしきこえ能登守秀康《ひでやす》子息《しそく》家臣ら
具《ぐ》せられ二位法印尊長腹巻《はらまき》に太刀帯《はき》て世乱《よみだし》
ハ秀能《ひでよし》父子討人ともにくして目をくして太刀を帯
けくあまたせけれども、一院御目も御覧ましまし
まされハうのをくは中納言有雅につきて
清中の気《き》はくすゝめしめて彼らが最後《さいご》の念仏
然ば又現世《げんぜ》とも思はさハ御祈念《きねん》も候へし
敵《かたき》とハ取くへし、御心つくし思はさるへしと

宣《のたま》へバ、季継《すゑつぐ》も心得《え》ずとのたまひしかども
参り給ける日吉山王《ひよしさんわう》今度ばかり助《たすけ》させ給へとて
のうらみばかり申されしかバ、浦崎《かうと》在家《ざいけ》にら双《なら》べ給ふ
時ハ中納言も中へ入給ひけれバ、父《ちゝ》にハ似《に》ずらくるべくて
させ給ける

一院還御《とくゑんぎよ》の事

一院《と》梶井《かぢゐ》宮にしませ給ふ。座主《ざす》大僧正《さいちやう》承円《ちやうゑん》参《まゐ》り
給ひ御祈も御気色《げしき》もなく、御事《ごじ》の弟子《でし》末代の名跡《めうせき》
ともうきさせ給ひとぞ覚えし口おしくも

用なしと云つゞきて悪僧《あくそう》共ハ水尾《みお》が崎《さき》勢多《せた》へ
向けり。忽運御泳く宇治勢多とさしてぞ流ん
ゆへさらバ神明《しんめい》も御助《たすけ》けりへすんと涙を流
さる程に九日に四辻殿《よつつじ》へ還御《くわんぎよ》なる。都《みやこ》ハ又悦《よろこ》
あくる今一度御幸《ごかう》御覧ぜられじと
竪者《りつしや》観玄《くわんげん》水尾崎《しおかさき》の大将として勢《せい》一千余騎
勢多《せた》の橋ハ山田次郎重忠大将軍として三塔《さんたう》の
大衆さしそへて。供御瀬《ぐごのせ》二千余騎イにハ能登守平九郎判
官、下総前司、後藤判官、西面《さいめん》の輩相具して二千余 一万イ

騎[illegible]の瀬くハ長瀬判官代・上野入道五百余
騎、宇治《うぢ》ニハ佐々木野中納言有雅《ありまさ》・甲斐《かい》宰
相中将範茂《のりし》・右衛門佐朝俊・大内修理大夫惟信・
[illegible]小松《こまつ》法印・山城守・弥《や》太郎判官・西面《さいめん》の輩
一万余騎、真木嶋ニハ足立源右衛門 五百余騎ゞ 一口ニハ一条
宰相中将・二位法印尊長一千騎、淀ニハ坊門大納言
忠信一千騎、廣瀬《ひろせ》ニハ河野入道五百騎、都合河勢
三万七千騎とぞ聞し。かくて六月十三日、官軍手《て》
手ニ向《むか》ひ、南都の大衆《しゆ》をめされけり。山門《さんもん》の大衆《しゆ》

しハ宥治《じぢ》にさし向の大乱とハ野多へ下殺向坐
已《すで》に治定《ぢでう》すると、て遂参《ちさし》りつる様の事ぞやけし
宣旨《せんじ》を重て下ける全儀《りぎ》しくハ治承《ぢしよう》四年に君
寺平家《へいけ》の為《ため》に滅《ほろぼ》されしを新羅悲しく寺
敵《てき》重衡卿《しげひらきやう》て渡《わたさ》されしのことなれど供養《くやう》の節に蒙
ましく随分《ずいぶん》の志を常寺にいたされし私《わたくし》のしま
於てハ評議に及ぞ関東《くわんとう》と見けれバ生なし
是ハ勅定《ちよくでう》天事なれども関東《くわんとう》
を折し事定る佛意《ぶつい》にも背只此方つし

参《まい》りげんに、こつじもく勢《せ》多《た》てし向ハざりけり
然共悪僧《あくそう》の申けるハ、今度我等さしおさんと
山門の衆徒の城にいくへしまへてし、日来弓矢
嗜事ハかくのを出て軍《いくさ》せんやと云て伴律《りつ》
師備後の阿闍梨《あじゃり》以下《いげ》平治等《へいぢと》侯律師《りつし》先に五百余
人むかひける

勢《せ》多《た》軍《いくさ》の事

相模守《さがみのかみ》武蔵守《むさしのかみ》十三日に野路《のぢ》に付《つき》、十四日相模守
勢《せ》多《た》へよせてくみしハ、橋板を二間ひきて、都の

大将《しやう》も坂東《ばんどう》の武士《ぶし》を招《まねき》ければ宇都宮《うつのみや》四郎遠矢《とほや》に
射《い》ル武蔵国住人《ぢうにん》小見太郎江戸《えど》八郎平川平三郎
よつぴいて射《い》てしばしさゝへける所に村山太
郎奈須入道宍戸十郎ニ子小次郎渡《わたら》入道
円太夫郎寺本廣田小十郎も敵《てき》すきまなく射
けれども馬のきしにたちて中々も熊谷《くまがへ》久田吉見父子
五人橋桁を流しく室のそらぐら奈良《なら》法師二重
ゆつゞくに引のくたね山田次郎使といふべいて
大将軍に小勢にとりてぞ頼みとして敕を

はくしそ咲《わらひ》ける大衆《しゅ》悪《にく》まるゝハわろく敵《てき》を討《う》つ
引へく一人もさしとすゝしともあらそ
堂《とう》乃本の枝《き》とけつやうし武三人切くまつる
熊谷《くまぐ》武《ふけ》く口へしは長刀《なきなた》にわしいてしいまく付《うつ》
手《て》に入塚東方《じょうごう》熊谷《くまぐ》うしろすゝをりにて打れしとも
嶋柳《しげさ》ハせじ寄者《よちもの》ぞあるゝをく熊谷《くまぐ》播磨
律師《りつし》と組《くみ》く首《くび》とらしへするに播《は》ノ小律師《こりつし》
董《きく》熊谷《くまぐ》と打同《おく》に律律師落合《おちあひ》熊谷《くまがへ》が首ム
とる熊谷《くまぐ》と組《りめ》して七人目の前《まく》ゝく討《うたれ》た

ども吉見《よしみ》十郎春日《かすが》どもハ浮《うき》てども吉見《しし》ハ
子《こ》十四になりけるが房なしけく帰りけるを敵陣《てきぢん》
射ければするしもやうやうしけん子《こ》を川《かハ》へ投《なげ》て
つゞいて飛入川の底《そこ》より物具《しのぐ》ぬぎすてたるのあへ
裸《はだか》にてぞ出《いで》来《き》て春日遠射《い》すゝめけり立
そのとりつく手井手本之名備ぬれ大井なくと
防《ふせ》香と助《たすけ》ども宇都宮《うつのみや》二日防《ぢ》さゝらるゞ
勢《せい》待《まち》付《つけ》く二千余騎に成ければ二千余騎と
父に付《つけ》く千騎相具《あく》して行《ゆき》けるが敵《てき》を扇《あふぎ》て

栢《まき》のましく股とうく從《やつ》に五六十騎𢭏《やさ》く橋《し》へ
お出《いで》来《き》く敵くに射《い》じ京方しら南乃陣しくみ
射《い》くら一千余騎とくれりし付《つき》まくら熊谷《くまぐ》
次郎左衛門ハ、そのこそく敵《かたき》討もらして死《し》なんと
て筆動けるを馬を射《い》させしらく矢《や》の及ばね
下ましのもしら信濃国住人福地十郎俊政《としまさ》と云
付《つけ》しそく矢《や》と三町余射して宇都宮四郎が
鉢付《はちつけ》の板に立てしまへ射立《いたて》つゝ宇都宮を安忍
打さゝれつゝ宇都宮四郎頼業《らなら》と矢《や》ニるーとて

とりて川端に立て続け放ツ川をすぢかひに
三町余を射越して中山次郎が居たる所へ射渡
す尾崎堅めたる美濃律師が手の者ども
舟に乗て川中にありけるを射ける中にも法師二人
中部まで射付られて引退くをと見て泰《相模守》
兵衛を使として軍は今日にはとまるまじ矢
種が尽させ給ひしと仰られければこれは軍も
なりぬらん此一両日は降つる雨十分
の日さらぬだに東地の人馬めなし

雑人《ざうにん》動乱

宇治橋并平等院軍《いくさ》之事

同十四日武蔵守宇治ニ寄《よせ》らるゝが日暮《くれ》ければ駿河
田原ニ陣をとれど駿河守淀へ打合て下りて駿河
次郎ハ義村《よしむら》ニ具《ぐ》せられしかどもといひしかバ鎌倉
より武蔵守殿ニ付て候が只今御供《とも》仕れバ
親子《かやこ》の中とハ申ながら無下《むげ》ニ情《なさけ》なきやと
美へし作斗り付奉《つきそひたてまつ》りしへハ心安思《こゝろやすくおもひそろ》て作と云
けれバ駿河守打諾《うなづき》くたゝ事なるかとぞ申

聞く泰村《やすむら》二百余騎にて足利に付《つき》山しろ又にくら
われも宇治の軍《いくさ》の先《さき》とらんとやおもひけん
尾張川よりも足利軍《いくさ》よくしらけも心悪《こゝろにく》
おはしけるを足利殿も心得《こゝろえ》て泰村《やすむら》につれて
歩せける泰村《やすむら》が郎等《らうどう》に佐野太郎小川太郎兼
手郎東条二郎十四五騎打立て両の岸作
宇治に御宿《やど》取て入まんとしけり泰村《やすむら》心得て
若党《わかたう》を先《さき》に立作が送来ちくに作りて武蔵守
殿へ使《しや》を改立てくわせし足利殿もやがて来を

て打立けり泰村《やすむら》道にあふ人ゝに宇治に軍《いくさ》や始
と問《とひ》けれバ十五六騎橋によせ付く唯今軍《いくさ》にて
候と云けれバいしゞそとく馳行前に立たる
若党せるより下桓武《くわんむ》天皇《てんわう》より十二代の苗
裔《えい》駿河次郎平泰村宇治の先陣と名乗《なのる》て
戦しいくゝ下ね泰村《やすむら》馳寄しく子息以下郎等も
かついて系いしいしいくら足利武蔵前司とされし
馳して来泰村《やすむら》ヵ陣の手同行ま打立て攻戦
橋ノ板二間引く山門大衆二千余人十重《へ》廿重《へ》に

群集《くんじゆ》して橋のつめよりしたにも舟《ふね》三百余艘《さう》浮
とう／＼く三方より射《い》る間、堪《え》ずやしてあら
けり。騒ぎあひける所に、並《なら》ぶく三方と射る州
朝倉門と云郎等《らうどう》、太刀を碎《くだ》き、戦事《こと》やたる計《さい》
しけるが、泰村《やすむら》が矢《や》に敵《てき》のさう／＼と見へくさう／＼ば、
妄射《こい》終へかく／＼おそれぞせと云ける熊野《くまの》法師《かうし》
小松法印《ごまつかし》五十余騎かく来《きく》るが、射《い》られてはし
退《しりぞ》く族《ぞく》方も多《みな》く討《うた》れ、千人顧《みえ》けれ ば足利《あしかゞ》
騒ぎ悔てもしり退く、年等後《ござ》に輪《こも》なりけれ ば敵《てき》

一

いさゝか恍《よろひ》て還《そ》く川をさわたしぬかぐくさら義《し》
氏《ら》武蔵守のもとへ使者《しや》をもて申く大手と侍《まうけ》
て明日軍《いくさ》仕らんとなるやらん瀬ぶみわたしつ若意《わたし》
も左右なく軍《いくさ》とゞめらる義氏も渡く若意《わたし》
わきまへ討を手《て》負《おひ》数多作弁筭《べんざん》候に能く作
其勢《よせい》とりへてくるともしぬれくさえて猶とさしそく
ろうきさらし申されけれども武蔵守大に驚《おどろい》明
の相図《あいづ》をたゞく此師《いくさ》と仕損《そこ》じぬるものにて今夜《まへ》
しかれは後《うしろ》より奈良《なら》法師吉野《よしの》十津川の

もこそ落行そんとそろひ平東今や最後
へしせしもあ弁僧とはしこと鯛しられ西
津書いそうにいくも切り申候所湖山
まいらひにうく早く一陣ゝ進で候本東原
中信濃ゝちちろ口らんと早く弁の僧に欲と
すゝ引退く次〻て義氏泰村しくことく
武蔵寺台へよと催ーそく敵と斬る一陣も
て此人ゝ伝そうて〻師に勝てに湾を奉村
こゝゝくけもゝすづをくく一陣もゝゝゝ

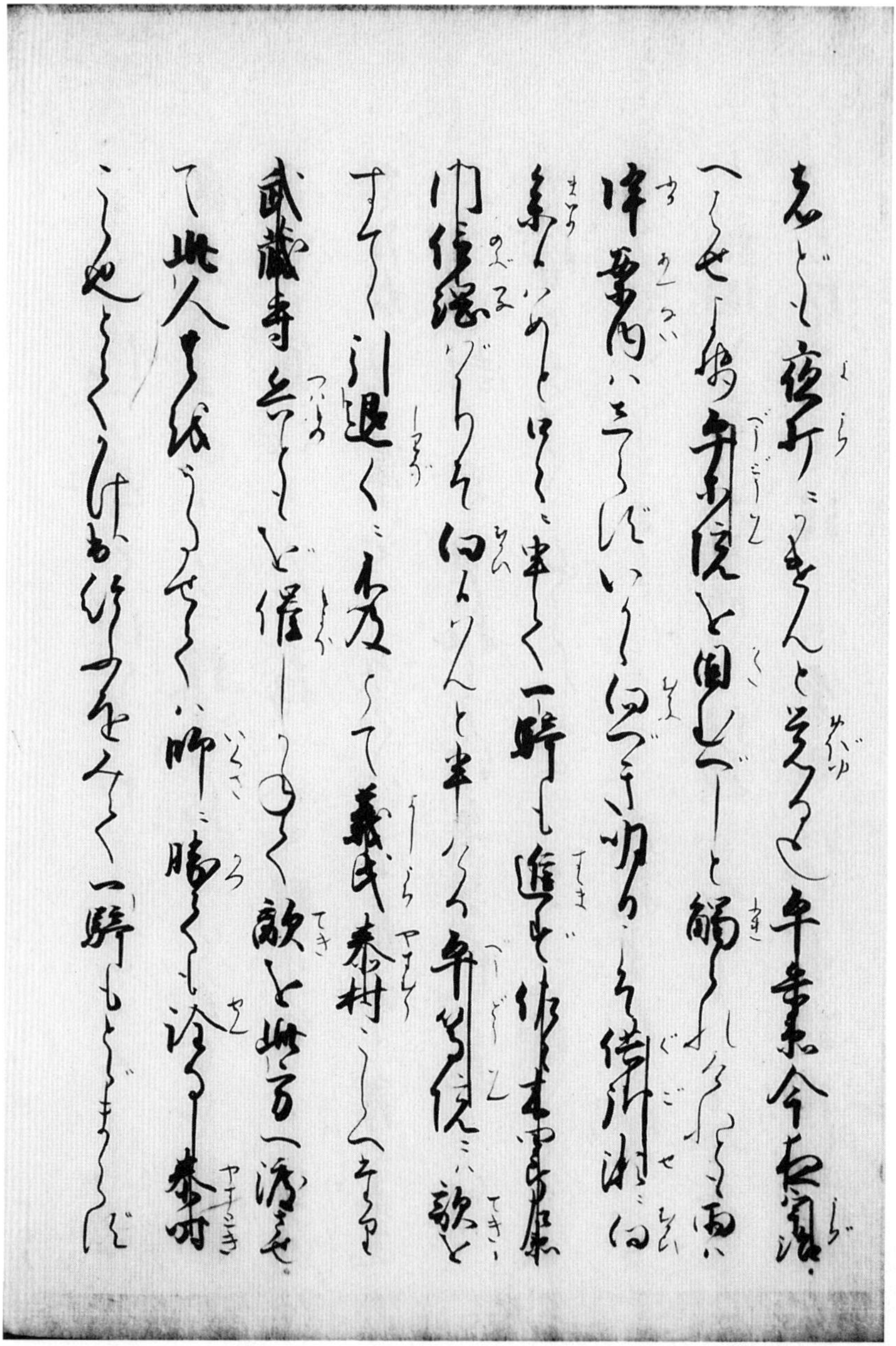

午時《ごじ》ばかりに雨車軸《あめしやぢく》をながし会《ついもの》も見えず
久間《りく》もらとゝろ千しづまらぬ天の責《せめ》と
覚えて十善帝王《ぜていわう》も行《ゆき》給はじやと心細《ぐ》げに
ならく午等侯《ごうごうと》のなら雷電《らいでん》軒《しきり》にして身の毛よ
だつばかり大将軍《こうしやうぐん》泰時《やすとき》ばらぞかしも見らしくき
ならおぼえたりしと午等侯《ごうごうと》はりて
見方《みかた》うとん間来《きたる》とのたまへば是利《けりて》も騒ぎ
も平と合くく扱《さし》ひろく京方無勢《ぶぜい》と人しらば
泰新参来遠馬たかく人なく牟ばかり

さしてんれ山田次郎ゆられと進みく申ける
向ふなる敵打やふひ年おくへ陣とらんするぞ
あくをふたゝひ御方に参らされつゝきて来るに
了然しく下地とふきて色惟吉もろ共に進ミ重
うし幸俄也道とふき軍士つゝきたまへよにとく
鞭をさしに十四日卯ノ一点に芝利武蔵率の目驚泄
と名乗しく又鴇尾にとふく江退く閑房祭ハ通
摂津卯 深尾国ノ門左衛門 新関業 長江卯
若狭半衆ノ道鴇間電ノ布波中務権守ヵ娘

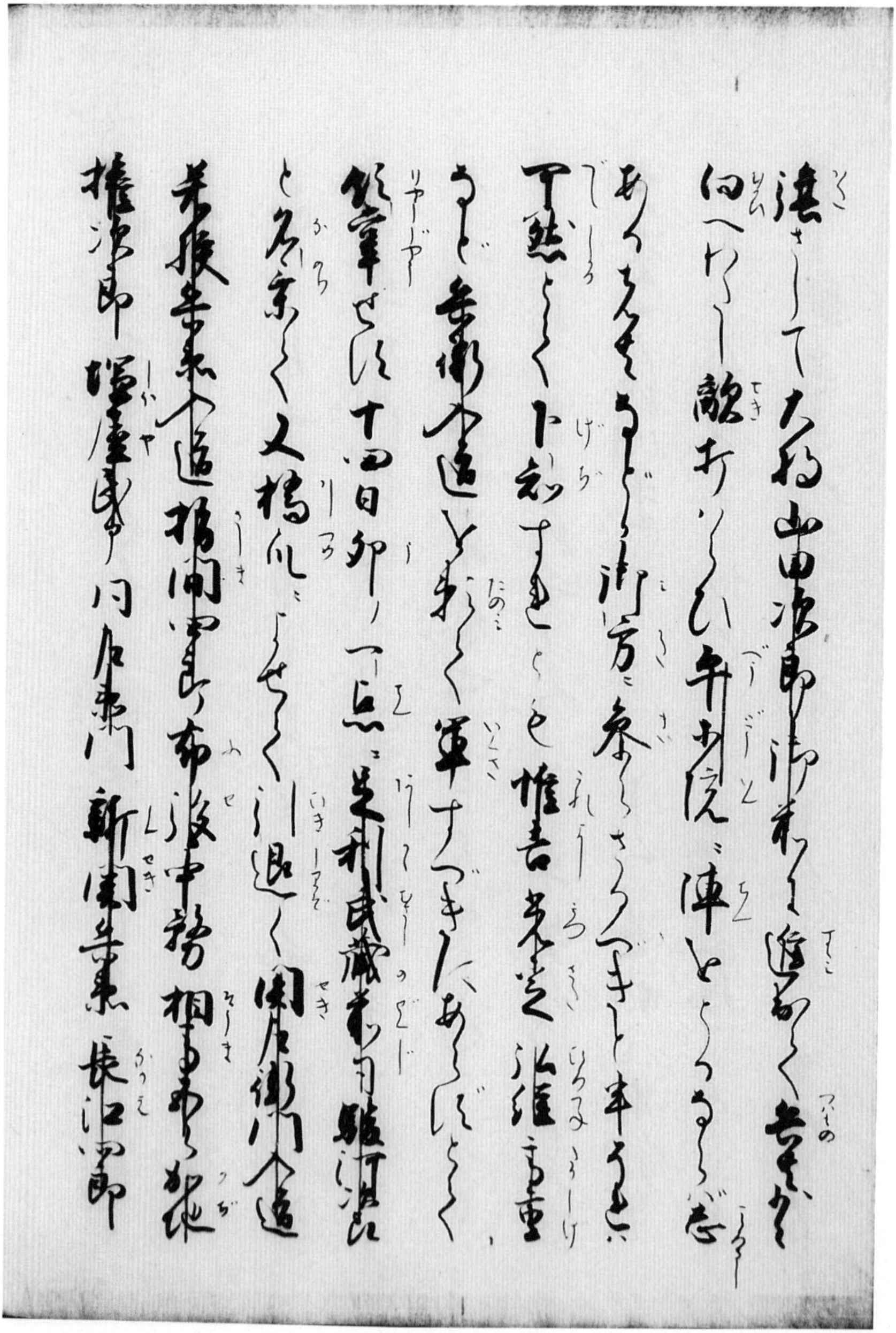

としよせく射《い》候ひしこそ中にも天野四郎か馬手《めて》の眼《まなこ》
射《い》かけつく矢《や》ふすま立るしに小冠者の御前にそ
奈良の桃瀬川の鍛冶のゝ疵そくし此刃物のゝく
誠《まこと》に手綱《たづな》ゝ鎌倉《かまくら》権五郎《ごんごろう》多胆《さいし》して各々念仏動功《くこう》ゝ
泰時《やす》後陣《ごきやう》人ゝ起《じ》りしそ宣かく高橋大郎
宮寺《みやて》小四郎角田《すみだ》太郎赤名太郎助多井《たい》小四郎
太宰《たう》小四郎し出西《かうく》に千貫《てゆい》の御かゝ増廉《ふや》
右近家朝《とも》と名高《かの》く山法師《かし》を数《こく》に射《い》て廃迄《あり》
を鴨柳《りけい》に射《い》かけしもてゝそ有ものおしよそ子《こ》乃

小島ノ矢面《ヤオモテ》ニたゝかふ間ニ矢《ヤ》ぬかんとすれとも抜《ヌケ》ず
太刀にて矢の立たる所を二ニ切《キリ》て川へ
[illegible]ニ立しければ退《のき》にけると人感しける
兵衛も手負《ておひ》て引退《しりぞ》く山僧《さんそう》覚心《かくしん》円應《ゑんおう》橋の
上ニゐて長刀《なきなた》振《ふり》まハしてぞ挙動《ふるまひ》けるあまた射《い》
けると雁又《かりまた》にて円應か足を橋ニ射付《いつけ》られて抜《ぬけ》ざり
けれハ太刀にて足を切《きり》て逃《にげ》
のしくニ翔《かけ》りて柱にたより武蔵ゟ安東兵衛使《つかひ》
として橋の上の軍《いくさ》やめよといひやりけるハ[illegible]

速《そく》にしも勝負《しようぶ》をつけんずらんと被仰けれバ、殿《まうちきみ》で
大将の御使《さかや》とさけつゞくる両ハ宇《わ》治川音《おと》高のとも
一方ならずさわぎけれバ関もへ無案も乱《みだれ》てぞ
きゝのしりたる武蔵守御覧《ごらん》じて結句《けつく》無案も
軍《いくさ》することけんなるハもぞ咲《わらい》給ハく年来無案と云
芳くとひく重《こゝろ》て使《つかい》とたてもてくわへし二の振
森《まい》ならんとハいちなく手《て》をうち紀て制《せい》すれども
耳に関《きく》入るもの《もの》なし年来無力及《およば》ずして帰《かへ》る
くり作本年手綱鎧《よろひ》をバ脱《ぬぎ》すてて小具《こぐ》

足《そく》がるく軍《いくさ》とハ非在守《まも》らくし給ぞ
橋の上の軍《いくさ》御禁《いましめ》也此後《のち》軍《いくさ》せん人ハ大将《たいしや》の御
命をそむく人ハ敵《てき》也末ハ修く本国也と
中く帰りけれバこそたしづまりけれ

宇治《うぢ》川先陣

武蔵守殿ノ郎従人芝田橋六兼吉と云しして軍《いくさ》ハ
山城河《かは》をわたさんとえずと仕けれバ兼吉長て
表り先瀬踏仕く見作りんとく河をわたしけれバ石
の為ニ作るの水しり二尺五寸ましくら物面帯らも

一丈《でう》三尺ばかりなる所もなく、筆台いくつとなくしかん堅固《けんご》
とゞく瀬《せ》わたりと仕しへとやければ、南条《なんでう》七郎
時員《ときかず》とさしつゞきはさる目録くソつくからくる安《やす》
取くも有に、わかるゝ名《な》も精《まさのり》にあざらくある
さる程に人も安《やす》けるらわるゝに及《およ》んで帰《かへ》りく
くらゝ、武蔵守これをいそぎ打立給ふ御本
駿河次郎にこしけつ、此業《しざ》くしうぬしてあやし
けるは、此川の先陣をしへとすることさこそあれ、此川ゞ代々
我《ワ》家《イヘ》にわたしきたるを今度《こ》人にわたさんこそ口

おしけれ共信綱《のぶつな》と知るすぐして生《いき》ても何かせんと
兼吉《かねよし》うらをかけれバ佐々木馬に打乗《かつ》く芝田《しばた》がゝるに
乗るの馬すゝみかねて歩せし安東《あんどう》兵衛《ひやうゑ》も深打
双《ろう》へ佐々木につゞいて打出る信綱《のぶつな》芝田《しばた》に寄《こ》ハ瀬《せ》ヒと
ず向ける横《きら》に打わたして河越《て》して渡はの命て
おそまじハ河の案内《あんない》とハ知《しら》ずなをしらけれ共信綱《のぶつな》
とゞろき切りしり梅東ばらく此川案内《あんない》としく
とゞませバこゝな兼吉《かねよし》とゞません寄しそてゝて川の
中へ打入る水浪高くして兼吉が馬をまかりかゝ宗

佐々木ハ二位殿より給りたる坂東一の名馬あり
鞍も砕けよとおしく近江国住人佐々木四郎左
衛門信綱十九万騎が一番[illegible]此川に命を
すて名を後代に留るべしと[illegible]
も[illegible]泳せ[illegible]
へ[illegible]川中[illegible]
信綱[illegible]
[illegible]佐々木が嫡子十
[illegible]父[illegible]

しけるが敵陣《てきぢん》より雨のごとく射《い》ける間縁にて叶
はずして取《とつ》て帰《かへ》りけり二番に打入輩は佐々木
五中山次郎渋谷四郎筒井四郎横溝五郎秋庭三郎
由井太郎多胡《こ》宗内七騎打揚る三番に小笠原四郎
宇都宮四郎佐々木太郎河野《かはの》九郎小野四郎
甲斐本間兵衛長江《かなえ》四十大山次郎勅使河原《てしかはら》次郎兄弟も
相違なく打わたる安東兵衛渡瀬《わたらぜ》に流されけり
のぢ味方は多く行ひしかるべし下り次第に渡瀬《わたらせ》し遠
二陣ぞかし下りせいぞろへしのぶ敷のせいぞ渡

あるハ直《すぐ》におくらむんと三十騎ばかり打入けるが
一目《め》もみえず失《うせ》にけり川のきゞれとくてく安東
わろしけれバ先《せん》陣《ぢん》の失《うす》ろくとてつれバ大將打入
なかに阿保《あほ》刑部丞実光《さねみつ》塩屋《しふや》民部家経今年八十四
打しるに命つるをとく打入けり一目もみえずして失《うせ》
けり関左衛門入道指《さゝ》間四郎小野寺中務義秋
入道も又みえずして此中に指《さゝ》間四郎ハ馬もつはに
死まじかりけるを帯刀関入道弓手《ゆんで》の腕《うで》取つく
とみえしが二人ながらみてハ四番に弟《ふや》後左衛門

次郎・大中源藤太・秋田城四郎・諏方刑部四郎・中原
平三郎・多田小次郎・深田兵衛・神崎八郎・品川次郎・猪鴨
四郎が子ども三人・志村源三郎・豊嶋《てしま》源太郎・物居源三郎
志賀《しが》小四郎・佐野《さの》八郎・同小二郎・渋谷《しぶや》平三郎・已下《げ》
二千余騎にて名乗くわしけるが一騎も
今はやくらつら五番に手塚小太郎・春日太郎
桓沼小四郎・飯田左近将監・塩屋四郎・土肥《どい》三郎・鳴
平三郎・同四郎太郎・同四郎・平左近次郎・部合五
百余騎打入て二団にならべて六番に佐田鴫次郎

対馬《つしま》左衛門次郎、大河戸小四郎、金子《かねこ》与一、同小太郎、
讃岐左衛門太郎、井原六郎、飯富六郎、安藤左近、
今泉《いまいづミ》七郎、岡部六郎、糟屋太郎、飯沼三郎、備前
房、三百余騎も沈《しづミ》けり。七番、荻野《おきの》三郎、小田橋六、
来女三郎、鳥辺野《とへの》弥太、城介《じやうのすけ》三郎、石田左近、飯沼三郎、
桜井《さくらゐ》次郎、猿沢《さるさハ》次郎、玉井次郎、子二人、石川三郎、
都合八百騎ながしけり。又も人々ハ失《うせ》にけり。
武蔵守此を御覧じて、泰時《やすとき》が運已に尽《つき》にけり。
帝王《ていわう》に弓《ゆミ》を挽故《いく》也。此上ハ生ても何かせん。

手越のいくら馳入《はせいり》人々もし給はず信濃国住人曽
刑部三郎と云若子ども二人は前に流れくるを我
身も失べかりつる所をさしよりて取付《とりつき》て
助り二人の者とおもて泣《なき》ぬるゝけるぞ武蔵殿
既にかくは打入給ひしぞくわるぞやとて走ら
轡《くつはみ》に取付《とりつき》てこゝをいかにもの事候て味方の軍兵《ぐんびやう》
今川に流といふてたる三千騎の内返十が一もなし
失《うせ》ぬる大勢命とまて給事やらぬ人多
後へも不来殿原のあとも候つると若殿原

道《とき》すがら此悪《あくしく》下ニ打入て〳〵ころして死《し》なせ給ひなん
事誠《まこと》に打しられなば幾千万の勢《せい》給ふとも起《きこ》し
せ給ひなば身東方に付給ひなん是遂《とつて》御不覚《ふく》也
さこそ心細《ぼそ》き人給ふめれ君の御旗《はた》をさゝまく
しそ給ふめり馬の口ニ取付《とりつき》〳〵武蔵守の
者を一二千騎前《さき》に馳《はせ》させつゝ〳〵いつへ〳〵義時《しこき》
此事坂《のろ》に関給ふて香田《かすみ》刑部子《こ》共二人共の上《うしろ》を守らせ
泰時《やすとき》が命《いのち》を継《つぎ》まゐらせん是は今度の第《さい》一の大事《かしこ》
の者ならば上野国七千余町給ふべし武蔵守

泰時《やすとき》の子息《しそく》小太郎時氏《ときうぢ》父《ち》わたさんとするを見て
留《とめ》らるとりえて川へうちいれんとするを武蔵守
住人《ぢうにん》佐久目《さくめ》太郎家盛と名のりて轡《くつわ》にしかと取付
大力《だいりき》の者《もの》なれば馬も主も動《うごか》さゞれば武蔵殿人々を
多くてぞ見けるに半なりし行しと半けれども
太郎殿腹をたてゝ打寄あるべき親《おや》の敵之
給へるにはおしきに二人此川をわたさば坂東の
者船《ふね》とりえて渡すべしとて奴のをしく鞍を
以《もつ》て佐久目《さくめ》がつて取付そゝうしくとおもひければ轡

さゝき殿の気色《けしき》ゆゝしときゝしきさゝく指《さし》つめて
り泳腹《いよくう》を立《そ》打終へハ家盛《くよ》王殿《わこの》のしと思ひて
しそすきはゝハゞりの水はゝく終りんを心しもて
馬の尻《しり》をいゝしとりつ行ヶをまろくべにいつま打入
くら佐々木日ヶいるはりゝしけもせ見すろまでぞ
つゞくそしらいゝ打入る男年九郎春行日《いでゆさ》参く
しく打入くら相模国住人加賀輪《りゃ》次生年十歳
と名高《かの》く打入へ武蔵守をとりゝく太郎うとはる
武蔵相模の者をハうちらくし宣《のま》へハ一騎も

のこらず打入ける勢六千余騎《き》すぐりた
てわたしける一騎も不《ず》沈《しづま》向《むかい》の岸《きし》に打あがる駿河
次郎泰村《ヤスムラ》是を見てとこもつゞきうけるそら
打しげもなく小川右衛門取付てせめけれども
わゝ泳を泰時《ヤスとき》使をたてゝ是にしてへ是へ
もろ〳〵進へと宣へば泰村《やすむら》も一所にいくゝら足利《あしか》
殿も一所に押入らんと申されしかば家子《えのこ》郎従ハ
これはのへ打入させて是もりゝくゞそ打しける
加賀輪《かゝわ》中郎向《むかい》まりと付て敵《てき》すゝ双く組て

落《おち》にけり十六歳《さい》の若者ともハ下になる加賀篠原が
下人《げにん》上なる敵《てき》の首《くび》とる小河次郎ありて手を
けりし武蔵太郎にいくまてくまいて先《さき》懸《け》して戦
ひけり余《あまり》に乱《みだれ》あひしく敵《てき》も味方をも見しらすと云れ
ば御方ハ川とわたりえもハ濡《ぬれ》すとあらなり
さりし武蔵太郎ハ下知《げぢ》をしわくしく落合《おちあひ》て組
ありける京方の大将佐々木野中納言有雅卿
宰相中将を始として一騎ものこらす落にけり
内々武士《ぶし》にハ佐々木右衛門筑後小太郎糟屋《かすや》

郎左衛門荻野《おきの》四郎同源次郎左衛門ハくろ也
武蔵太郎中将の甲《ぶと》のしころ射掛《じりろ》て後《うろ》の頸《くび》
射立《いそ》られうしと手負ければ逃《にげ》のびず又宗方左衛門佐
越後ハさる弓矢取て越前に恥《に》を致すべきぞ
みしあられ向《むか》喉《のど》中て向から大勢《せい》に向《むか》く越後
と名乗《なのる》くりまいらせしかバ取《と》こめて討てそら結句
そう事ハあけまし半し羽ひつくさうして
討死《らしに》しけるこそ哀《あはれ》なる次《つぎ》に筑後太郎左衛門
有仲《ありなか》敵《てき》の中をとけ負て落《おち》次に荻野《おきの》次郎落《おち》

行《ゆく》を澁《しぶ》江《ゑ》平まれとし取て組《くん》で落《おち》柿野《かきの》が頸《くび》
とゝく次中《ろう》東《でし》十郎左衛門落行と陸奥住人《ぢうにん》宮城《みやき》
野小次郎生《しやう》年十六歳《さい》と名乗《なのる》て次郎左衛門と
くし次郎左衛門が乗替打《う》てゝく宮城野《みやきの》今そ
こゝと思ひけるが又御方三百騎ばかり馳《はせ》くるが
いろくゑが矢《や》とふしろ肋《ろく》の根《ね》と射《い》つくこそ聞
宮城野次郎左衛門が頸《くび》をとく小河太郎前方ら
も其《そ》来るこゝをゝ敵《てき》を見つけ組《くま》んとする所に敵《てき》
太刀《たち》はぬきさゝ打《う》て目くれく組て落《おつ》抲ゝあがりて

みをバ親が組《くミ》たる敵《てき》の首《くび》をとらし、いふまゝに者ども
バ人の組《くミ》たる敵《てき》の首《くび》取《とら》せじと呼《よばう》りけれバ武蔵
寺殿の手の者に信濃国住人平馬《へいま》太郎ぞ〳〵し
殿《との》ハたゞ駿河次郎の手の者小川太郎経村《つねむら》と云
けるバ、さらバとて返《く》を小河亮と請《うけ》とりて後《のち》
此よし聞けれバ平馬《へいま》侍事也、小河亮名しかバ
けり。山城守広綱ハにげ延《まぬか》るゝを伴本守広綱
ゞ手にこそめくりしく坂東方の兵《つはもの》潤草覚
岡《をか》ノ屋《や》、久我《こが》、醍醐、日野《ひの》、勧修寺《くわじゆじ》、石田、東山《ひがしやま》、北山《きたやま》、東寺

四塚《よつつか》馳散《はせちり》く或《あるい》一二万騎或ハ五千騎轟の足《あし》と
蹄《ひづめ》して乱入《らんにう》と云〻、卿相《けいしやう》北政所《きたのまんどころ》女房《にようばう》局《つぼね》雲客
青女《せいじよ》官女《くわんじよ》青侍《あをさぶらひ》婢女《ひじよ》以下《いげ》ニ至《いた》るまで群と立て
たゞおめきさけびし声まうしふ天地開闢《てんちかいびやく》しりより城洛中《らくちう》の
ことの事いつくへつる彼《かの》保元《ほうげん》の乱、又平治《へいぢ》の
都《みやこ》を落《おち》しも是りじにハあるらん名をおしミ
族《ぞく》ともおもふ上重代《ぢうだい》の君をハ此彼《こゝかしこ》に乞食《こつじき》さしつゝき
まつく或《あるい》ハ討《う》れ或ハうしめとしくニ死ハ青侍《あをさぶらひ》町冠《くわ》
者原しいつくとも迯《とが》るといつをのハ侍るよし

のゝ軍《いくさ》しけるすべもしらねども、或《あるい》は勅命《ちよくめい》に
駈催《かりもよほ》されし。或は見物《けんぶつ》の為《ため》に出来る輩《ともがら》も、坂東《ばんどう》の
兵《つはもの》に追つめられて、そろ／＼駒《こま》は唯鷹の前の小鳥の
しし射殺《いころ》し、切《きり》ころし、首《くび》をとる事若干《そくばく》なり。
坂東《ばんどう》の兵首一づゝとらぬはなかりけり。高名
之
軍兵共是利敗、駿河次郎は舟もなくとかゝる。
信濃国住人浦野《うらの》次郎、宇治橋の際の在家《ざいけ》に火
をかけゝれば、煙天に映《えい》じて、影一洞日闇
其外の渡々にことりて一所もせきとゞめ落ず

けり。駿河守、毛利入道、遠山左衛門ハ、或ハ舟にのり、或ハ
桴《いかだ》と組くとしてく、嶋《こじ》の橘に陣とる宇治《うぢ》
橋の川端を切ける。頸七百三十余と実検《じつけん》
して、武蔵守嫡子時氏、うしろにきゝつく。
僅に五千余騎ばかりにて、平等院の東に陣とれ数々へく。
武蔵守逆にしてそと駿河守のもとへ使をたてゝ申
されけれバ、義村子二三人打具して武蔵守の陣に
加わりけり。瀬多、宇治、水尾崎落ぬときこえけれバ
一人も軍する者もなくこれ落失てたりし六波羅へ

の大衆《ごしゆ》も落《おち》行《ゆき》ければ当日《たうじつ》大衆《ごしゆ》ある并に念仏《ねんぶつ》申て
哀《あいせ》るあけるまゝ涙るとゑるしに口すると涙《らく》
東山ここに帰《ろう》りけり京方能登守手丸郎判官
下総前司《ぜじ》少輔《たゆ》入道下々《まく》の軍《いさき》に負《まけ》て都《よさこ》に帰入《うろう》当
次郎も同京《なうく》へ入同十五日卯刻《うこく》に四辻殿《で》に参りて
秀《いで》康《やす》胤義盛綱重忠《しげた》して宮城《ごいご》の御所へ参りいん
とゝく参へと申一院《と》いて沢めども悉《へきかく》参会《そうさ》へ
下へ四人参りけれども八孫《ぢまく》させ給て我は武士は《づしろ》
いく手《て》と合て命《いのち》ぐりぐどは色《こ》んとおぼしめせ

汝等《なんぢら》参籠《まいりこもり》て防戦《ふせきたゝかは》ゞ中々悪《あく》かりなん何方《いづかた》

へも落行《おちゆき》べしもの有べくも候はねバ

は便《びん》なき事かし今ハ力《ちから》及バで御所の逆儀《きこしめ》也

べからず後悔されし事ハ各心《おのおのこころ》のうちを思申さ

とて又出御なりけれバ何となく参

ける計《ばかり》也一足《ひとつ》もひかでこそ打はせて

不覚《ごいのく》とて家門をすて日本一《にほんいち》の不覚人《ふかく》と

ちからなくして家づたへの名を自言《のろ》て

過ぎ候ひぬる間各《おのおの》ハ今ハ二度不参《ざい》

恥かしくそしらく若死するまでも候はゞ自害《じがい》
しけれ。外は別の義《ぎ》あるべしともおぼえねば、各此義《ぎ》に
同ずべしとて、又取《と》りくむ四人の勢三十騎ばかりにて
平九郎判官申けるは、同は宇治《うぢ》の大手に向《むか》ひつきて
宇治《うぢ》勢多大勢《せい》に隔てられ、はるかくは雑兵《ざふひやう》もおほくあ
りんずまじ。是より西東あるはよも候はじ。城郭《じやうくわく》して籠に楯
籠《こも》らんずや。勝持寺は淀《よど》の手なるまじ。東寺《とうじ》ちかくとぞきん
すまじき軍《いくさ》して死なんと思ふべしと云ければ、
又此義《ぎ》さるべしとて、東寺《とうじ》にこそ付御境《きやう》ま

久入惣門の外釘貫の内に体たる引馬にいくさ
三浦平九郎兵衛判官業時膀又大夫天野九郎
酒井平次郎兵衛府中田太郎同弥平らと間
ゆらゝく三百余騎たゝかいくかく三中に平原
次郎天野九郎八十九番判官となく眼も
観敵うちけきおくくゝさりく平原
子細といゝらに父りくるとくらあり、ヤニ
らん名等ゝそさら憶義とげにはゝへ
三乃年をと玄ろらん木もすん花葉義も

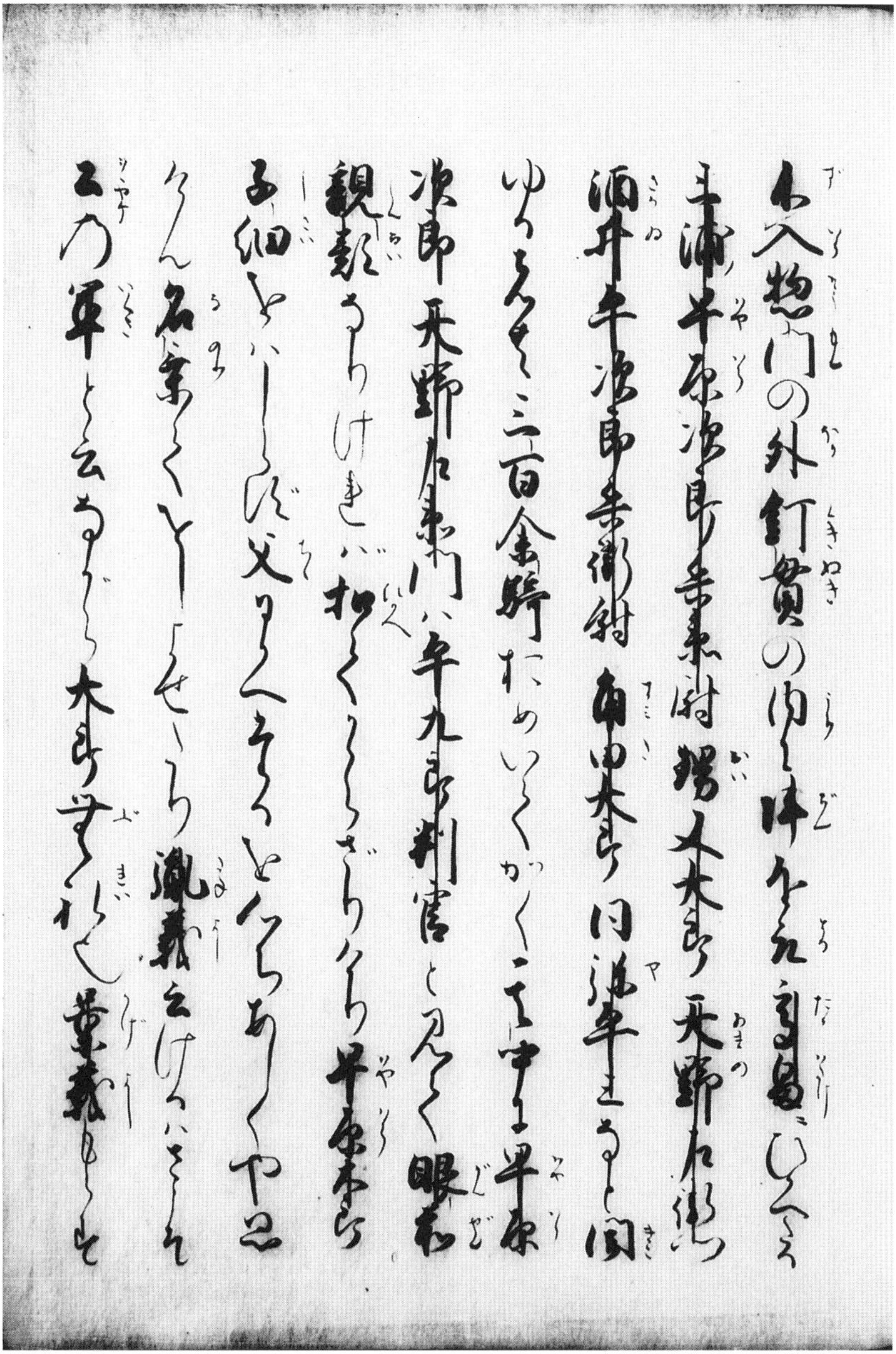

うちく竜《たつ》井を始として中に取こめて馬
手の田中へはけおちけれは駈わしらんとする
所に手馬ありけれは攻けれはこらし落ける
源くろ飛ける重義《しげよし》か嫡子《ちやくし》早業
鎌田先を命《いのち》とすて重義を後《うしろ》にとる
鎮くらか叶して胤義しぬへきを始として関
東の勢《せい》一面にならひつくる細道と我先《さき》にと押
よせけれ共秀康《ひでやす》盛綱《もりつな》いくさ思ひなして大せ矢
射すして小松をさして落行《おちゆく》中山流ばかりぞ防矢

やく付くるともあゆみ目につけく落行《はちゆき》ける今は
平九郎判官ばかり也。胤義《たねよし》は東寺《とうじ》を墓所《はかどころ》と定《さだめ》
ければ、自余《じよ》の者どもは落《おち》も失《うせ》て一人も退《の》く
ましらく入替《いれかへ》しけるしわさにせ大勢《たいせい》にて、みなと
もしは心《こゝろ》は武《たけ》く思へども疲《つかれ》に一切《いつさい》にもならず死《しに》て敵《かたき》を指《さし》
て落し給ひし角田《すみた》平三兼親《かねちか》するやう者胤義《たねよし》に
目とけくと寄《よ》つて組《くま》んとしけるを兼親《かねちか》けり
とや思ひけん胤義《たねよし》の子に平三《へいざう》兼光を通りけて
組く落ちしを兼親《かねちか》の郎等《らうどう》落合《おちあひ》て頸《くび》とる

胤義是をしばしとて、弥太郎兵衛尉唯三四騎で
東山《ひがしやま》を志《こゝろざし》て落しも、次郎兵衛[illegible]太郎兵衛是も
東《ひがし》へ落けるが、[illegible]波羅の蓮華王院に駈入、小竹の中
ふかく二人念仏唱てさしちがへて失にけり。胤義は
志ありて東山《ひがし》へ[illegible]物具ぬぎすてゝ[illegible]けり
十五日巳剋、泰時《やすとき》[illegible]
しける所に打立[illegible]
東西《とうざい》としづまりて、月卿雲客[illegible]をわすれて
[illegible]院宣を泰時《やすとき》

遣ハされ候
秀康《ひでやす》朝臣胤義已下徒党令追討之由宣下
既畢又停止《ていし》先宣旨解却輩令還任之由同
被宣下訖凡天下之事於于今者雖不及御口
入御存知趣雖不知乎就中徒浮言《ふげん》既及厳
御沙汰後悔《こうくわい》不結左右仰天笑之時至欲抑非
悪魔《あくま》之結構欲減勿論之次第也於自今以後
者携武勇輩不可召仕又不稟家好武藝
者永可被停止也如此故自然《しぜん》及御大事由有御

覚知之悔先非被仰之御気色《けしき》如此《かくのごとし》仍執達
如《ごとし》件《くだんの》

六月十五日　　　権中納言定高《さだたか》

武蔵守殿

具《ぐ》して被《れ》下けれハ院宣を召次《めしつぎ》にもたせて泰《やす》
時《とき》に被遣そのま詞といはく今度の事あらそ
ましき事よりハ御所中にやく發向せんと
人民の歎后妃采女の悲にもおよふ事の餘
不便《ふびん》に思食さるゝ也唯相構へくはたらきて被行

泰時《やすとき》ハ下リ座シテ御使ニ対面《たいめん》シテ院宣《とせん》ヲ
披キ見ルニ、有ケル巻《まき》ヲ納《をさ》メ置テ義時朝臣《あそん》親
モナク、義時カ事ナク何トモ申スモノナシ。先
泰時《やすとき》ニアテテ院宣《とせん》ヲ拝見《はいけん》シ、弟子《でし》ノ上ニ
左右《さう》ナク参リテモ其恐《おそれ》アレバ、故郷ヲ知リ
羅留作シテ伯父相模守時房《ときふさ》ニ申合ラレシカバ、
左右《さう》ニ及《をよ》バズシテ六条ノ小路ニ陣ヲトリテ居
給フ。大勢《せい》ハ六波羅ニ打入ケル。乱義ハ東山《ひがしやま》ニ
テ自害《じがい》セントテ忍ビケルヲ便宜アリテ参リケレバ

太秦《うずまさ》に小児《せうに》ありけり。十三に成ける時《とき》、ゐろはへ落《おちゆく》ける
さきより父多勢《せい》入乱《いうらう》れしと来るまでハ、是に隠れ居
て、男をくし太秦《うずまさ》より向《むつ》ひんと嶋《しま》と云社《やつ》の内に
くさみもく車《くるま》の後《うしろ》にさく女車《をんなぐるま》のしりにしん入道《もぐ》
の人丸《ひとまろ》とぞのゝしりける。風義《ふうぎ》が日来の身拳を
藤中納入道と云若き郎等にこもらへらるが軍《いくさ》を
見ゑこの行来《ゆきき》くところへと都へかへりけるを家《いへ》を通れ
と仰られければ、くわ合をまいらせハ藤中納入道いはくしと
いとゞ泪《なみだ》とゞまらずしてしくゆゝしくしてかくしてハいかゞせ

給ざりしを年けれバ西山《にしやま》におちられしを、その方を
一見《ぞ》て自害《じがい》せんとしけるを、敵《てき》已《すで》に乱《みだれ》入しきて
間處《おいさうて》よく目をくらし、我まぎれて行へとて
病《やまひ》なりけれバ入道敵前《てきまへ》に輿《こし》に御わしま
承《ちさ》らしをらバ法のしまに逢《きとう》のもとへハ給
給へず。平《へい》判官ハ東寺《とうじ》の軍《いくさ》ハよくしつれど
妻子《さいし》のことを思ひけるにや、女車《をんなぐるま》にのりけりと車《くるま》
しらこしをそく討《うち》もらし、いきもさせ給ん
しるロおしく俱へ昔《むかし》より手浦一門《いちもん》に麻や依

善知識《ちしき》にへし。此様《やう》にてありけり。自害《じがい》しけるを
見しハ胤義《たねよし》いみじくも来たりけるかなと云て誰
御つえけり。自害《じがい》せむと思ふ安《やす》くりんとてとけもぞ
嫡子《ちやくし》もろともに腹《から》十文字《じ》に切《きつ》て死《しに》ぬ。胤義《よし》も
遁《とい》れんとしけるを郎等《らうと》とゞめて云けるハ、藤原遁ハ
父子の首とらせて駿河守《が》がもとへ行て此頭《くび》をそへて
勅勘の者《しや》なりけれバんへまいらせて
件之庄《ゑく》の合戦《つせ》に三浦の一家《け》とこし付てを
しらぬ人居《らう》たる之一代しる胤義《よし》一家《け》とさへこし

きもとぶ狼人の申さんずるもよう善痛くして
せにうれ今を候べつゝせんとまて眠る手
きるぎとよ敷くまゐたらんとばくもらんぞ候
らうにも雅楽頭あさりくあさかのこ頭やれ
義村参らせばぼ許いふぞど送りつゝ参打
うごヒどてせの返ざうがみたゞばもら
おとうとなんぜ子ふる斃ぎとうつ入
こくりむ事そて多聞の釈などち神きく
て泣ぐ成り寂しろ佛も

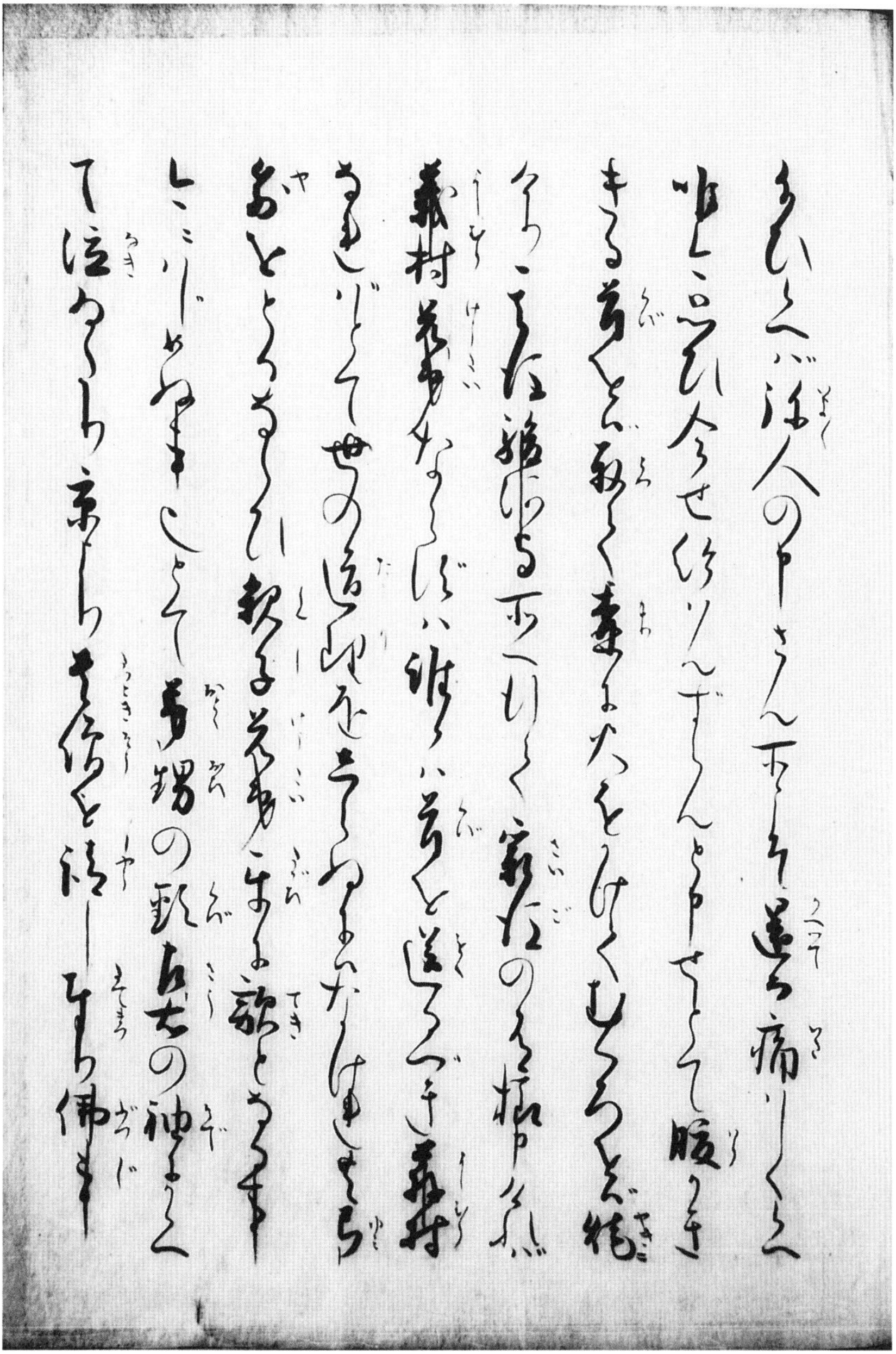

ら行なれ某の妻子をしげ〳〵もてくらし世をくら
し申候ハ西山にく津の〳〵た堂ら掛と云
けうそう某嫡子を二三才あり申せ候ハくり申候を
てき身うせ候へく嫡子も病子なすぎ候てゆゆし
れ候とてらく〴〵せ某府内兼倅もて候て
候をいせやれ某嘉康円兼倅もせ候く
きゝ入せ候ハ上徳兼可感遭もけしからく切に兄龍
少ンのくくり官氏原の中申原兼川八預るので
参くらけもさま〴〵申上候

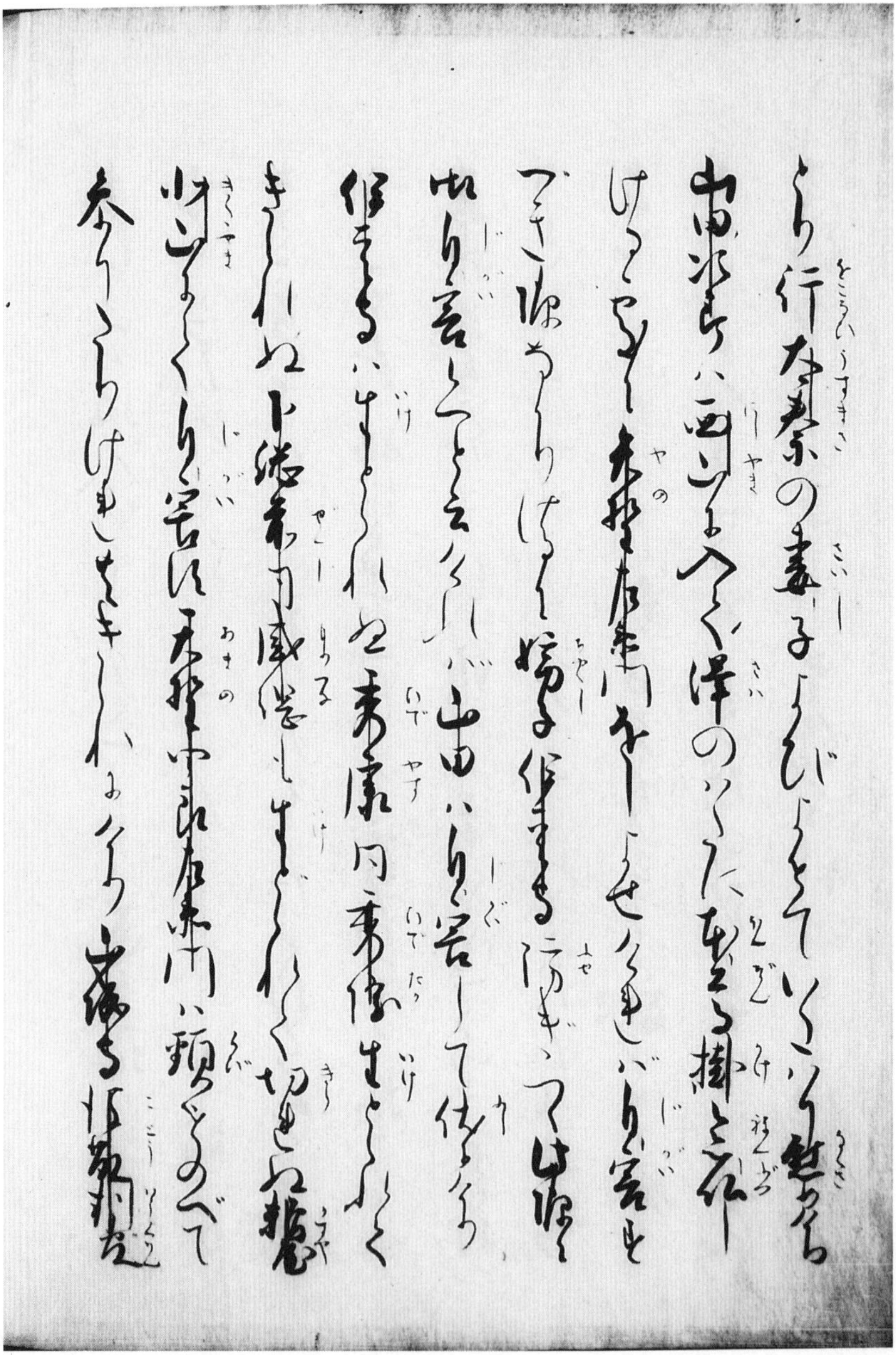

生《いけ》とりにせられてこそ後藤をハ子息左衛門基綱
候《こう》て切《きる》へく候ら他人にきらせしとて首を請《うけ》て孝
養《やう》せられけり是ハ保元に為義を義朝にきられしから
しま例《ためし》を義朝ハ上古《しやうこ》のためし先規《せんき》なりときこえ
しかとも末代もかくのためしなかるへし二の舞
たる基綱《もとつな》をハ百人つまはしきをそしける
近江ノ錦《にしこり》織判官代ハ六波羅《はら》武蔵守の前まて作路
小次郎本遠光郎等二人并侍あまた手をとらえ
してをしかねハ賀茂河原にて保文の草の頭

きつる剣《つるぎ》をさすにいつくりあらしぐ駿河大夫判官惟信《これのぶ》
も具《ぐを》もしぐ落にけり二位法印尊長ハ吉野《よしの》
十津川に逃《にげ》こもりぬ忠《たゞ》信ハしのびかくれてぞ清水寺《せいすいじ》
法師鏡月房《きやうげつばう》弟子《でし》常陸房《ひたちばう》美濃房《みのばう》三人搦《からめ》
とらへ既《すで》にきらんとするを暫《しばら》く助《すけ》さセ給へ
一首《しゆ》の愚《ぐ》詠《ゑい》を仕りてやと申けれバ是程の体ハ
給ハるへしとてさしとくに
勅《ちよく》なれバ身をバすてゝき武士《もののふ》の八十《やそ》うち川の瀬《せ》にハたゝねと
此法師《ほし》武蔵守に見《ソヤ》る《むき》と詠《よう》く申されけれバ免《ゆる》セ

べしとて師弟《してい》二人ながら放免せられ人は能芸《のうげい》と
者づき物なる末代《まつだい》とも云ながら和平の道ものを
あり泰時《やすとき》やさしくも免されしかりとも感し
なら熊野《くまの》法師田辺《たなべ》別当《べつた》もさしおかるなら
し
関東へ早馬《はやむま》にて軍《いくさ》次第《しだい》注進之文
武蔵守早馬《はやむま》よりく関東へ注進せし合戦《かつせん》次第《しだい》折
死手負《しにておひ》の交名注文並に右当所の交名もくく
武士の交名此外院々の御事月卿雲客
の罪名前郡の改山門南都の次第《しだい》泰時《やすとき》が私

りけれハ雑色急速《きふそく》に鎌倉《かまくら》治定《ぢでう》して帰参《きさん》
すへきよし申けれハ早馬《はやむま》関東《くわんとう》に着《つき》たりけれハ
権大夫殿二位殿《ゐ》ハ其外大名小名《だいみやうせうみやう》面々に悦あへり
軍《いくさ》ハいつまて御悦の行ならんとて同し合ける軍兵《ひやう》ハ
御勝信三浦平九郎判官山田次郎能登守秀康《ひでやす》
らをはしめてきこしめされ御文作《さく》しくたりける兵衛尉
上衆もハ大膳大夫通親なと一同にありしそ
申されけり中にも二位殿おもひのことく涙を
流し先若宮大菩薩《わかみやだいぼさつ》を伏おかみ進《まゐら》せてやゝ久

我家《わがや》へ参らせ給ひたりけれ共三代《ざい》将軍《しやうぐん》の御舅《しう》へまいらせ給へ御悦《よろこび》半なりけれバ大名小名馳集《はせあつまり》て御悦《よろこび》とも申あへるに中にも子《ご》うれし親《おや》うちまゐらせぬる聞《きく》人悦《よろこび》まつるも歎《なげき》まつりけり関いさしめ給ひのしりあへりけり

宮《みや》方死《し》罪《さい》流《ろ》罪《さい》之次第《しだい》

御弟《ごでい》たるへしとて大名ともに召参らせ一番の国ハ大膳大夫入道とらへまいらせけれバ半分ハ流さ宮々とハ遠国《をんごく》へおはしまさす月卿《げつけい》雲客《かく》とも

路次《ろじ》へめしくだすべしと披露《ひろう》して通りけ皆夫《ふ》
りるも京都《きやうと》の政《まつりごと》ハ清盛太政殿にさるへきと
指縁とハ過御殿へ進せしくしと存作と見
とかく義時此義《き》一分《ぶ》も相違《さうい》なし此義《き》に因すと
仰けれバ大小名ともも下熊しそ口々かくや遂
ますとも一之相ろくく贈京へ半るとそれし
けり清盛太政殿ニ此いし六波羅《はら》より半さへ達
なきハ我当将軍の外祖ニおよばず義時が報
いしあらハされ西路を手くゑくと棟め申し

夜《よる》くるき目どもこし[illegible]也、[illegible]し夢《ゆめ》也[illegible]ぞや
さりし[illegible]しく[illegible]とて[illegible]
[illegible]武蔵守[illegible]として[illegible]を進《す》め
[illegible]させ給ひつへ雲客《かく》とめし給ひけんと申させ給ひしかば
急《いそ》ぎ交名《かうみやう》をしるし出させましけるぞ[illegible]
[illegible]御起請文《きしやう》[illegible]
せ給ふ人々には、坊門大納言忠信卿をば千葉介胤綱
按察《あぜち》大納言光親《みつちか》卿をば武田五郎信光《のぶみつ》[illegible]
中納言宗行《むねゆき》卿をば小山新左衛門朝長

権中納言有《あり》雅《まさ》卿ハ、小笠原次郎長清《ながきよ》、甲斐宰
相中将範茂《のりしげ》卿ハ、式部大輔朝時、一条次郎宰相中将
信能卿ハ、遠山左衛門景村、各礼儀ヲ云テ辞
シテ坂東武将ノ取ニワタリ給ハ、西八条ノ尼御
台ト申セシハ、故鎌倉右大臣ノ後室ニテオハセ
シ坊門大納言信清《のぶきよ》卿ノ御娘《おんむすめ》也、サレバ此謀反《むほん》ノ縁《えん》ニ
ヨソヘラレテ関東ヘ下ラ給ヒシヲ、急キ鎌倉
ヘ御使トテ下ラ給ハ、我右大臣ニヨクモテ後室
モ御シテ外他事ナク光季ヲ討セ給シカ

滋賀《じが》の落る夕《ゆふへ》まちく虎《とら》の心のうちもくさニハ昔《むかし》
のよしニ申けれハ兄弟《きやうだい》とも〳〵に君のかうむ
せ給ふともしたゝかに三代将軍《しやうぐん》の跡《あと》のことんと
とるべしとて南無《なむ》八幡大菩薩まもらせ給へと
心の中ニ祈《いの》られける此事思ひ給ひて助《たす》け給へとて
偏に祈りて大菩薩の御恩をも知しめし数
ならぬ身の祈ニ答《こたへ》てくだしけるハ心のまゝ
志《こゝろざし》を半ばにして然《しか》に慈悲《じひ》心あらハ折さへ志ある人
ともろ〳〵をあはれミ給ふべし何ぞ況《いはんや》正しき

兄《あに》を助《すけ》けんとせバ罪《つみ》の深《ふか》さハ左《さ》こそ候らめと
是僧我に免《ゆる》すとぞ申つるに故木信殿に免《ゆる》し
なりとおぼしめして信綱の命を助《すけ》けさせ給ひ
権大夫殿二位殿へ申されけれバ免《ゆる》されし
とく御免《ゆる》し文《ふみ》あり近江国橋本へはやく遣わ
けれバ銀りの千葉次郎此二位殿義方の状となく
誅しをそなく権守本綱を是と聞給ひ入して
御悦申されしそありけれバ信綱も夢《ゆめ》やらんと
して保事申し給も嬉しと本綱ハ越後国《ゑちこ》へ流《なが》されける

中御門中納言宗行ハ菊河《きくかは》にて
昔《むかし》南陽県《なんやうけい》之菊水《きくすい》汲下流延齢
今《いま》東海道《とうかいだう》之菊河《きくか》宿西岸《せいがん》失命
と宿《やど》の柱《はしら》に書付《かきつけ》られける。浮嶋《うきしま》が原《はら》にて
けふ過る身ハうき嶋の原にてそ露の命をきゝ定ぬる
廿日の辰刻藍沢《あいさは》と云所にてきられ給ぬ
木野中納言有雅卿《ありまさきやう》ハ小笠原具《ぐ》してゆく甲斐国
稲《いな》ツミノ庄《しやう》内胡瀬村《こせむら》と云所にて切《きら》んとせし二位殿《い》ニ
申されける首をはこちの事今日にあらんずれば二

時《とき》の命《いのち》をものべ給へと宣《のたま》ひけるを只きゝもしなく
切くちら一時ばかりゆるさく有雅卿《ありまさきやう》切《きら》れけると哀
敵の聞返事あらば宿業《しゆくごう》力なしと云ながら所
の間をまたずしてきられ給ひけるあさましく小
笠原も今一時の命と申と命くも給ひけるとき
そうこそ情《なさけ》なく覚《だ》え給し三覚の智恵《ちゑ》も和漢《しでろ》
命をもしらずしてしばし一条宰相中将信《のぶ》
能《よし》ハ美濃国遠山《とをやま》にて切奉る甲斐宰相中将範茂《うろ》
山の関《せき》の東《りし》あく宿家《ゐつけ》早川《ろろえ》と云流《あさ》れ川の流と

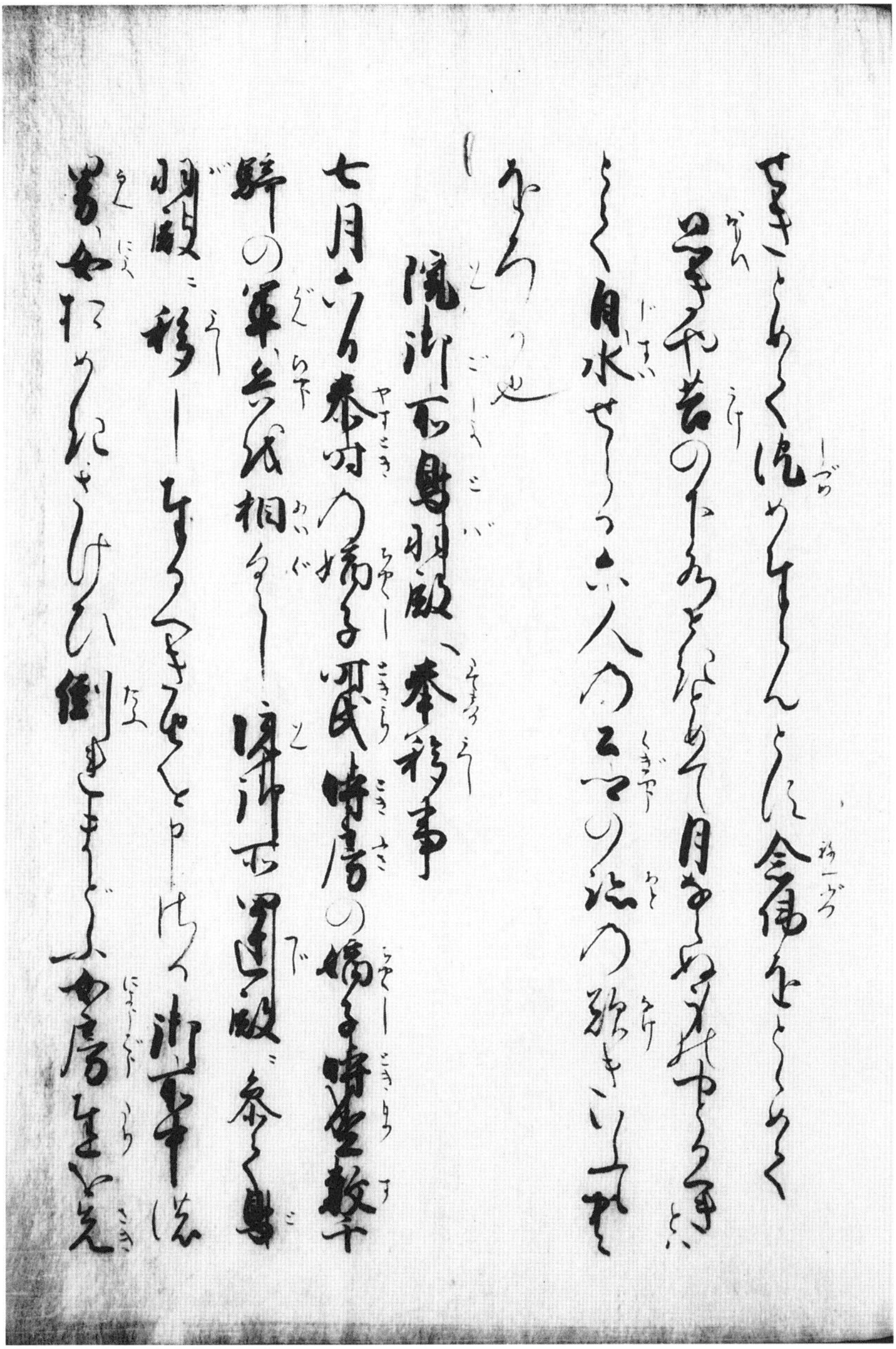

せきとゞめく流れてまんとして念仏申とゞめく
眼《がん》前花芸《うけ》のなみだをながして月を
く日水《じすい》せしつゝ人のこゝろの猶きこしめを
なかりつる也

院御所《ごしよ》鳥羽《とば》殿へ奉移《たてまつりうつし》事

七月六日泰時《やすとき》の嫡子《ちやくし》時氏《ときうぢ》時房《ときふさ》の嫡子《ちやくし》時盛《ときもり》数《す》千
騎の軍兵《ぐんびやう》を相具《あいぐ》し院御所殿に参て鳥
羽殿に移しまいらすべきと申ければ御所中《によしゆうら》
男女《なんによ》打めきさけび倒《たふ》れまろびふし女房達先《さき》

さほうあり次人時氏をとらへて御車の内も
あらく〳〵とくらの者ともに御覧とも
まだすまぬ用意にむさとるいぐせ
たらくくるまてい御供よ汁酒に権氏房
相信房右衛門對維葉三人てまゐらるゝまゝ
義俊と聞こ今日よりきうの金堂の切るら
こしやりとかへすも近日所も家ろつぎも
かへりく車久しきに御くーもふるをかへ
場馬脚侯迄陽須聞侯事

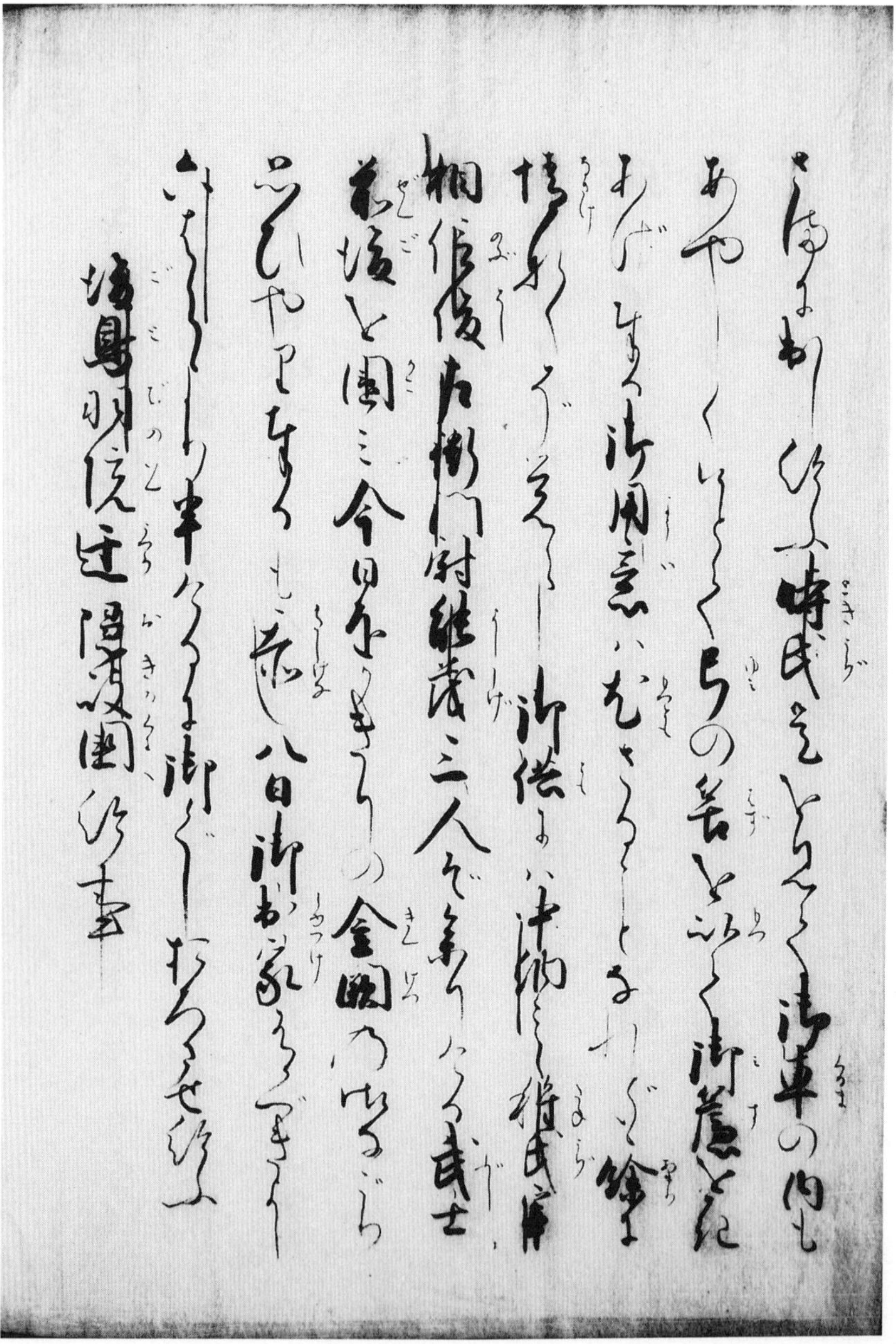

太上天皇の御拝忽に変じて武家《むけ》の新敵
となるしと給ふ信実《のふされ》をめして御姿《すかた》を似絵《にせゑ》に
うつさせ給ふ七条の女院《にようゐん》へ進《まゐら》させ給ふ女院御覧
じもあへず御涙《みなみだ》を流《ながさ》させ給ぬ修明門院《しゆうめいもんゐん》へ一御車《くるま》
よせて鳥羽殿へ御幸《ごかう》なる御車《くるま》を大床《ゆか》のきはへ指《さし》
よせしかば御簾《すだれ》を引《ひか》させ給ひて御顔《かほ》ばかり指
出させ給ひて御手《て》にて帰《かへ》れと給ひてあはれ
両女院《にようゐん》御目もくれ心も消入《きえいら》せ給ふも理《ことわり》車《くるま》の内の御歎《なげき》
申もなかなかおろかなり十方にくれて時氏

参く隠岐國へ遷《う》しまいらせけり御幸《みゆき》
のとハ流罪《るざい》ちくくハあしじと思召《おぼしめし》けるに遠《とを》き島《しま》
ときこしめされけれく東西《とうざい》をしらずと給つゝ泰
揺録《やうろく》ハ逆櫓段《さかろだん》よそほひせ給ひしかバ君《きみ》のごとく
とうく留《とゞ》めさせ給ひてとおそハされける叡慮《えいりよ》に
墨染《すみぞめ》の御《おん》情《なさけ》とはうじ涙《なみだ》くりハすゝまれし
とおくすざれさりけれハ揺鼓《ちうやく》の御威儀《いぎ》も君《きみ》
の君《きみ》御くわうせ給ひけめしの下院《いん》の御供《とも》に
亀菊《かめきく》殿、聖《りやう》一人、醫師《いし》一人、并左衛門尉房成《さじひろさき》

播守清盛《きよもり》とぞきこえし平家《へいけ》の乱世に
後白河院《ごしらかはのゐん》を鳥羽《とば》殿に遷らせ給ひしをこそ世の不《ふ》
思議《しき》とは申しゝに今は我国へうつされし
させ給ふ先代にも起《こ》らざりしを此宮殿《こみや》ど
させ給ひてせめては家《こ》を出《で》やとおぼしめさ
るゝも御心《こゝろ》出心のまゝしもなけきの涙《るい》の
しましくくぞ都《みやこ》をつまくる
立さあく関《せき》といふにて小宮《こみや》川芳《きり》をもとどめ
播磨《はりま》の明石《あかし》のうしまつかせ給ふ宮《こく》ハいはぐぐと

御弓《ゆみ》をはけハ゛明《あし》んのうしと半を言《など》闕所《さくところ》
しくしく
都《みやこ》とハくしやうにそむしうしとそ人明《あし》んの海にまよ給ら
亀《かめ》菊《きく》殿
月影ハさこそ明《あし》んのうらなれと雲井《くもゐ》の秋ハなを恋《こひ》し
彼保元《かほげん》のむかし新院《しんゐん》の御軍《ぐさ》破《やぶ》れて讃岐国へ
遷《うつ》されさせ給しも舊《こ》をはなれけるとそ
さけ御身《ヤい》のことゝハ云ひさたしかとせさせ給ふ
主上ハ王位を論《ろん》し位《くらゐ》を望《のぞミ》給ふまて是そ

さてハ何事ぞと[illegible]美作《みまさか》と伯耆《はうき》の中

山を越《こ》させ給ひて[illegible]の岸《きし》に御[illegible]あそはしつゝ

へ[illegible]させ給ひしところせ給ひて都へのぼる[illegible]

て今ハ人のよそにやとおほせハ

し

都人をはしめてかのしのひたる[illegible]

出雲国なきしと云所につかせ給ひて見尾崎《みほのさき》と云[illegible]

あまりのもしら都へ使をあけけるハ修明門院に[illegible]

恩《おん》あり

たらちめやうきこと[illegible]と浦の浪よする[illegible]しもあへぬ袖の[illegible]

いく数重なれバ隠岐国につかせ給ふ[illegible]
御所とて入らせ給て御覧《らん》ずれバあさましげなる
苫《とま》ぶきの蘆《こや》の天井竹の簀子迄をのづから障
子の[illegible]なかりしに[illegible]住井[illegible]涙ぞし
しる外ハ[illegible]目にみしも[illegible]《くじ》[illegible]唯[illegible]ハ[illegible]
[illegible]
我こそハ新島守《にいしまもり》よおきの海《うみ》のあらき浪風《かぜ》心して吹
都ニ[illegible]
此御所の[illegible]侍[illegible]唯[illegible]ぐ[illegible]じ泣[illegible]

給ひし罪《つみ》なし忽《ぞう》ましく清水事とも申させ給ひし自然《しぜん》
も平宰相《しやう》信家《たゞ》卿《りつぎ》にけくおもひし中守の御事
なりけれとも
称《?》あるしてさるめ御中して伝《?》まはあり越後の国《ゑち》
同廿日新院《しんゐん》佐渡《さど》へ流《なが》され給ふ御供《とも》には宰《さい》
相《しやう》の息《そく》冷泉《れいぜい》為家《ためいへ》花山院少将能氏《よしうぢ》甲斐兵衛
佐教経《のりつね》上北面には藤左衛門大夫安光《やすみつ》女房には右衛
門佐殿帥佐《ゑのすけ》殿以下《いげ》三人也冷泉《れいぜい》ノ中将為家《ためいへ》は一歩《ぶ》れ
送りをもし給はで残《のこ》二人ぞ名残しかる哉に候

和ハ道にも正路《しやうろ》とく帰しけら[illegible]

みく正路《しやうろ》[illegible]らそゝ伝ける九条殿[illegible]

あまにハ形《ゝゝ》見に文車《ふくるま》をなきてしるしける中にも

九条殿つゝき遊《し》せしかくて御出《しく》の奥《みそ》ま

すめらくくたよくハ未[illegible]世の[illegible]ら

姫の使至《のぢき》に九条殿より[illegible]申させ給ふ

いよゝさるらしくてある世中此うきよハいへて政《まつりごと》

日本国の将軍を[illegible]國に迄させ給ひ権[illegible]御

興にうつさせ給ひ又は山《し》いくの道まうさせ給く

そしら彼国へぞ移らせ給ふ　同廿五日冷泉宮
備前国児島《こじま》へうつし参らせ給ふ　児島しら河無
めして此外刑部僧正宰相中将信能右大弁光俊
なども有けまいらせく陸奥へ流されさせ給ふ
人々の御ありさま縁深く猿の御よういはん
とおもしかやまなくもとの宮中にも修明門院の
御歎きさまくいはんかたなし又　一院新院西へ流さ
れさせ給ひけるにこうてせ給ひぬ御兄宰相中将範茂
卿死罪《しざい》にあはせ給ひぬ　新院の御子先帝

わたらせ給ひてこそ御[illegible]しに、女[illegible]院を
[illegible]ハ故《こ》高倉院の御后《きさき》[illegible]院の御母[illegible]ぞまし
まし[illegible]今一度法皇を見進らせばやと歎《なげ》かせ
給ひときこしめして法皇
[illegible]のきこしやりて[illegible]露の[illegible]
女[illegible]院御出[illegible]
萩《はぎ》の[illegible]風の[illegible]
[illegible]御歎き[illegible]下《しも》[illegible]の[illegible]
中にも佐々木山城守廣綱《ひろつな》子《こ》の児《ちご》御室《おむろ》に

しが、かくしてありけるを、ぞもあなたこなたへ御室
御使《し》しきりに給ふ。
陣木《じかまさぎ》のうつくしきばかりにて、かまへてをしまるゝ
泰時《やすとき》いかにも出家《ゆけ》の児《ちご》なれば、助《たすけ》進《まゐ》らせばやと
申させもしけれバ、母堂ともかく七代《だい》武義年敗宣紀
ましませ、命《いのち》あらん程ハ祈《いのる》べしと手を合せて
おはしけるに、敵人の子《こ》を助《たすく》るやうもぞ笑ハ
と悦《よろこび》ける。東《ろき》のごとく侍《く》る児《ちご》の伯父《ちゝぶ》信綱
本の右衛門佐経高《ほゞる》急《いそ》ぎ馳《きこまゐろ》来て、此児《ちご》を助《たす》けを

作つてもの主もえくるして作綱を家し
てーと又キノ久を八作綱八今度宣洛川の去庭
奉方の妹ひに足声弘さことにで妻きに仁る主に
み家留川鴻ミ使迎付くろろろ間春方と
うしきててぇしーくろ此まくと聞く作綱
とくふわ者ハふわりけ柳はゝくまキ十
云戒ろをくまろしくらるろけ
白部あもくをうにに鎌倉よしあろろす多
りくく刺友凱義でくを十一九七五三こまる

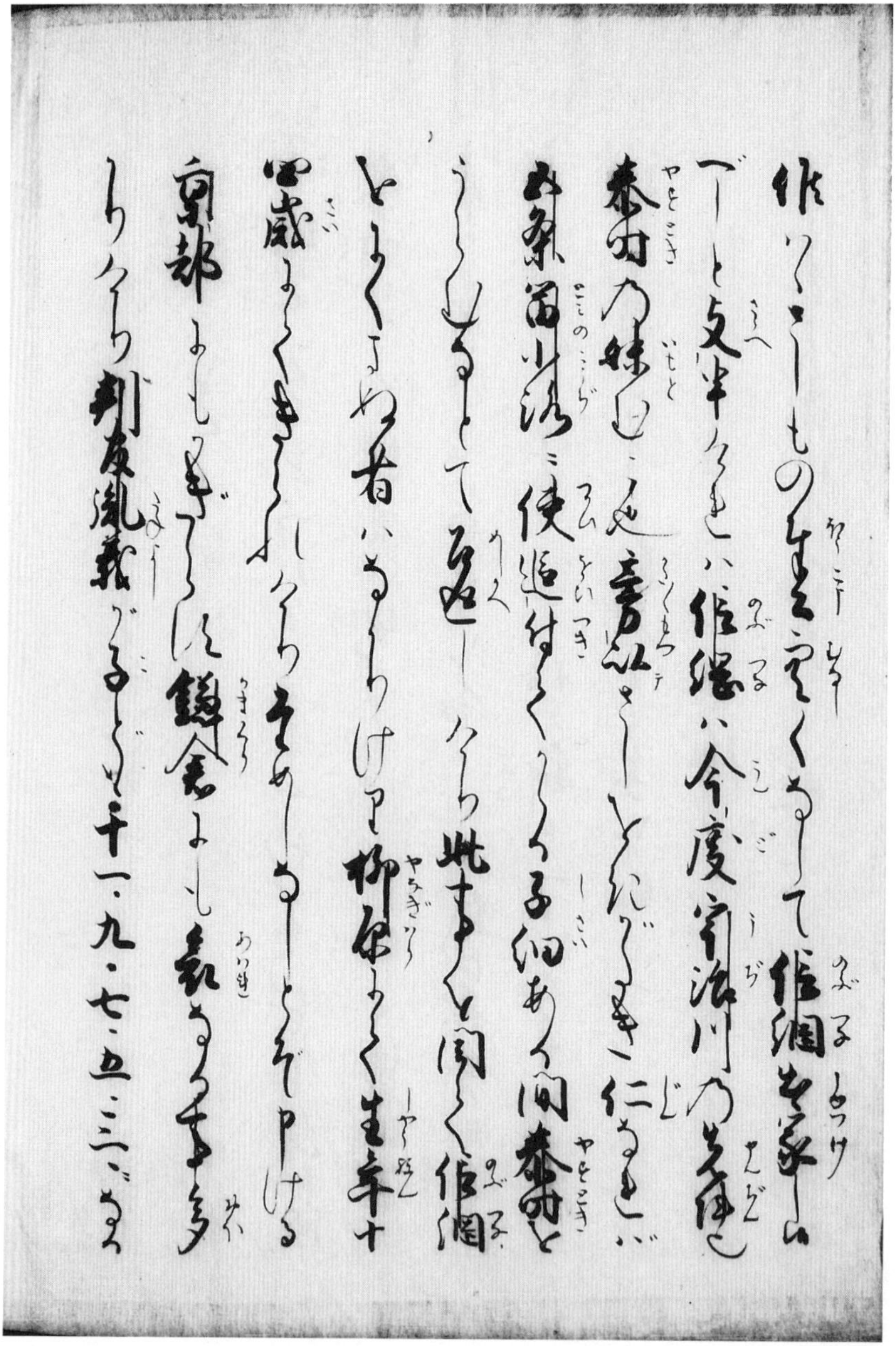

五人ありし中浦の屋部《やべ》の祖母《そば》のもとにやしなはれ
とにかくと雑木丈小川十郎を使ひてくらましめ
されけり尼《あま》も力及《ちからおよ》ばで今度世の乱御よ乱義
ぢ志まで延引しこなすりを及ばぞとく十一になる一
人をば隠《く》して弟《かく》九五三七と出しければ
便《びん》なき小川十郎てあく幼稚《えうち》なるとそれ扶を
もし給いめ敵人の告ともあり給ひても然《しろ》つゞるさ
尋よしさめけるは尼上《あまうへ》立出く手をすりて宣《のたまつ》
處《ところ》しもかねてさしも五三つりめをは生死《しやうじ》と知

されバあきれしそうらじし十一までぞおぼえて
ころも殺もすべきぞとて唯今来殿へ参く
絶えぬ人なりけるは七十になる尼《あま》行
命のおしからずとぞいひけれバ、ゆるしなさ騎
あはれと思ひし小河情《なさけ》あるさまぞ乞し
てぐら四人の乳母《めのと》倒伏しく天《てん》に仰ぎ地に伏
保元のむかし為義《ためよし》幼稚の子《こ》共きられしにも
らいてこれもかなしく思ひしも事なれた
こらし頭をつく

土御門院土佐国遷幸

同十月十日中院《ちうのゐ》土佐国へ遷《うつら》しせ給ふ此《この》院は
今度御くはたてにも賢《しや》まゐらせ給はさりけれハ
鎌倉よりも宥め申けれとも叡慮《ゑいりよ》
洛陽を配所《はいしよ》へとまくこそまゐらせて花洛《くわらく》にあらん
本朝の無覧つくしありて文行の道《みち》にあらんや
承久四年のうち見はあるへしとそ人界《にんかい》に生《しやう》を
うくるしと父母の恩を蒙《かうぶ》りしても報《ほう》すへし一旦《たん》の
恨《うらみ》に依《よ》りて永く不孝《ふかう》の身とならんと罪《つみ》なるへし

こそハ同し遠島へ流《ながさ》れんと度々関東《くわんとう》へ申さ
せ給しかれバおしこめまいらする方なく流し
たてまつる[illegible]に恨《うらみ》父をうしろこ給[illegible]
まことの時ハゆるさせ給わねど父の御罪に遠国
下らせ給ぞあはれなる廳使万里小路《までのこうぢ》の[illegible]
へ参りけれバ御外戚《くわいせき》土御門大納言定通[illegible]
出しまいらする御供にハ女房四人[illegible]
[illegible]一人参りたる島も苦しけれバ本領[illegible]
[illegible]車にてせしかしかるべき[illegible]

あるをそれハ京中のをも勝るとひとへ
にぐんひ道にも御もかいのとも申に
わそりそ竹八鳴のうゝをと見して幸徳未
もの也とうるゝゝとゞ牛ふ償發のねかう
うゝゝゝけまへ阿素徳泷のうケも思
の守護本ニ同代半へとバ河の圖へ迁れ
ゝを竹よ沟するよして牛一析息官津て當
ゝに源さでゝよろよく君も御洞よ但ぞ

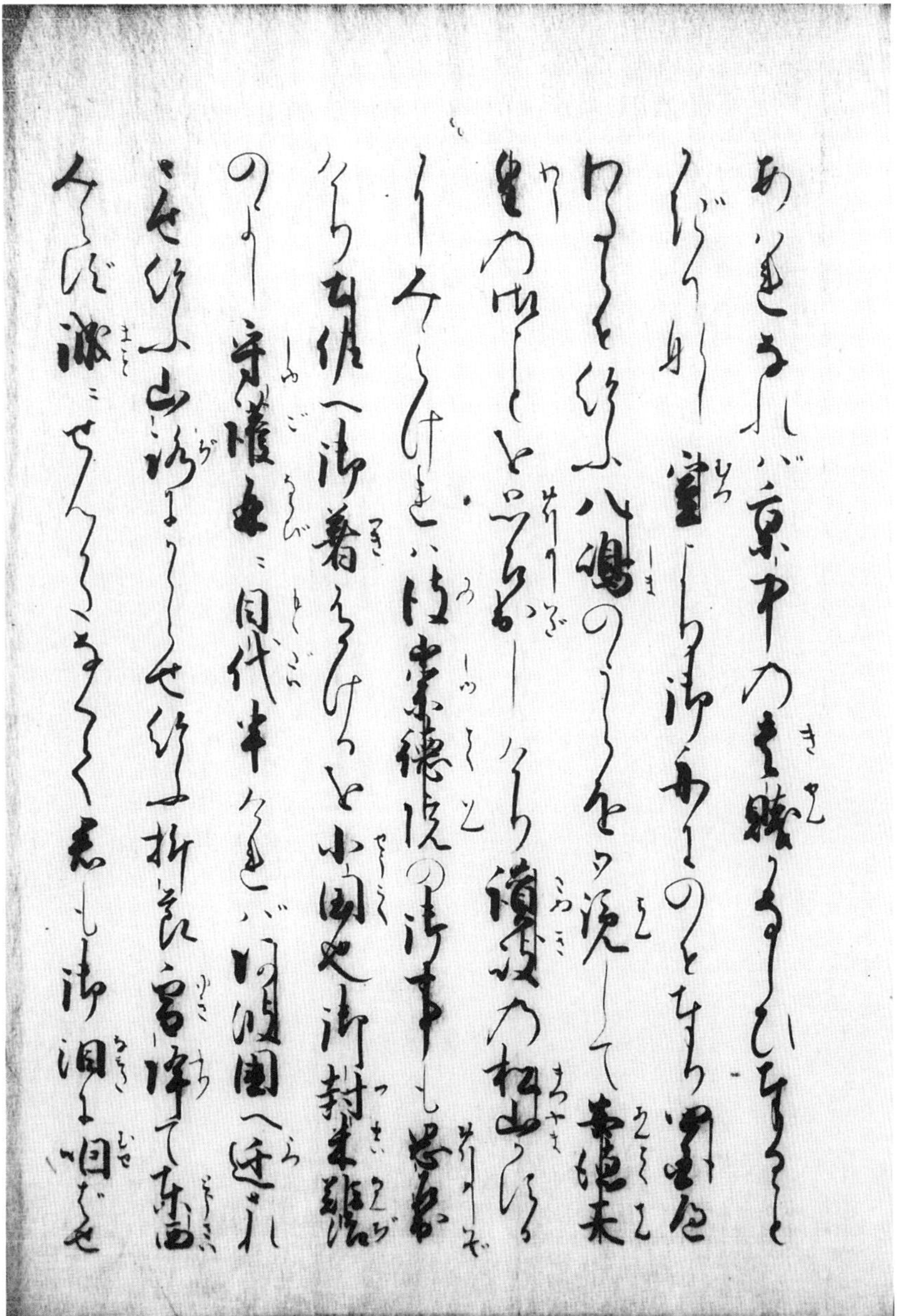

まし くて
しに世にうたてさてまをけるとうちをわつ果
とあくだ京をくきすつてひかる書通本のくら
柘本せらつて所書を焼そけもはよき
いきちすーつくひく書近名のくを
う/守ける汚興罪とーうくにく住生へつ
とそまふ
御くにぬすき淫よーさん撃のよい
柳義以いりつ年をうや出伴ーとくく景の

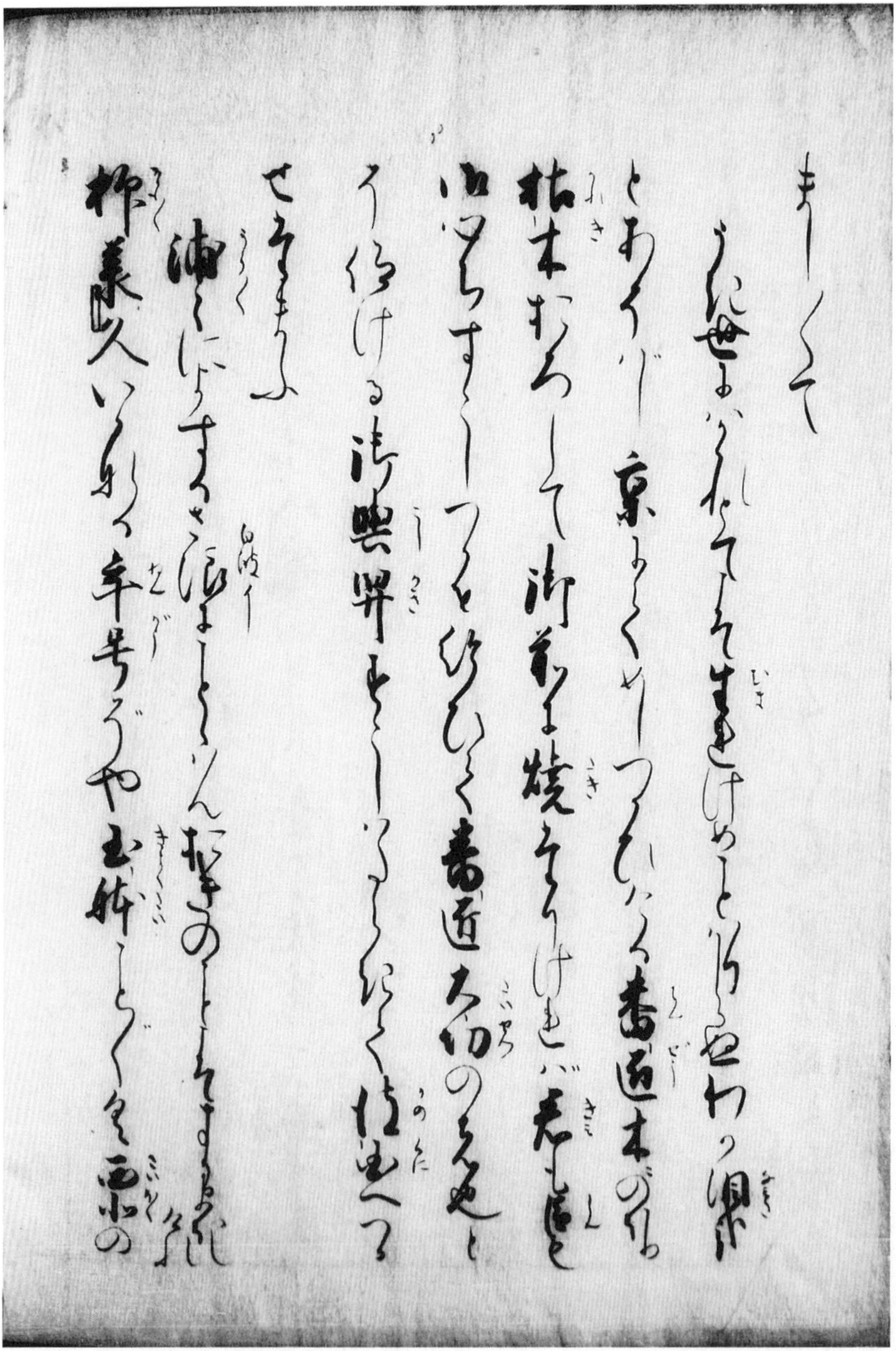

風ト没ト相もみ合ふの鉾にあらそふ天魔鬼神正八幡の御いかりにや王法此時つき果て東国天下を行ふへき由諸もくやらんへ御諚
鎌倉の命のしるし諸美黒キ犬跡ナく失せにけりとぞ乗ろつく後のつく後をそ給
ーとし雲後の人々もっと諸後の学
院に御位をいたく渡後も御諚もて取下しもゝ終る
うら御うしろへもをて恥下しもゝ終る
此所志を神立しうすけめ此いけう生や染

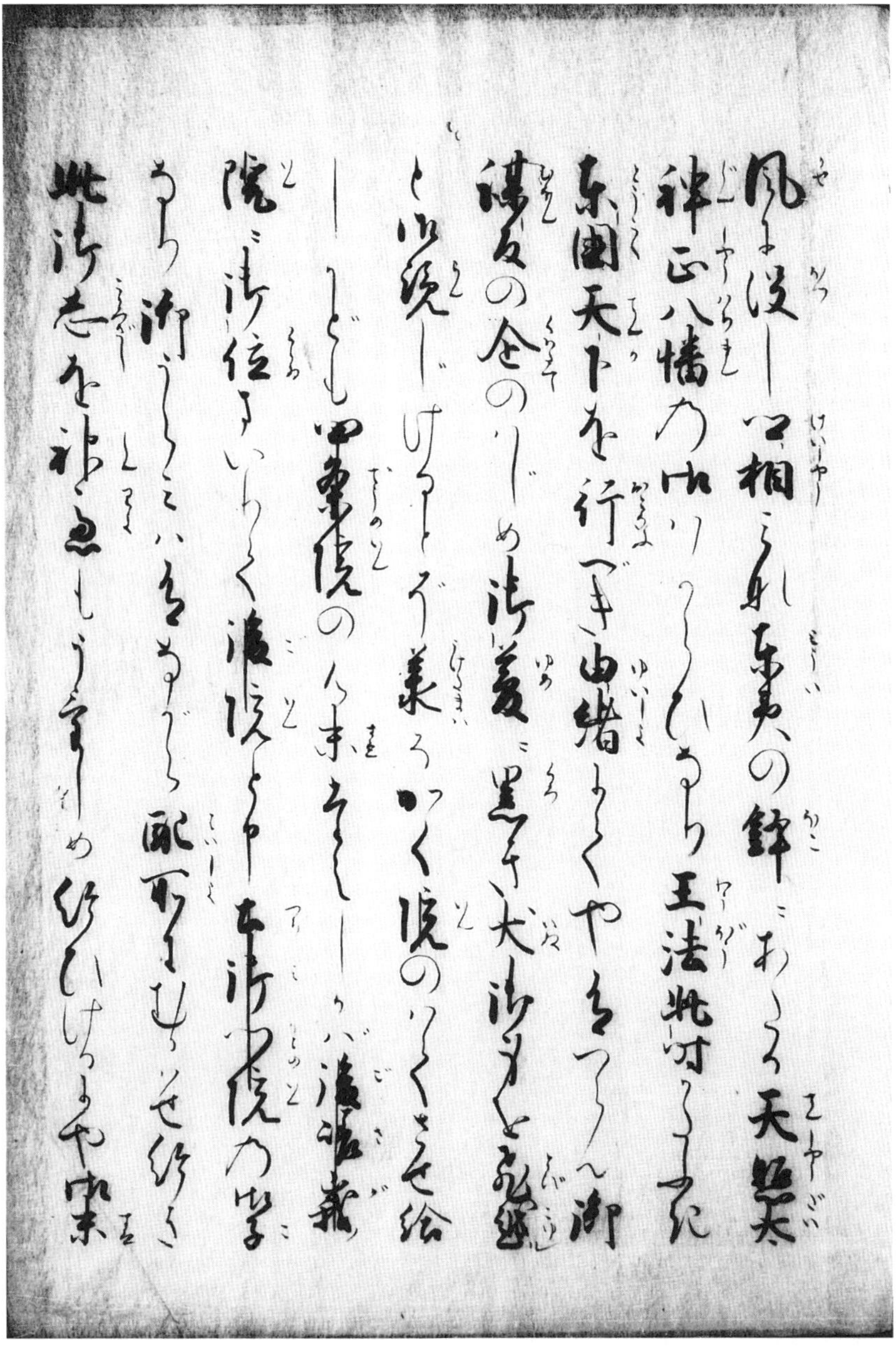

めくらくして今の世まで漫《そゞ》ろさわぐ此度《と》の末《すゑ》
かくしげるし承久三年の騒《わき》りしこそ物《もの》の哀《あはれ》
をとゝめ

翻刻

承久記上

[1]人皇《にんわう》八十二代《だい》の御門《みかど》をば隠岐《おき》ノ法皇《ほうわう》とも申し後鳥羽《ごとば》ノ院《いん》とも申けり高倉《たかくら》ノ院《いん》の第四《だいし》の御子《みこ》[2]後白河《ごしらかは》ノ院《いん》の御孫《まご》なり寿永《じゆゑい》二年八月廿日御とし四歳《さい》にて御即位《ごそくい》御在位《ございい》十五年が間《あいだ》芸能《けいのふ》二《ふたつ》を学《まな》びましまス建久《けんきう》九年正月十一日御位《くらゐ》をおりさせ給ひて第《だい》一の御子《みこ》ニ譲《ゆづ》り給ふ土御門《つちみかと》ノ院《いん》是なり其より以来《このかた》あやしの民《たみ》ニ御肩《おんかた》をならべいやしき下女《げじよ》を近つけ給ふ御事もあり賢王《けんわう》（」1オ）聖主《せいしゆ》の道《みち》をも御学《まなび》ありけり又弓取《ゆみとつ》てよき兵《つはもの》をも召《めし》つかはゞやと叡慮《ゑいりよ》をめぐらし武勇《ぶゆう》の者《もの》を御たづね有しかは国々よりすゝみ参《まい》ル白河《しらかは》ノ院《いん》の御宇《ぎよう》ニ北面《ほくめん》と云《いふ》ものをはじめさせ給て侍《さふらひ》を玉体《ぎよくたい》に近づけさせ給ふ御ことありき此御時より西面《さいめん》と云《いふ》ことを始《はし》めらるはやわざ水練《すいれん》に至《いたる》まで淵源《ゑんげん》をきはめましまス弓取《ゆみとつ》てよからん勇士《ゆうし》十人まいらせよと関東《くはんとう》に仰ければ常陸《ひたち》筑後六郎遠江原弥三郎一家《け》ニ天野《あまの》次（」1ウ）郎左衛門尉時連《ときつら》を始《はしめ》として六人を進《まいら》せらる相撲《すまふ》の上手《じやうず》同[3]進上《しんじやう》せよと仰られければ其比岡部《をかべ》鬼《おに》助五郎犬嶽《いぬたけ》小太郎家光《いへみつ》二人参《まい》ルを鬼助《おにすけ》をば秘蔵《ひさう》して関東《くはんとう》にとゞめ犬嶽《いぬたけ》小太郎を進《まいら》せられけりかくて十三年[4]を経《へ》て承元《せうげん》四年四月廿一日一の御子《こ》御位《くらゐ》を下《おろ》し奉《たてまつ》り第《だい》二の御子《みこ》を御位《くらゐ》に[5]立《たて》奉らせ給ふ順徳院《しゆんとくいん》是なり[6]是は当腹《たうふく》御寵愛《てうあい》ニ[7]よて也其後十一年を経《へ》て承

1人皇―東・天「仁皇」 2後白河院―東・天「後白川」 3進上せよ―東・天「進せよ」 4を―東・天、脱 5立―東・天、脱 6是は―東・天、脱 7よて―東・天「よりて」

久三年四月廿日又御位《くらゐ》を下《おろ》し奉《たてまつり》て新院《しんいん》の御子《みこ》ニ[1]譲《ゆづ》リ（一2オ）給ふ依《よつて》レ之《これに》新院《しんいん》[2]とも法皇《ほうわう》の御中御不快《ふくはい》也御在位《ざいい》四ヶ月ニ及《をよ》ばずして御位《くらい》後堀河院《ごほりかはいん》ニ参《まい》りて王法《わうぼう》つきはてさせ[3]給ひ[4]人臣世《じんしんよ》を背《そむき》し故《ゆへ》をいかにとたつぬるに地頭《ぢとう》領《りやう》家《け》相論《そうろん》の故《ゆへ》とぞ聞えける上古《しやうこ》は地頭《ぢとう》といふことなかりしを故《こ》鎌倉《かまくら》右大将《うだいしやう》頼朝《よりとも》平家《へいけ》を亡《ほろぼ》しける勧《くはん》賞《しやう》に文治元《ぶんぢぐはん》年の冬の比日本国《につほんごく》の惣追補使《そうついふし》并《ならび》ニ征夷大将軍《せいいだいしやうぐん》ニ補《ふ》し給ふ故《ゆへ》ニ[5]国々ニ守《しゆ》護《ご》[6]をゝきて郡郷《くんきやう》ニ地頭《ぢとう》をすへ既《すで》に[7]段別《たんべつ》ニ五升宛《せうあて》の兵糧米《ひやうらうまい》をあて取是《とるこれ》ニ依《よつ》て領《りやう》（一2ウ）家《け》は地頭《ぢとう》をそねみ地頭《ちとう》は領家《りやうけ》を軽《かろ》しむ頼朝《よりとも》は伊豆《いづ》ノ国《くに》流人《るにん》たり[8]しが平家追討《へいけついばつ》せよと云院宣《いんぜん》を蒙《かうふり》て治承《ぢせう》四年の秋の比謀反《むほん》を起《おこ》して六ヶ年の間天下安《やす》からず元《げん》暦《りやく》二年春夏の比平家《へいけ》を滅《ほろぼ》しはてゝ静謐《せいひつ》[9]して十三年世を取事十九年なり廿年と申正治《しやうぢ》元年正月[10]十三日ニ卒《そつ》し給ふ其御子《こ》左衛門ノ督《かみ》頼家《よりいへ》二代《たい》の将軍《しやうぐん》として世を継《つぎ》たまふといへとも不調《ふてう》のふるまひをし給しかは神慮《しんりよ》にも放《はな》たれ人望《じんばう》にも背《そむ》く故に僅《わつか》ニ五年（一3オ）かうちに外祖父《ぐはいそぶ》遠江守時政《ときまさ》が為《ため》に亡《ほろぼ》され給ぬ御弟《おとゝ》の千万[一万寿イ]御前いまだ[11]いとけなくして建仁《けんに》[12]三年征夷将軍《せいいしやうぐん》の宣旨《せんじ》を下《くだ》さる[13]従《じゆ》五位下《いげ》[14]十三にて[15]元《げん》服《ぶく》右兵衛ノ権《こん》ノ佐《すけ》実朝《さねとも》[16]とぞ申き従《じゆ》四位《い》上《じやう》三位《み》ノ[17]中将《ちうじやう》従《じゆ》二位《い》建保《けんほ》四年御とし廿四にて権《ごん》中納言ニ補《ふ》す随身《ずいしん》四人を給ふ同五年権《ごん》大納言従上《じゆじやう》二位同六年右近《うこん》ノ大将《だいしやう》通家《みちいへ》

一「千万」の右に「万寿イ」と傍記。

1譲リ―東・天「譲奉り」 2とも―東「と」 3給ひ―東「たまひて」・天「給ひて」 4人臣―東・天「清」 5国々ニ―東・天、脱 6をゝきて―東・天「置て」 7段別ニ―東・天、脱 8しが―東・天「しかは」 9して―東・天「に属して」 10十三日ニ―東・天「十三日」 11いとけなくして―東・天「幼童にて」 12三年―東・天「元年」 13従五位下―天「五位従下」、東は「五位従下」とあるところ「従」をミセケチ、さらに「五」の上に「従」を補入 14十三―東・天「御歳十三」 15元服―東・天「御元服」 16とぞ―東・天「と」 17中将―東・天「中将元如」

卿跡《きやうあと》也同年十月右大臣《うだいじん》是太政大臣公房公《だいしやうだいじんきんふさこう》ノ跡《あと》也同七年正月廿六日大饗《だいきやう》可《べし》レ被《はる》レ行《おこな》とて尊者《そんしや》の為《ため》ニ坊門《ぼうもん》ノ大納言忠信卿《たゝのぶきやう》を関東《くはんとう》ニ（二3ウ）招請《てうじやう》すべきよし其聞えあり此事公家《くげ》僉議《けんぎ》あり按察《あんぜち》ノ中納言光親卿《みつちかきやう》[1]申されける[2]抑《そも／＼》例《れい》を往代《わうたい》ニ尋《たづ》ルニ及《をよ》ばず実朝《さねとも》か親父《しんぶ》頼朝《よりとも》右大将《うだいしやう》拝任《はいにん》は即《すなはち》上洛《しやうらく》をとげ[3]格式《かくしき》のごとし何ぞ実朝《さねとも》自由《じゆう》ニ其身関東《くはんとう》にありながら結句《けつく》卿相《けいしやう》を都鄙《とひ》[4]の堺《さかい》ニ下《くだ》して拝賀《はいが》をすへしや百官《ひやくくはん》を土庭《とてい》に定《さた》められて[5]已来《このかた》いまだかゝる例《れい》を聞ずと申されければ其時の摂政《せつしやう》後京極殿《ごきやうごくとの》にてまし／＼けるか仰られけるは光親卿《みつちかきやう》の異見条々《いけんでう／＼》其謂《そのいはれ》（二4オ）あり但なに共たゞ実朝《さねとも》が申まゝに御許《ゆるし》あるべしと覚ゆ[6]旧儀《きうぎ》を乱《みだ》り格式《かくしき》[7]を違《い》せば官職《くはんしよく》は私《わたくし》ニあらず神慮《しんりよ》も御ゆるし有へしと仰有《おほせあり》けれは同正月廿七日[一]（イ本ニ正月廿四日忠信卿鎌倉下着）忠信卿《たゝのぶきやう》右衛門ノ督《かみ》実氏卿《さねうぢきやう》宰相中将国通《くにみち》池ノ三位光盛《みつもり》刑部卿宗《むね》[二][8]公（長《なが》イ）殿上人十人一条大夫花山院侍従良氏《よしうぢ》一条少将良継《よしつぎ》右衛門督頼経《よりつね》伯耆ノ前司《ぜんじ》師孝《もろたか》伊与少将宗政《むねまさ》因幡ノ少将隆経《たかつね》右馬ノ権《ごん》ノ頭《かみ》能茂《よししげ》文章《もんじやう》博《はか》士《し》仲明《まかあきら》権《ごん》ノ亮《すけ》三位中将信能《のぶよし》ノ朝臣《あそん》随身《ずいじん》八人秦《はだ》ノ公氏《きんうぢ》同兼村《かねむら》播磨ノ貞文《さだふん》長門親任《ちかたう》下野[9]尊《たか》（二4ウ）光《みつ》同篤氏《あつうぢ》前駈《ぜんく》廿人平公当時盛《ときもり》藤[10]公狂頼隆《よりたか》美作蔵人大夫行国《ゆきくに》相模ノ権ノ守経《つね》定《さだ》丹後蔵人忠国《たゝくに》頭右馬助行光《ゆきみつ》伯耆ノ前司近時《ちかとき》長井[11]右衛門大夫親広《ちかひろ》相模守時房《ときふさ》足利《あしかゞ》武蔵ノ前司茂氏《しげうぢ》駿河ノ介教俊《のりとし》蔵人大夫重綱《しけつな》頭蔵人大夫有儀《ありよし》甲斐右馬助宗康《むねやす》武蔵守時《とき》

一「同正月廿七日」の右に「イ本ニ正月廿四日忠信卿鎌倉下着」と傍記。
二「公」の右に「長《なが》イ」と傍記。

1卿―東・天「卿の」　2ける―東・天「けるは」　3とげ―東・天「うけ」　4都鄙―東・天「辺鄙」　5て―東・天「てより」　6覚ゆ―東・天「おほせ」　7を―東・天「に」　8宗公―東・天「宗長」　9尊光―東・天「篤光」　10公狂―東・天「公任」　11右衛門―東・天「左衛門」

一「茂」の右に「義歟《よし》」と傍記。
二「御」、衍字。

1御御装束—東・天「御装束」　2したてゝ—東・天「仕立」　3なり—東・天「有」　4頻ニひるさて—東・天「まゝにて」　5秉燭ニ—東・天「へいしよく」　6なり—東・天、脱　7とて—東・天「とぞ」　8人あさましと見奉るほとに—東・天、脱　9くるしく—東・天「くるし」　10劉皇王—東・天「隆光」　11とあはれ也是のみならず—東・天、脱　12次ニ—東・天「次」　13たりける—東・天「たる」

広《ひろ》筑後前司頼時《よりとき》右京ノ権ノ大夫茂[一]（義歟《よし》）時《とき》修理ノ大夫惟茂《これしげ》随兵《ずいびやう》十人武田《たけた》五郎信光《のぶみつ》加賀美次郎左衛門尉定長《さだなが》江八郎師景《もろかけ》三浦小太郎兵衛朝村《ともむら》調度懸《でうどかけ》ニハ大夫判官《はうぐはん》元定《もとさだ》隠岐次郎左衛（」5オ）門元行《もとゆき》也同廿七日若宮《わかみや》にて御拝賀《はいが》あらん時[1]御[二]御装束《しやうぞく》の下《した》ニめさるべしとて大膳大夫広元《ひろみつ》唐錦威《からにしきおとし》の御腹巻《はらまき》一領《りやう》[2]したてゝ進《まいら》せり文章《もんじやう》博士《はかせ》上古なきこと[3]なりとてやめ奉《たてまつ》る[4]頻《しきり》ニひるさてあらばやと申されけるをかならず[5]秉燭《へいしよく》ニすること[6]なり[7]とて戌《いぬ》ノ時若宮《ときわかみや》へ参《まい》り給て御車《くるま》より下《おり》させ給ふ時御はかせの鞆車の手形《てがた》ニ入たりけるをしらせ給はて引おらせ給ひぬ[8]人あさましと見奉るほとに文章博士《もんじやうはかせ》[9]くるしく候はじとて（」5ウ）木を結《ゆひ》そへて進《まいら》せたり[10]劉皇王《りうくはうわう》と云人遠《ひととを》く道を行に車《くるま》のよこがみ折《おれ》たりけるを驚《おとろ》かずして二たび帰ることを得ず後車《こうしや》の誡《いましめ》をしりながらいさめ申さゞりける文章博士《もんしやうはかせ》一業所感《がうしよかん》の身なればにや[11]とあはれ也是のみならず御拝賀《はいが》の時黒《くろ》き犬《いぬ》の御前《ぜん》を過る事ありけり[12]次ニいづくよりともなき女房《にようばう》の中の下馬《げば》の橋《はし》の辺《ほとり》よりうす絹《ぎぬ》き[13]たりけるが二三人ほと走《はし》りたりとぞみえしいつかよりけむ薄絹《うすきぬ》うちのけほそ（」6オ）みの太刀をぬくとそみえし大臣殿《だいじんとの》を切《きり》たてまつる一の太刀を笏《こつ》にて合させ給ふ次《つぎ》の太刀に切臥《きりふせ》られさせ給ひぬ広元《ひろもと》やとぞ仰られける次の太刀ニ文章《もんじやう》博士《はかせ》きられぬ次ノ太刀ニ伯耆ノ前司《ぜんし》師教《もろのり》疵《きず》をかうふりて次の日死《し》す是をみて一同ニあ

一「に」を○で囲み、その右に「に」と傍記。

1ちかふ―東・天「迷」　2別当と申は―東・天、脱　3奉り―東・天「奉る」　4なし―東・天「なり」　5給ふ―東・天「たまひ」　6給ける―東・天「給ふ」　7ばけ物―東・天「はけや」　8姿―東・天「姿を」　9人―東、脱　10かるく―東・天「かろく」　11思合―東・天「思召」　12おはす―東・天「まします」

とはかりそおもむきける供奉《ぐぶ》の公卿殿上《くぎやうてんじやう》人はさて置《をき》つ辻《つじ》々〱の随兵《ずいびやう》所《しよ》々〱のかゞり東西《とうざい》ニ周章《あはたゝしう》して走《はし》り南北《なんぼく》に馳《はせ》[1]ちかふ其こゑ〱億千《おくせん》の雷《らい》を集《あつ》めたるがことし若宮《わかみや》の別当公暁《べつたうこうせう》がしわざ也と（」6ウ）こゑ〱にそのゝしりけるかゝりける間三浦平六左衛門承《うけたまはつ》て彼坊中《かのばうぢう》をさがすに逐電《ちくてん》してみえず立合者《たてあふもの》は打とられしたがふ者は多《おほく》くからめとらる此[2]別当《へつたう》と申は故《こ》左衛門ノ督頼家《かみよりいへ》の御子息《しそく》御年四歳《さい》にて父《ちゝ》ニをくれ給しを二位《い》殿はぐゝみ[3]奉《たてまつり》り若宮《わかみや》の別当《べつたう》ニ[4]なし奉《たてまつ》り[5]給ふ今年十九にぞならせ[6]給ける此両三年御所中ニ[7]ばけ物とて女の[8]姿《すがた》して[9]人あまた見合事有し極《きはめ》て足《あし》はやく身[10]かるくしてしばしは（」7オ）まみえて行門に入をも人見けれど告《つげ》ず今こそ此人のしわざ也と[11]思合《おもひあはせ》けれ其後所々《しよ〱》にて人をあまたからめけれども禅師《ぜんじ》殿にてはなかりけり人の推《すい》して申けるは平六左衛門が子息若宮《しそくわかみや》の児《ちご》にて有ければそれをたのみて山越《やまごえ》ニおはしけるほどに大雪《ゆき》はふりたり山の上よりすべり落《おち》て小屋《こや》の上におちかゝりけるを里《さと》の者盗人《ものぬすびと》とて打ころしてけり終夜犬集《よもすがらいぬあつまつ》てかぶりくらひければ其形《かたち》ともみえね共是ぞ禅師君《ぜんじきみ》（」7ウ）にて[12]おはすらんと推《すい》しけり公卿殿上《くぎやうてんじやう》人むなしく帰上《かへりのぼ》り給ふ駿河《するが》ノ国《くに》うき島《しま》が原にて帰雁《きがん》をとづれて行ければ左衛門督実氏卿《さねうちきやう》

春の雁《かり》人にわかれぬならひたに帰る道には鳴《なき》てこそゆけ

一「河」の右に「阿イ」と傍記。
二「天」と「寺」の間に補入記号「○」あり。右に「王」を補う。

1河野—東「阿野」、「河」とあるのをミセケチし「阿」と傍記　2河野—東「阿野」、「河」とあるのをミセケチし「阿」と傍記　3よき—東・天、脱　4給はん—東・天「給候はん」　5大内—東・天「大裏の」　6哀なれ—東・天「不便なれ」　7と—東・天「とのみ」　8思召けることあらば也—東・天「思召けり」　9すゞろ—東・天「そゝろ」　10に—東・天、脱　11六条ノ宮—東・天「六条」　12止給ひ—東・天「やみ」

さても此世中《よのなか》いかになるべきそ誠《まこと》ニ闇夜《あんや》ニ灯《ともしび》をうしなへるにことならず鎌倉殿《かまくらとの》には誰《たれ》をかすへまいらすべきといふに駿河国[1]河野次郎冠者《くはんじや》と云《いふ》人あり是は鎌倉殿の御弟《おとゝ》ニ[一][2]河《阿イ》野禅師《ぜんじ》の二男《じなん》なり是こそ[3]よき源氏《げんじ》なれば鎌倉殿にも立[4]給はん（」8オ）ずらんとて侍《さふらひ》共あまた随《したかふ》べしときこえしかば鎌倉《かまくら》よりうたるべしとて伊豆駿河の勢《せい》を以《もつ》テせめられしかばしばらく防《ふせ》キたゝかひけれども無勢《ふせい》なればうたれぬ都《みやこ》ニは源《げん》三位入道の孫《まご》右馬ノ権ノ頭頼茂《よりしげ》とて[5]大内守護《おほうちしゆご》にて有けるを是も源氏《げんじ》なるうへ頼光《よりみつ》が末葉《ばつえう》なれと思召《おぼしめし》て西面《さいめん》の者《もの》共ニ仰《おほせ》てさせる咎《とが》なきをうたせられけるこそ[6]哀《あはれ》なれ陣《ぢん》頭《とう》に火《ひ》をかけて自害《じがい》しけり温明殿《うんめいでん》ニ付《つい》てげり内侍所《ないしどころ》いかゞ成《なり》給ひけん凡《およそ》（」8ウ）院《いん》いかにもして関東《くはんとう》を亡《ほろぼ》さん[7]と[8]思召《おぼしめし》けることあらば也京童《きやうわらんべ》を集《あつ》めさせ給てきしちやうとうとうたへとて物を給はりければさなきだに[9]すゞろこと云[10]にきしちやうとう〳〵とぞ申ける是は義時《きし》打頭《とう〳〵》と云《いふ》文字《もんじ》のひゞき也又年号《ねんがう》を承久《せうきう》と付《つけ》たるも深《ふか》キ心《こゝろ》あり其上南都《なんと》北嶺《ほくれい》に仰《おほせ》て義時《よしとき》を呪咀《しゆそう》し給ふ三条白川に寺を立《たて》[二]最勝《さいせう》四天王寺《してんわうし》と名《な》ニ付《つけ》て四天王《してんわう》を安置《あんち》し障子《しやうじ》ニ詩歌《しいか》を詠《ゑん》ぜさせらる実朝《さねとも》うたれ給ぬときこしめして俄《にわか》ニ此寺《てら》を（」9オ）こぼたれぬ調伏《てうぶく》の法成就《ほうしやうじゆ》すれば破却《はきやく》する故《ゆへ》也[11]六条ノ宮《みや》を鎌倉《かまくら》にすへ奉《たてまつら》らんとおぼしめしけるか京田舎《いなか》ニ二人の聖主《せいしゆ》あしかるべしとて[12]止《やめ》給ひ

けり九条殿の三男《なん》[1]二歳《さい》ニならせ給ふを将軍《しやうくん》に定《さため》させ給ひけり是は[2]右大将頼朝《よりとも》の御妹婿《いもうとむこ》一条《でう》二位《い》入道殿の御女《むすめ》九条殿の北《きた》ノ政所《まんところ》にてましませば其御ゆかりなつかしさに義時《よしとき》申下しけるとぞきこえし承久[3]元年《せうきうぐはん》六月廿七日京をたゝせ給て同七月[4]十九日関東《くはんとう》に下着《けちやく》　忽《たちまち》ニ　槐門大閤《くはいもんたいかう》の窓《まど》を（」9ウ）　出て軍濫亜相《ぐんかんあしやう》の樞《とぼそ》にとゞまり給ふ抑《そも〳〵》右京大夫兼陸奥守《けんひたちのかみ》　平《たいらの》　義時《よしとき》は上野ノ守直方《なをかた》が五代《たい》の末葉《ばつえう》北条[5]時政《ときまさ》が　嫡子《しやくし》二位《い》殿の御　弟《おとゝ》　実朝《さねとも》の御[6]伯父《はくぶ》なり権威《けんい》重《おも》くして国郡《こくぐん》ニ仰《あふ》がれ心《こゝろ》正《たゞ》しく[7]して王位《わうい》を軽《かろ》くせず爰《こゝ》ニ信濃ノ国ノ住人[8]二科《しな》次郎盛朝《もりとも》と云者《いふもの》あり十四五ニなる子二人持《もち》たり　存《ぞんずる》　旨有《むねある》に依《よつ》て元服《げんぷく》もさせず折節《おりふし》院《いん》熊野《くまの》参詣《さんけい》の道にて参りあひやがて見参《げんざん》ニ入奉りしか〳〵と申上《あげ》ければ　則《すなはち》　西面《さいめん》ニ参《まいる》べきよし仰下（」10オ）　されけりよろこびをなし父《ちゝ》盛朝《もりとも》もまいる義時《よしとき》伝聞《つたへきい》て関東御恩《くはんとうごおん》の者《もの》が義時《よしとき》ニ案内《あんない》を経《へ》ずして左右《さう》なく京家《け》奉公《ほうこう》の条　甚《はなはだ》　以《もつて》奇怪《きくはい》なりとて盛朝《もりとも》が所領《しよりやう》五百余《よ》町《てう》没収《ぼつしゆ》し　畢《をはんぬ》　盛朝《もりとも》このよしを院《いん》へ申ければ可《へき》ニ返付《かへしつく》一よし義時《よしとき》ニ院宣《いんぜん》を下さる御請《うけ》文には可レ返よし[9]を申ながら　即《すなはち》　地頭《ぢとう》をすへられけり[10]院《いん》[11]奇《き》　怪《くはい》なりと御気色《みけしき》　斜《なのめ》ならず

院《いん》白拍子《しらびやうし》御《ご》寵愛《てうあい》之事

1二歳—東・天「二儀」、ただしともに「位歟」と傍記　2右大将頼朝の—東・天「鎌倉殿」　3元年—東・天「二年」　4十九日—東・天「廿九日」　5時政が—東・天「遠江守時政」　6伯父—東・天「淑父」　7して—東・天「て」　8二科—東・天「三品」　9を—東・天、脱　10院—東・天「院宣」　11奇怪—東・天「怪」

又《また》其比京ニ亀菊《かめきく》と云白拍子《しらびようし》あり院《いん》御志《みこゝろさし》不《ず》レ浅《あさから》〔」10ウ〕して摂津国倉橋《くらはし》ノ庄《せう》と云所をぞ[1]給りける彼所《かのところ》は関東《くはんとう》の地頭《ぢとう》ありともすればつゞみうち共を散々《さん〱》ニしける間院《いん》に訴《うつたへ》申けれは地頭《ぢとう》を可《べき》二改易《かいゑきす》一よし院宣《いんぜん》をなさる義時《よしとき》御請《うけ》ニ彼[2]庄《かのせう》の地頭《ちとう》は[3]右大将の御時平家追討《へいけついばつ》の恩賞《おんしやう》也命《めい》ニかはり功《こう》をつみて給《たま》はりたる所《ところ》也義時《よしとき》が私《わたくし》のはからひニあらずと申ければそれはさることなれども当時《たうし》罪科《ざいくは》ニよて[4]改易《かいゑき》すること也唯《たゞ》没収《ぼつしゆ》すべき[5]由仰下されけれども猶以叶《かなひ》難《がた》きよし御請《うけ》申けり一院《いん》日来《ひごろ》の御憤《いきとをり》ニ〔」11オ〕盛朝《もりとも》亀菊《かめきく》そゝのかし申ける間弥《いよ〱》御腹立《はらたて》させ[6]給て抑《そも〱》右大将頼朝《よりとも》を鎌倉殿《かまくらどの》となす事[7]後《ご》白川法皇《ほうわう》の御許《はからひ》なり卒土《そつと》の王土《わうど》は皆是朕《みなこれちん》がはからひ也然《しか》ルを義時《よしとき》過分《くはぶん》之《ノ》所存《しよぞん》ニ住《ぢう》して院宣《いんぜん》を違背《いはい》申こそ不思議《ふしぎ》なれ天照太神《てんしやうだいじん》正八幡《しやうはちまん》もいかで[8]か御力《ちから》を合《あは》せ給はざるへきとて内々仰合せられける人々には坊門《ばうもん》大納言忠信《たゞのぶ》按察《あんぜち》中納言光親《みつちか》中御門中納言宗行《むねゆき》日野《ひの》中納言有雅《ありまさ》甲斐《かい》中将範義《のりよし》一条宰相能信《よしのぶ》池《いけ》三位光盛《みつもり》刑部卿僧正《そうしやう》長厳《ちやうごん》〔」11ウ〕二位法印尊長《そんちやう》武士《ぶし》ニは能登《のと》ノ守秀康《ひでやす》三浦[9]平九郎胤義《たねよし》[10]二科《しな》次郎盛朝《もりとも》佐々木弥太郎判官高重《たかしげ》等《とう》也是はみな義時《よしとき》をうらむるもの共也けれは神妙《しんびやう》の御はからひなりとぞ申ける摂政《せつしやう》関白殿《くはんはくとの》[11]など位《くらゐ》をもき人には仰合られず時々《より〱》聞《きゝ》給ては思召《おほしめ》さることは理《ことはり》也然《しか》ルニ唯今天下の大事出来《じいでき》て君《きみ》も臣《しん》もいかなる目をか見給はんと恐《おそ》れ

1給り—東・天「給」　2庄—東・天「所」　3右大将—東・天「故右大将」　4改易—東・天「改替」　5由—東・天「由重而」　6給て—東・天「給ひて仰られけるは」　7後白川法皇—東・天「後白川の院」　8か—東・天、脱　9平九郎—東・天「平九郎判官」　10二科—東・天「三品」　11殿—東・天、脱

一「めし」の右に「招イ《まねい》」と傍記。
二「き」の下に補入記号「○」あり。右に「胤《たね》」を補う。

ましますー院《いん》秀康《ひでやす》をめして先胤義《たねよし》がもとに行て所存《しよぞん》之旨《むね》をたづねよと仰有けれは秀康《ひてやす》が宿《しゆく》（」12オ）所《しよ》に胤義《たねよし》を[一][1]めして〔招イ《まねい》〕抑《そも〳〵》御辺《ごへん》[2]は鎌倉奉公《かまくらほうこう》を捨《すて》て公家《くげ》ニ奉公《ほうこう》いかやうの御心にて[3]候ぞと尋《たづね》けれは胤義《たねよし》が俗姓《ぞくしやう》人みなしろしめされたる事なれば今更《いまさら》申ニ及《をよ》はず[4]故右大将家《こうたいしやうけ》をこそ重代《ぢうだい》の主君《しうくん》[5]に頼奉《たのみたてまつ》りしか此君《きみ》にをくれ[6]奉て二代《だい》の将軍《しやうぐん》を形見《かたみ》ニ存《ぞん》ぜしに是にも別奉《わかれたてまつり》て後《のち》は鎌倉《かまくら》ニ胤義《たねよし》が主《しう》とてみるへき人があらはこそ別《べち》の所存《しよぞん》なし大底《たいてい》みな是也次《つぎ》ニ胤義《たねよし》が当時相具《たうじあいぐ》して候女《をんな》は[7]故右大将殿《こうたいしやうとの》の時《とき》一法房《ほうはう》と[8]申ものゝ女《むすめ》也頼家《よりいへ》ノ（」12ウ）督《かん》ノ[9]殿ニめされて若公《わかきみ》一人儲《まう》ヶ奉りしを若公《わかぎみ》の禅師公《ぜんじこう》の御謀反《むほん》ニ同意《どうい》しつらんとて義時《よしとき》に誅《ちう》せられけり此故《ゆへ》ニ鎌倉《かまくら》に居住《きよぢう》してつらきものをみじと申間且《かつ》は心ならぬ奉公仕《ほうこうつかまつる》也[10]と申[11]けり秀康《ひでやす》まことにうらみ深《ふか》き御理《ことわり》也義時《よしとき》[12]が挙動過分《はたらきくはぶん》共をろか也いかにして亡《ほろぼ》すへきと云けれは胤義重《たねよしかさね》て申けるは京鎌倉《かまくら》に立別《たちわかれ》て合戦《かせん》せんずるにはいかにおもふ共叶候まし謀《はかりこと》を廻《めぐら》してはなどか[13]本意《ほんい》を遂《とげ》ざるへニき胤義《たねよし》か兄《あに》にて候義村《よしむら》は謀《はかり》コト人ニ（」13オ）すぐれて一家蔓《つる》て候義時《よしとき》が度々《どゞ》の命《めい》に代《かは》りて心安《こゝろやす》き者《もの》に思《おも》はれたり[14]内々胤義消息《たねよしせうそこ》を以《もつ》テ義時討《よしときうつ》てまいらせ給へ日本国惣《にっほんこくそう》御代官《たいくはん》は疑《うたか》ひ有《ある》べからずと申物ならば余《あまり》の煩《わつらひ》ニなさずしてやすらかに打べきものにて候と申けれはうちうなづいてげにも可《べし》レ然《しかる》とて秀康《ひでやす》[15]御所《ごしよ》ニ

1めして—東・天「招て」 2は—東・天、脱 3候ぞと—東・天「こそ」 4故右大将家—東・天「故大将家」 5に—東・天「にも」 6奉て—東・天「奉て後」 7故右大将殿—東・天「右大将殿」 8申—天「申し」 9殿ニ—東・天「殿」 10と—東・天「とぞ」 11けり—東・天「ける」 12が—東・天、脱 13本意—東・天「御本意」 14内々胤義—東・天「たねよし内々」 15御所ニ—東・天「御所へ」

参《まいり》て此由奏《このよしそう》す一院胤義《いんたねよし》を小坪《こつぼ》ニめして御簾《みす》を捲《まき》あげさせ給て密々《みつ〳〵》ニ直《じき》に御物語あり胤義《たねよし》か申状さきのごとし頗《すこぶる》叡感《ゑいかん》をすゝめ奉《たてまつ》る既《すで》ニ此事《こと》（」13ウ）思召立《おぼしめしたつ》て秀康《ひでやす》ニ仰て近江《あふみ》ノ国《くに》の武士《ぶし》をめさる鳥羽《とば》の[1]城南寺《じやうなんじ》の流鏑馬《ヤブサメ》の為[2]にと披露《ひろう》す承久三年五月十四日[3]在京《ざいきやう》の武士《ぶし》畿内《きない》の兵《つはもの》共高陽院殿《かうやういんとの》ニめさる内蔵権頭清憲《くらのこんのかみきよ》範《のり》イ[4]承《うけたまはり》て交名《きよみやう》を注《しる》す一千五百余騎《よき》とぞ[5]しるしたる[6]先《まつ》ッ鞆居大将公経《たいしやうきんつね》を召《め》サル[7]余《よ》の[8]御気色《ごきしよく》も覚束《おぼつか》なく思ひ給てければ[9]後見主税《うしろみちから》ノ頭長衡《かみながひら》をめして伊賀ノ判官光季《はうぐはんみつとし》が許《もと》へはせ行て[10]申べし三井寺の悪僧実明等《あくそうさねあきらら》を召《め》サレ其外南都北嶺熊野《そのほかなんとほくれいくまの》の者《もの》とも多《おほ》く催《もよほ》さるいか（」14オ）様《さま》子細《しさい》のあらんずると覚《おほゆ》る也公経《きんつね》めされて唯今院参《いんさん》す[11]兼《かね》て[12]告《つげ》しらせん時院参《ときいんさん》すべし左右《さう》なく参《まい》ルべからすとぞ仰つかはしける[13]大将《たいしやう》まいられけれは二位《い》法印《ほういん》尊長《たかなが》承《うけたまはり》て公経卿《きんつねきやう》の袖《そて》を取《とり》て[14]引馬場殿《ひきばばどの》にをし籠奉《こめたてまつ》る是は御謀反《むほん》を領掌《りやうじやう》せずいかにも関東亡《くはんとうほろほ》しかたきよし[15]申て御謀反《むほん》に与《くみ》せざるによて也今の西園寺《さいおんじ》の先祖《せんぞ》也さてこそ関東《くはんとう》には西園寺《さいおんじ》の御子孫《しそん》をは忝事《かたしけなきこと》にはし奉《たてまつ》りけれ子息《しそく》中納言実氏《さねうち》卿《きやう》[16]同めしこめらる（」14ウ）又胤義《たねよし》をめして伊賀判官光季少輔入道親広《いかはうくはんみつすへせうゆうにうだうちかひろ》をば打べきか又召籠《めしこむ》べきかと仰合られけり胤義《たねよし》申けるは親広《ちかひろ》入道は弓矢《ゆみや》とる者《もの》にても候はず召《めさ》れてすかしをかせ給て一方《はう》にも指《さし》つかはされ候[17]べし光季《みつすへ》は源氏《げんじ》にて候上義時《よしとき》

一「憲」の右に「範《のり》イ」と傍記。

1城南寺—東・天「城南院」 2にと—東・天「に」 3在京—東・天「在家」 4承て—東・天、脱 5しるしたる—東「記さる」 6先ッ—東・天、脱 7余の—東・天「かの」 8御気色—東・天「気色」 9後見—東・天「後見に」 10申べし—東・天、脱 11兼て—東・天「重而」 12告—東・天「よく」 13大将—東・天「大将殿」 14馬場殿—東・天「馬場屋殿」 15申て—東・天、脱 16同—東・天、脱 17候べし—東・天「候へかし」

が小舅《こしうと》にて[1]弓矢《ゆみや》とる家《いへ》にて候へば召《めし》れ候ともよも参《まいり》[2]候はじ討手《うつて》をさし向られ候へしと覚《おぼ》え候乍去《さりながら》先《まつ》両人[3]めさるへく候かと申す先少輔《せうゆう》入道をめさるやがて参《まい》るべきよし申て御使帰《かへ》りて後親広《ちかひろ》入道（」15オ）[4]光季《みつすへ》がもとへ三井寺《みゐでら》の騒動《そうどう》[一]しづめん為《ため》とて急《いそき》参《まいる》べきよし仰下さるゝ間参候御辺《へん》にも御使候けるやらんと云たりければ判官《はうぐはん》いまだ是へは使も候はずめしに随てこそ参候はめと返事す親広《ちかひろ》入道は百余騎にて馳参《さん》す殿上口《てんしやうくち》ニ[5]めされていかに親広義時《ちかひろよしとき》已《すで》ニ朝敵《てうてき》となりたり鎌倉《かまくら》へ付べきか御方《みかた》へ参へきかと仰下されければ争《いかで》か宣旨《せんじ》を背《そむき》奉《たてまつ》るべきよし申ければさらは誓状《せいじやう》を以《もつ》て申べきよし仰らる二枚《まい》書《かき》て君《きみ》に一枚《まい》（」15ウ）北野《きたた》に一枚進《まい》らせ[6]けり此上は一方《ばう》の大将《たいしやう》ニたのみ思召よし仰含《ふくめ》られけり

光季《みつすへ》合戦《かせん》之事

其後[7]光季《みつすへ》を被レ召判官院《いん》の御使ニ出合《いであひ》申しけるは光季形《かた》のことく鎌倉《かまくら》の代《たい》として京都《と》の守護《しゆご》ニ候を先光季《みつすへ》をめされて後こそ自余《じよ》の武士《ぶし》をめさるべきに今まで不レ被レ召候間大形《おほかた》不審《ふしん》一ニあらず候やがて参《まいる》べきよし申す御使一時《とき》のうちに重《かさね》てをそしとめされけれともすぎ（」16オ）にし比あやしきことを聞し上大将殿《だいしやうとの》御使《つかい》もや

一　底本「じつめん」とあり。濁点の位置を訂正。

1弓矢—東・天「ゆみやを」　2候はじ—東「候まし」　3めさる—東・天「めされ」　4光季—東・天「光親」　5めされ—東「めめれ」、ただし「め」の右に「さ」と傍記　6けり—東・天「たり」　7光季—東・天「光秀」

うあり人より後《のち》ニめさるゝ[1]事も旁《かた〳〵》以《もつて》あやしければ御返事ニハいづかたへも仰[2]を[3]かうふり直《すぐ》ニ向《むかふ》べく候御所《ごしよ》へは参まじきよし[4]を申ければ光季《みつすへ》め[5]ははや心得てけり[6]早《はや》く追討《ついはつ》すべし今日は日暮《ひくれ》ぬ明日向《むかふ》べきよし胤義《たねよし》申[7]て御所を守護《しゆご》し奉《たてまつ》り[8]ぬ光季《みつすへ》も今日は[9]日くれぬ明日そ討手《うつて》向《むか》はんずらんと思ひければ楯《たて》ごもる其夜家《いへ》の子郎等《こらうどう》なみ居《ゐ》て評定《へうでう》す[10]人々申けるは無勢《ふせい》ニて（一16ウ）大勢《せい》ニ叶《かなひ》がたし私《わたくし》の遺恨《いこん》ニあらず忝《かたしけなく》も十善帝王《ぜんていわう》を御敵《てき》ニうけさせ給へり夜ノ中ニ京をまぎれ出させ給て美濃尾張《みのおはり》ニ[11]などかはのびさせ給はざるへき又は若狭《わかさ》国へはせこえて舟《ふね》ニめされ越後の府《ふ》に着《つき》て其より鎌倉《かまくら》へつたはせ給へと口々《くち〳〵》ニ僉議《せんき》す東《ひかし》へも北《きた》へもおつべけれ共人こそ坂東《ばんとう》に多《おほ》けれ光季《みつすへ》を[12]憑《たのみ》て代官《たいくはん》として京都《と》の守護《しゆご》ニをかれ[13]たるものか敵《てき》も敵《てき》により所《ところ》も所による[14]さすが十善《ぜん》ノ帝王《ていわう》を敵《てき》にうけ奉り（一17オ）所は[15]王城《わうじやう》の花洛《くはらく》弓矢《ゆみや》とるものゝ面目《めんほく》ニあらずや今は関《せき》をもすへられ[16]てあらん慭《なまじい》ニ落人《おちうと》と成て爰《こゝ》かしこにて[17]打《うち》とられん事こそ口おしけれ義時《よしとき》かへり聞《きか》れんもはづかし若党《わかたう》共[18]のいはん所も安《やす》からねば光季《みつすへ》は一足《あし》も引《ひく》まじ落《おち》んと思はん人々は疾々《とく〳〵》落《おつ》へしうらみも有べからずと云暫《しはし》シこそ有けれ夜更《ふけ》ければのこり少く落《おち》ニけり思ひきりとゝまる者《もの》は郎等《らうどう》ニ新《ニ》枝《エタ》与三郎つゝみ五郎飯淵《いゝふち》三郎[19]大隅進士《おほすみしんじ》山村《やまむら》次郎河内太郎（一17ウ）治部次郎園手《そのて》次郎犬村《いぬむら》

1事―東・天、脱　2を―東・天、脱　3かうふり―東・天「かふむりて」　4を―東・天、脱　5は―東・天、脱　6早く―東・天「はや」　7て―東・天「て其夜は」　8ぬ―東・天、脱　9日―東・天、脱　10人々―東・天「人に」　11などかはのびさせ―東・天「なとかはせのひさせ」　12憑て―東・天、脱　13たるものか―東・天「たりしか」　14さすが―東・天「さすかに」　15王城の花洛―東・天「王城花の洛」　16てあらん―東・天「つらん」　17打―東・天「いけ」　18の―東・天、脱　19大隅―東・天「隅」

一「丸」と「已」の間に補入記号「〇」、右に「ヲ始トシテイ」と傍記。
二「国」の右に「守歟」と傍記。

又太郎金王《こんわう》丸[一][1]を始として已上廿七人なり各《をの》〳〵父母妻子《ふほさいし》のわかれも[2]悲《かな》しけれども年来《としころ》のよしみ当座《たうざ》の重恩《ぢうおん》又未来《みらい》の恥《はぢ》もかなしければ骸《かはね》を九重《こゝのへ》の土《つち》にさらすべしとてとゞまりけり判官《はうぐはん》の子《こ》寿王冠者《しゆわうくはんじや》とて十四歳《さい》ニなる有けり判官汝《なんぢ》は有とても師《し》すべき身にもあらず鎌倉《かまくら》へ下り光季《みつすへ》が形見《かたみ》にもみえ奉《たてまつ》れ[3]おさなき程は[4]千葉介《ちばのすけ》の姉《あね》のもとにて育《はくみ》てと云けれは寿王《じゆわう》申けるは弓矢《ゆみや》とる者《もの》の子《こ》となりて親《おや》のうた（」18オ）るゝを見すてゝ逃《にく》る者《もの》や候又千葉介《ちばのすけ》もおやを見すてゝ逃《にく》るものを養育《よういく》し候べきや唯御供[5]仕候べしと云けれ[6]はさらは寿王《しゆわう》ニ物具《ものゝぐ》させよと云けれは萌黄《もえき》の小腹巻《こはらまき》ニ[7]小弓《こゆみ》[8]小征矢《こそや》を負《おひ》て出たゝせたり光季《みつすへ》も白《しろ》キ大口《おほくち》ニきせなが前《まへ》に置弓《をきゆみ》二張《ちやう》箭《や》二腰《こし》出《で》居《ゐ》の間《ま》ニ居《すへ》たり白拍子《しらひやうし》共召《めし》よせ終夜《よもすがら》酒《さか》もりし夜《よ》も明《あけ》ぼのになりしかば日来《ひころ》秘蔵《ひさう》[9]せし物ども遊君《ゆうくん》共にとらせつゝ帰《かへ》しけり同十五日午《むま》ノ時《とき》上京《かみぎやう》焼亡《ぜうばう》（」18ウ）出来《いでき》たりとぞのゝしりける又しはし有て焼亡《ぜうばう》にはあらず是へむかふ官兵《くはんひやう》の馬の蹴《け》たつるけふりなりとぞ申ける既《すで》ニ院《いん》より指《さし》つかはさるゝ大将軍《たいしやうぐん》には三浦《みうら》平九郎判官[10]胤《たね》義《よし》少輔入道親広《ちかひろ》山城[二][11]国〈守歟〉広綱《ひろつな》弥太郎判官重高《しけたか》駿河大夫判官佐信《すけのぶ》筑後入道有範《ありのり》同肥後前司有信《ありのぶ》筑後太郎左衛門有長《ありなか》都合《つがう》八百余騎《よき》をしよせたり館《たち》の内には[12]少もさはかず最後《さいご》の酒宴《しゆゑん》して並居《なみゐ》たり新枝《にいゑた》三郎申けるは京極西《きやうこくにし》の大門《だいもん》をも高辻《たかつじ》[13]面《おもて》の（」19オ）

1を始として―東・天、脱　2悲しけれども―東・天「非しけれとも」、ただし東は右に「悲」と傍記　3おさなき―東・天「おさなからん」　4千葉介―東・天「千葉」　5仕―東・天、脱　6は―東・天「は判官」　7小弓―東・天「小弓に」　8小征矢―東・天「征矢」　9せし―東・天「しける」　10胤義―東・天「胤成」　11山城国―東・天「山城守」　12少も―東・天、脱　13面―東・天「西」

小門《こもん》をも共に開《ひらい》て両方《れうばう》を防《ふせい》て最後《さいご》の合戦《かせん》を人ニみせ候はんと申ければ新枝《にいえた》右近申けるは二の門を開《ひらく》ならは大勢《ぜい》こみ入て無勢《ふせい》を以《もつ》て防《ふせき》がたし大門をはさし堅《かた》め[1]上土門ばかりを開《ひらい》て入ん敵《てき》をしばし防て後ニハ自害せんと申此義はよかりなんとて京極おもてをはさし堅《かた》め高辻《たかつじ》おもてを開《ひらき》たり兵《つはもの》ども矢《や》さきをそろへて立《たち》ならびたり一番には平九郎判官手の者進《すゝ》めよ[2]とて時を作ル信濃国住人志賀《しが》五郎右衛門[3]門のうちへかけ入んと（」19ウ）進《すゝ》みけるを判官の郎等《らうどう》武者《むしや》次郎ニ[4]膝《ひざ》を射《い》られてのきにけり矢崎《やさき》[5]五郎馳寄《はせよつ》て新枝《にいゑた》四郎にかいな射られて引退《しりそ》く矢崎《やさき》[6]弥清太郎新枝三郎ニ胸板《むないた》いさせてのきにけり高井兵衛太郎入[7]かはりたり内より放《はな》ッ矢《や》に馬の腹射《はらい》られて鐙《よろい》をはづして縁《へり》のきはまでよせたりけるが高股《たかもゝ》いぬかれ引て出西《にし》おもての帯刀《たちわき》左衛門射《い》[8]しらまされて退《しりそき》にけり其後をしよせ〳〵[9]たゝかへ共打入ものこそなかりけれ館《たち》の内には（」20オ）少《すこし》もさはがす防《ふせき》けり[10]上土門をは破《やぶ》リ得《え》す大門《おほもん》を打破《うちやふ》れ[11]とぞ下知《げぢ》しける判官是を聞て敵《てき》に打破《やぶ》られては見くるし内よりあけよといひければ治部次郎をし開《ひらき》とく〳〵御入候へとぞ申ける兵《つはもの》ども二手ニ引分て待処ニ筑後左衛門をしよせたり射《い》[12]しらまされてのきにけり真野左衛門時連《ときつら》入[13]かはりたり内より判官是をみて日来《ひごろ》の詞《ことば》にも似《に》ぬ物哉《ものかな》とことばをかけられて門の外よりかけ入て馬より

1上土門—東・天「土門」　2とて—東・天「て」　3門の—東・天、脱　4膝—東・天「頬」、ただし東は「股」と傍記　5五郎—東・天「次郎」　6弥清太郎—東・天「弥清多」　7かはり—東・天「かへ」　8しらまされて—東・天「しらまかされて」　9たゝかへ—東・天「戦けれ」　10上土門—東・天「土門」　11とぞ—東・天「と」　12しらまされて—東・天「しらまかされて」　13かはり—東・天「かへ」

一底本「しゆ゛わう」とあり。濁点の位置を訂正。

下太刀をぬき縁《ゑん》の（」20ウ）きはまでよせたり簾《すたれ》の中より判官の射《い》ける矢《や》に[1]胸板《むないた》のぶかにいられまろぶ所を郎等《らうどう》肩《かた》ニ引《ひき》かけて出にけり平九郎判官車《くるま》やどりに打入て胤義宣旨《たねよしせんじ》の御使《つかひ》也太郎判官ニ見参《けんさん》せんといはれて簾《すだれ》のきはに立より何と云ぞわ《ゎ》人共君《きみ》をすゝめ奉りて日本《にほん》一の大事《たいじ》をゝこすはいかに大将軍《たいしやうぐん》と名乗《なのり》つれば矢《や》一ッ奉らんとて放《はな》ッ胤義《たねよし》が弓《ゆみ》の鳥《とり》うち射《い》けづりならひ立たる武者《むしや》ニ射《い》たてたり胤義《たねよし》人を進《すゝ》めておもふ様《やう》有とて（」21オ）引しりぞく弥太郎判官高重《たかしげ》[2]とて門ノ内へおめいてかく[3]寿王冠者《しゆわうくはんじや》ヵ烏帽子《ゑぼし》おやにておはし候へば恐《おそれ》は候へども矢《や》一進《まいら》せ[4]候はんとて放矢《はなつや》ニ高重《たかしげ》が[5]射向《いむけ》の袖にうらかゝせけり高重《たかしげ》引返《かへ》す御園右馬允志賀《しか》平四郎射《い》られて引て出内ニは頼《たの》みつる新枝《にいえた》三郎大事の手おひて腹《はら》を切《きり》治部二郎自害《じがい》す宗《むね》との者《もの》二人自害《じがい》するをみてのこる者共矢《や》は射《い》つくしつ内へ入て自害《じがい》す敵庭《てきには》ニ乱入《みたれいり》ければ廿七人こもりつる兵《つはもの》十余《よ》人落《おち》ニけり（」21ウ）十人は自害《じがい》して判官父子《ふし》新枝《にいえた》右近政所《まんところ》太郎四人にぞ成にける家《いへ》に《ニ》火かけて自害《じがい》せんとする所に備前々司娚《ぜんじおい》の帯刀《たちわき》左衛門二人かけ入を新枝右近政所太郎おり合て打はらひ返り入二人も手おひ自害して臥にけり[一]寿王《じゆわう》丸簾《すたれ》のきはに立たりけるを判官敵《てき》にとらるな光季《みつすへ》より先ニ自害せよといはれて物具《ものゝぐ》ぬき[6]すてゝ刀《かたな》を抜《ぬき》たりけれども腹《はら》を切得《きりえ》ざりけりさらば火の中へ[7]飛《とん》て

1胸板—東・天「胸板を」　2とて—東・天「と名乗て」　3冠者ヵ—東・天「冠者」　4候は—東・天、脱　5射向—東・天「弓むけ」　6すてゝ—東・天「すて」　7飛て入—東・天「とひ入て」

入しねといはれて走入《はしりいり》けるにおそろ（」22オ）しくや思ひけむ二三度走返《はしりかへり》〳〵しけるを判官よひよせて膝《ひざ》ニ[1]すへ目をふさぎ腹《はら》をかききり火の中《なか》へなげ入てわが身も東《ひかし》へ向《むかつ》て南無《なむ》[2]鎌倉《かまくら》ノ八幡《まん》大菩薩《だいぼさつ》光季《みつすへ》唯今大夫殿の命《いのち》ニ代《かは》りて死《しに》ニ候と三度かまくらの方を拝《はい》して西《にし》ニ向《むかつ》て念仏《ねんぶつ》となへ腹《はら》を切《きり》火ニ飛《とひ》入て寿王《じゆわう》が[3]死《し》がいにいだき付て臥にけり胤義親広《たねよしちかひろ》已下《いげ》御所《ごしよ》へ参り合戦《かせん》の次第《しだい》を奏《そう》す君《きみ》も臣《しん》もむかしも今も光季《みつすへ》ほどの者こそ有難《ありがた》けれとそほめ（」22ウ）られける一院《いん》今度《ど》ノ勧賞《くはんしやう》有べしと仰けれは胤義《たねよし》申けるは光季《みつすへ》はかりにて候はゝ尤《もつとも》可レ然候義時《よしとき》ほどの大事《だいじ》の朝敵《てうてき》をゝかれて唯今の勧賞《くはんしやう》いかゝ候へきと奏《そう》す君《きみ》も臣《しん》もいしう[4]も申たりとそ仰ける

義時追討《よしときついはつ》之ノ宣旨《せんじ》四方《しはう》被《さるゝ》レ下《くた》事

一院《いん》仰《おほせ》けるは義時《よしとき》が為《ため》ニ命《いのち》をすつる者東国《とうこく》にいかほど[5]か有な[6]んずか朝敵《てうてき》と成て[7]後《のち》何ほどの事有へきととはせ給ひけれは庭上《ていしやう》ニなみ居《ゐ》（」23オ）たる兵ども推量《をしはかり》候ニ幾《いくばく》クか候べきと申上る中に城四郎兵衛なにがしと云者進《ものすゝ》み出て申けるは色代《しきだい》申させ給ふ人々かなあやしの[8]者うたれ候だにも命《いのち》をすつるもの五十人百人は有ならひにて候まして代々《よ〳〵》将軍《しやうぐん》の後見《うしろみ》日本国副将軍《につほんこくふくしやうぐん》にて候時政義時《ときまさよしとき》父子《ふし》二代の間おほ

1すへ—東・天「すへて」 2鎌倉ノ—東・天、脱 3死がい—東・天「かはね」 4も—東・天、脱 5か—東・天、脱 6んずか—東・天「んさすか」 7後—東・天「後は」 8者—東・天、脱

やけ様《さま》の御恩《おん》と申私《わたくし》の志《こゝろさし》をあたふることいく[1]千万か候らん就レ中元久《げんきう》ニ畠山《はたけやま》をうたれ建保《けんほ》ニ三浦を亡《ほろぼ》しゝより以来《このかた》義時《よしとき》が権威《けんい》いよ〳〵重《おもん》（二23ウ）してなびかぬ草木《くさき》もなし此人々の為《ため》ニ命《いのち》を捨《すつ》ル者《もの》二三万人は候はんずらむ[2]家定《ていか》も東国《とうこく》にだに候はゝ義時《よしとき》が恩を見たる者にて候へば死《し》な[3]んずるにこそと申せば御気色《ごきしよく》あしかりけれ共後《のち》ニハ色代《しきたい》なき兵《つはもの》也と思召合《おほしめしあはせ》られけり大将《たいしやう》公経《きんつね》父子《ふし》死罪《しさい》ニ行《おこな》はるべきよし仰ければ諸卿《しよきやう》口《くち》を閉《とづ》ル処ニ徳大寺《とくたいじ》右大臣公継《きんつく》申されけるは勅命《ちよくめい》の上は左右《さう》ニ及《をよ》ばず候へ共後《ご》白河法皇《ほうわう》の御時朝泰《ともやす》と申前後《ぜんご》を不《す》レ知《しら》不《ふ》得心《とくしん》の讒奏《ざんそう》ニつかせ（二24オ）給て義仲《よしなか》を追討《ついはつ》せんとせられしが木曾《きそ》憤《いきとをり》を含《ふく》み法住寺《ほうぢうじ》殿へ向て攻《せめ》奉る御方の軍《いくさ》一時《いちじ》の内《うち》ニ破《やぶ》られて君《きみ》も臣《しん》も亡《ほろび》給びき今又胤義広綱《たねよしひろつな》が讒《ざん》ニより義時《よしとき》を攻《せめ》らるべきか敵《てき》を亡《ほろほ》サンに付ても御方の亡《ほろび》んニ付ても大臣《だいじん》以下《いげ》納言《だうげん》已上《いじやう》の人父子《ふし》死罪《しさい》ニ行《をこな》はれんこと能々《よく〳〵》叡慮《ゑいりよ》をめぐらさせ給ふべきかと憚《はゝか》る所《ところ》もなく被レ申けり一院《いん》げにもとや[4]思召《おほしめし》けむ[5]死罪《しさい》をなだめらるさてこそ鎌倉《かまくら》にも伝《つたへ》[6]聞《きゝ》て近衛《このゑ》入道殿徳《とく》（二24ウ）大寺《たいじ》右大臣《うだいじん》[7]殿《との》両所《しよ》をは忝《かたしけなき》事《こと》ニ申されけれ光季《みつすへ》追討《ついばつ》のゝちは急《いそ》キ四方へ宣旨《せんじ》を下《くだ》すべしと人々申されけれは中納言光親《みつちか》[8]卿《きやう》　[9]奉《うけたまはつ》て宣旨《せんじ》を書其状《かくそのじやう》ニ云《いは》ク

[10]左弁官《さへんくはん》下

1千万—東・天「ちとせ」　2家定—東・天「それかし」　3やんずる—東・天「んす」　4や—東・天、脱　5死罪—東・天「罪」　6聞て—東・天「承て」　7殿—東・天、脱　8卿—東・天、脱　9奉—東・天「承」　10以下の宣旨、東・天ともに白文

一「宜《よろし》ク」の左に「すべし」と傍記。
二 一文字分空格。

1早応―東・天「応早」　2裁断―東・天「裁」　3地頭―東・天「頭」　4内大臣―東・天「同大臣」　5今―東・天「命」　6星―東・天「皇」　7追討―東・天「追対」　8言上旨―東・天「言上之旨」　9各―東・天「名」　10更―東・天「吏」　11可―東・天、脱　12宿禰―東・天「宿禰謹言」　13には―東・天「に」　14下さる―東・天「下たる」　15る―東・天「れ」　16参し―東・天「馳参同日」　17剋―東・天「時」

五畿内諸国《ごきないしよこく》[1]早応《はやくべし》下令《せしめ》レ追《つい》二討《ばつ》陸奥《むつ》ノ守《かみ》平義時《たいらのよしときを》一身《み》参《まいり》二院庁《いんてう》一ニ蒙《かうふる》中[2]裁断《さいだんを》上諸国《しよこく》
庄園《せうゑん》守護《しゆご》[3]地頭《ぢとう》等《とう》ノ事《こと》
右[4]内大臣宣《みぎないだいじんのぶ》　奉《うけたまはりて》レ勅《ちよくを》　近曾《さいつころ》称《しやうし》二関東《くはんとう》ノ之成敗《せいはい》一ト乱《みだし》二天下《てんかを》一（」25オ）纔《ざんし》　之《これを》政務《せいむ》
雖《いへとも》レ帯《たいす》二ト将軍之名《しやうくんノなを》一偏《ひとへ》ニ仮《かり》二其詞《そのことばを》一於《おいて》レ[5]今《いま》ニ恣《ほしいまゝ》ニ　致《いたし》二裁断《さいたんを》於都鄙《とひ》一ニ剰《あまつさへ》　耀威《ようい》　如《ごとく》
忘《ばうする》　[6]星《ほしを》憲論《けんろん》ノ之政道《せいたう》可《べし》レ謂《いつゝ、》二謀叛《むほんと》一　早《はやく》下《げ》二知《ぢし》五畿《ごき》七道《だう》諸国《しよこくを》一令《せしめ》レ[7]追討《ついばつ》二彼義時《かのよしときを》一
兼《かねて》　又諸国《またしよこく》庄園《せうゑん》守護人《しゆごにん》地頭《ぢとう》等《ら》有《あら》下可《べき》レ令《せしむ》二[8]言上《ごんじやう》一旨《むね》上者《ば》　[9]各《をの〳〵》　参《まいり》二院庁《いんてう》一ニ　[一]宜《よろし》ク《すべし》下レ経《へ》二　上《しやう》
奏《そうを》一　随《したかつて》レ状《じやう》ニ聴断《てうだん》上抑《そも〳〵》　国宰《こくさい》　并《ならひ》　領家《りやうけ》等《ら》寄《よせ》二事《ことを》於倫溯《りんそう》一ニ[10]更《さら》ニ勿《なかれ》レ致《いたす》二コト濫行《らんきやう》ノ綺《きを》一是《これ》
厳密《ごんみつ》曾《かつて》　不《せす》二違越《いゑつ》一者《は》諸国《しよこく》[11]可《べし》レ承《うけたまはる》三　知《ち》二依《ゑを》[二]□宣行《せんかう》ノ之一

承久三年五月十五日　　大史《たいし》小槻《をつき》ノ[12]宿禰《すくね》（」25ウ）

とぞ書たる東国《とうこく》の御使《つかい》[13]には御厩《みまや》の舎人《とねり》推松《をしまつ》を[14]下《くだ》さる是ニ付て人々の内消息《ないせうそく》多《おほ》く下《くだ》しけり平九郎判官胤義《たねよし》は私《わたくし》の使《つかひ》を立《たて》内消息《ないせうそく》を下《くだ》しけり十六日ノ卯《う》ノ時《とき》ニ東西南北《とうざいなんぼく》五畿《ごき》七道《たう》ニ綸旨《りんし》を分て下さ[15]る南都《なんと》山門《さんもん》を始《はじめ》として諸寺《しよじ》諸山《しよさん》へ悪僧《あくそう》共をめす悉《こと〳〵く》可《べき》レ参《まいる》よし領掌《りやうじやう》申す其外君《ほかきみ》に志《こゝろさし》をはこぶ輩《ともがら》諸国《しよこく》七道より馳参《はせさん》す美濃国より西《にし》は大略《たいりやく》[16]参《さん》しけり東《とう》国の宣旨《せんじ》の御使胤義《たねよし》が私《わたくし》の使前後《つかひぜんご》を論《ろん》して（」26オ）下《くだり》けるが十九日の未《ひつじ》の[17]剋《こく》ニ判官の使《つかひ》片瀬《かたせ》川より先《さき》ニ立《たつ》て鎌倉《かまくら》ニ入けり駿河守義村《よしむら》が許《もと》ニ行《ゆき》て

文《ふみ》をさし上たり急《いそ》キ取《とつ》てみるに十五日ノ午《むま》ノ刻《こく》ニ伊賀ノ判官光季《みつすへ》討《うた》れ候ぬ去十六日卯《う》ノ[1]刻《こく》ニ四方へ宣旨《せんじ》を下《くだ》され候又東国《とうこく》へ御使《つかひ》下候也とて日来《ひころ》の本意《ほんい》をぞ書《かき》つくしたる義村《よしむら》打うなつき御使下《つかひくたる》なるはいづくにぞ片瀬川《かたせかは》より先立《さきたつ》て候つれば今はかまくらにぞ入候はんと申す返事をせんと思へ共今は鎌倉《かまくら》（」26ウ）より関々《せき〳〵》[2]も難儀治定《なんきじでう》也申されたることはさ心得《こゝろえ》たりと申べしとて使者《ししや》を急《いそ》キ返《かへ》シ[3]上《のぼ》す時《とき》を不《ず》レ移《うつさ》使門《つかひかど》を出ければ義村勅命《よしむらちよくめい》にも随《したか》はず胤義《たねよし》がかたらひにもつかず案《あん》じすまして文を持て権大夫殿のもとにむかふ折節侍《おりふしさふらひ》の見参《げんざん》[4]にて[5]すきまもなき中を分てさしよりて去[6]十五日ニ御所より討手《うつて》むかふて伊賀ノ判官うたれ十六日ノ卯《う》ノ時宣旨《ときせんじ》四方へ下さる東国《とうこく》への御使も唯今鎌倉《かまくら》へ入候也胤義《たねよし》が内消息《ないせうそく》にて候とて（」27オ）引ひろげて置《をき》たれば義時《よしとき》みて今まで事なかりつるこそ不思儀《ふしぎ》なれ宣旨《せんし》にも東国《とうごく》の者共一味同心《みどうしん》に義時討《よしときうつ》て進《まいら》せよとこそ候らん人手《て》ニ不《ず》レ懸《かけ》して御辺《へん》の手《て》ニかけて君《きみ》の見参《げんざん》ニ入させ給へ近《ちか》くなより給ひそとてかいつくろひ給ければ義村口《よしむらくち》おしくも[7]隔《へだて》[8]給物哉御命《いのち》ニ代《かは》り奉ること度々《たび〳〵》也[9]畠山亡《ほろび》させ給し時も義村《よしむら》身をすてゝ六郎ニ組《くみ》候キ[10]建保《けんぽ》ニハ一門《もん》をすてゝ味方《みかた》ニ参《まいり》候き忠賞《ちうしやう》一ニあらずいく（」27ウ）たびも三代将軍《だいしやうぐん》の御形見《かたみ》にてわたらせ給ひ候へば争《いかで》か捨《すて》奉り候べき[11]全《まつた》ク宣旨《せんし》にもかたより[12]候まじ胤義《たねよし》が語《かた》らひ

1刻ニ—東・天「刻」　2も—東・天「もかためられん義村か状とて披見せられん事」　3上す—東・天「上せ」　4に—東・天「して」　5すきま—東・天「すき」　6十五日ニ—東・天「十五日」　7隔て—東・天「へたてられ」　8給—東・天「奉る」　9畠山—東・天「畠山を」　10建保ニハ—東・天「建保に」　11全ク—東・天「またく〳〵」　12候まじ—東・天、脱

一「笠井谷」の左に「香西イ」と傍記。
二底本「ばしめ」とあり。濁点の位置を訂正。

にも付まじく候義村《よしむら》二心《ふたこゝろ》を存ぜは日本国中大小《にっほんこくちうたいせう》ノ神祇《じんき》別而《べつし》ハ三浦十二天神の神罰《しんばつ》を[1]かうふり月日の光《ひかり》ニあたらぬ身と罷成《まかりなる》べしと[2]誓言《せいごん》を立《たて》られければ今こそ心[3]安《やすく》おもひ奉れされば三代将軍蘇生《よみかへ》りてわたらせ給ふと[4]ぞ見[5]奉とぞのたまひける推松たづね出さる[一]笠井谷《かさゐたに》[香西イ]より引提《ひつさげ》て出来《いでき》り所持《しよち》の宣旨《せんじ》（」28オ）七通《つう》あり足利《あしかゝ》武田小笠原笠井三浦宇都《うつ》ノ宮《みや》筑後入道已上[6]七人ニあてらる此宣旨《せんじ》ニ付て人々の消息多《せうそくおほ》かりけり

二位《い》尼《あま》諸卒《しよそつ》異見《いけん》之事

権大夫駿河守[7]を相具《あいぐ》して二位殿ニ参《さん》す大名《みやう》[8]八人参《まい》りこみたり庭《には》にも[9]間《ま》なくぞみえし二位殿妻戸《つまと》の簾《すだれ》をし上給ひて先宇都《うつ》ノ宮《みや》[10]をめされて其後千葉《ば》ノ介足利《あしかゝ》殿をぞめされける二位殿仰られけるは一院《いん》こそ長厳尊長長季《ちやうこんそんちやうながすへ》（」28ウ）胤義《たねよし》等《ら》が讒言《ざんげん》ニ付せ給て義時《よしとき》を討《うた》んとて先光季《まつみつすへ》うたれて候[11]なれ君をも世をも恨《うらむ》べきにあらず唯わが身果報《くはほう》のつたなき也女の目出度例《めでたきためし》ニは我身を世には引なれども我ほど物を歎《なげ》き心をくだく者《もの》あらじ故殿《ことの》ニあひ[二]はじめ奉りしより父《ちゝ》の誡《いましめ》実《まこと》ならぬ母《はゝ》の猜み男《おとこ》の行衛《ゆくゑ》子《こ》の有様《ありさま》[12]取集《とりあつ》めてくるしかりしに打続《つゝき》て国をとり人をしたかへ給しより御身を仏《ふつ》神《しん》に任《まか》せ奉りしこと昼夜《ちうや》をこたらず世を取治《とりおさ》め（」29オ）給し後《のち》は[13]心安《こゝろやすく》なるべき

1かうふり—東・天「蒙りて」 2誓言—東・天「誓状」 3安—東・天「案」、ただし「安」と傍記 4ぞ—東・天「こそ」 5奉—東・天「奉れ」 6七人ニ—東・天「七人」 7を—東・天、脱 8八人—東・天「小名」 9間—東・天「ひま」 10を—東・天、脱 11なれ—東・天「なり」 12集め—東・天「添」 13心安なる—東・天「心やすかる」

一「勘」のルビ「かんかへ」の上から「かん」と書き直す。

と思しに大姫御前《ひめごぜん》をば故殿《ことの》とり分もてなし痛《いた》はりて后《きさき》にすへんと有しに世を早《はや》くせしかば同《おな》シ道《みち》にと順《したか》ひしか共故殿ニいさめられ奉て思《おもひ》やすめて過しに小姫《こひめ》御前にもをくれて思ひしづみしに子の為罪《ためつみ》ふかしといさめられ[1]奉りそれも理と思ひなぐさめて有しに故殿《ことの》ニをくれ奉り月日の影を失《うしな》フ[2]心知《こゝろしり》して子どもの歎《なげき》をも此人に[3]ぞ慰《なぐさ》めしに此たびそ[4]思のかぎりなる[5]と思ひよはりしに（」29ウ）二人の君達《きんだち》いまだおさなくて世の政《まつりこと》にも[6]不勘《ぶかん》にして二人の公達《きんだち》を育《はこくみ》しに左衛門督殿ニをくれて後は世中ニうらめしからぬものもなく心よりしに偏《ひとへ》ニ死《し》なんとこそ思《おもひ》しに右大臣殿たれかは[7]御子ならぬ実朝《さねとも》が唯一人になりたるをすてゝしなんと仰候こそ口おしく候へとうらみしかばけにも死《しゝ》たる子をおもひて生《いき》たる[8]子ニ別《わか》れん事親子《おやこ》の慈悲《じひ》にもはづれたりと[9]思ひ返して過しほどに大臣殿夢《ゆめ》のやうにて失《うせ》給ひしかば（」30オ）今は誰《たれ》に引れて命《いのち》もおしかるべきなれは水のそこにも入なばやと思定《さため》たりしを義時《よしとき》が是を見て故殿《ことの》の御なごりとては御方をこそ仰《あふぎ》まいらせ候へ義時《よしとき》が人に所をかれ候も全《まつたく》高名《かうみやう》にあらず併《しかしながら》御事故《ゆへ》にてこそ候へ[10]誠に思召きられ候はゝ義時先自害《しがい》仕候て見せ奉り候べしかた〳〵の御菩提《ぼだい》と申鎌倉の有様と申空《むなし》く[11]成[12]候はん御ことこそ心うく覚え候へと泣々《なく〳〵》申しかばげにも故殿《ことの》の御末《すゑ》たえんことも（」30ウ）悲し

1奉り—東・天「奉る」 2心知—東・天「心ち」 3ぞ—東・天「こそ」 4思—東・天「物おもひ」 5と—東・天、脱 6不勘—東・天「不堪」 7御子—東・天「子」 8子ニ—東・天「子と」 9思ひ返して過しほどに大臣夢のやうにて失給ひしかば—東・天「思ひしかは」 10誠に—東・天「誠」 11成—東・天「成行」 12候はん—東・天「給はん」

くて思ひにしなぬ身となりてせめてのゆかりをたづねて将軍をすへ奉りて此二三年は過候きたとひわが身なく共[1]鎌倉の安《やす》からん事をこそ草《くさ》の陰《かげ》にてもみんと思ひつるに[2]忽《たちまち》ニ牛馬《ぎうば》の牧《まき》とならんずらんこそ口おしけれ三代《だい》将軍《しやうくん》の御墓《はか》のあと形《かた》なく失《うせ》ん事こそあはれなれ人々見給はすやむかし東国殿原《とうこくとのばら》は平家《へいけ》の[3]宮仕《みやつかへ》せしにはかちはだしにて上り下りしぞかし故殿鎌倉《ことのかまくら》を建《たて》させ給て京都《と》の（」31オ）[4]宮仕《みやつかへ》もやみぬ恩賞《おんしやう》打つゞき楽《たのし》みさかへて有ぞかし故殿《ことの》の御恩《ごおん》をばいつの世にか報《ほう》じ尽《つく》し奉るべき身の為恩《ためおん》の為《ため》三代将軍の御墓《はか》[5]をいかでか[6]京都の馬の蹄《ひづめ》ニかくべき唯今各《をの〳〵》中切らるべし宣旨《せんじ》に随《したが》はんと思はれば先尼《あま》を殺《ころ》して鎌倉中を焼払《やきはらひ》て後京へは参り[7]給ふべしと泣々《なく〳〵》宣《のたま》ひければ大名共ふしめに成て居たる処ニ赤地《あかぢ》のにしきの袋《ふくろ》ニ入たる金作《こかねつくり》の太刀二振《ふり》手づから取出《とりいだ》し[8]て是ぞ故殿の身をはなち（」31ウ）給はぬ御はかせとて形見《かたみ》に持《もち》たれとも是が鎌倉のある[9]かどてなればとて足利《あしかゞ》殿に進らせらる畏《かしこまつ》て給はられけり宇都《うつ》ノ宮《みや》には御局《つぼね》と云名馬《めいば》ニ鞍《くら》[10]をかせて萌黄《もえぎ》糸縅《いとおどし》の鎧《よろひ》を引せ給ふ千葉介[11]には紫《むらさき》糸縅《いとおとし》の[12]鎧《よろひ》ニ長覆輪《ながふくりん》の太刀《たち》一腰《よう》何《いづれ》も畏《かしこまつ》て給りけり其後陸奥六郎有時《ありとき》城《じやう》ノ入道佐々木四郎左衛門武田《たけた》小笠原坂東《ばんとう》八ヶ国の宗《むね》との大名廿三人[13]かはる〳〵めされて色々の物を給ける[14]因幡守広元《ひろもと》入道御酌取《しやくとり》て御酒《しゆ》を給はる

1鎌倉の―東・天「鎌倉殿」　2忽ニ―東・天「たちまち」　3宮仕―東・天「官仕」　4宮仕―東・天「官仕」　5を―東・天「をは」　6京都―東・天「京家」　7給ふへし―東・天「給へ」　8て―東、脱　9かどて―東・天「かはて」　10をかせて―東・天「をかけて」　11には―東・天、脱　12鎧ニ―東・天「鎧の」　13かはる―東・天「かはり」　14因幡守―東・天「因幡」

一「泰」の右に「義歟《よし》」と傍記。

1御よしみ―東・天「一よしみ」 2奉る―東・天「まいらす」 3候はんする―東・天「候する」 4は―東・天、脱 5京方ニ―東・天「京方へ」 6べき―東・天「べし」 7は―東・天、脱 8は―東・天、脱 9伊具右馬ノ允―東「伊共守」、ただし「共」の右に「与歟」と傍記・天「伊共馬」 10を―東・天、脱 11上り―東・天「より」 12義時―東・天「義村」

各《をの〳〵》申(」32オ)けるは争《いかで》か三代将軍の御恩《おん》をば思ひわすれ奉へき其上源氏《げんじ》は七代相伝《さうでん》の主君《しゆくん》也子々《しゝ》孫々《ぞん〳〵》までも其御[1]よしみを忘《わすれ》[2]奉るへきにあらす頓《やが》テ明日打立て命を君《きみ》ニ進《まい》らせて首《くび》を西《にし》に向《むかつ》てかゝれ候[3]はんすると申て一同《とう》に立にけり

義時軍勢上洛《よしときくんぜいしやうらく》之事

其後義時《そののちよしとき》の宿所《しゆくしよ》に会合《くはいがう》して宣旨《せんじ》の御返事合戦の次第評定《しだいへうでう》あり駿河守義村《よしむら》申けるは足柄筥根《あしからはこね》を打塞《ふさ》き支《さゝへ》んとぞ申ける権大夫殿(」32ウ)此義《ぎ》あしかりなん然《しから》は日本国《につほんこく》三分《ぶん》二は[4][5]京方《がた》ニ成《なり》なんず唯明日やがてはせ上《のぼ》り敵《てき》のあはん所《ところ》を限《かきり》にて勝負《せうぶ》を決《けつ》す[6]べきと有けれは此御はからひ左右《さう》ニ及《をよ》ばずとて一味《み》同心《どうしん》に打立《うつたち》けり一陣《ぢん》ハ相模守時《さかみのかみとき》房《ふさ》二陣《ぢん》[7]は武蔵守泰時《むさしのかみやすとき》三陣は足利《あしかゝ》武蔵前司《ぜんじ》泰〔義歟《よし》〕氏《うぢ》四陣[8]は駿河守義村《よしむら》五陣は千葉介胤綱《ちばのすけたねつな》是は海道《かいたう》の大将たるべし山道《さんたう》ニは一陣小笠原次郎長清《なかきよ》二陣武田五郎信光《のぶみつ》三陣遠山《とをやま》左衛門長村《ながむら》四陣[9]伊具《いく》右馬ノ允《ぜう》入道北陸道《ほくろくだう》ニハ式部大輔(」33オ)朝時《よりとき》を[10]大将《たいしやう》にて上るべしと定《さだめ》らる各《をの〳〵》申けるは明日はあまりに取《とり》あへす今一日のべられて田舎《いなか》若党《わかたう》馬《むま》物具《ものゝぐ》をも召寄《めしよせ》て上り[11]候はゞやと申されければ[12]義時《よしとき》大にいかりていはれなし今一日も延《のぶ》るならば三浦平九郎判官を先《さき》として討手《うつて》むかひなんず国々を打とられんこと

あしかりなん明日は悪日《あくにち》なれは[1]由井浜《ゆいはま》ニ[2]藤沢《ふちさは》左衛門清親《きよちか》がもとに門《かど》出して[3][4]廿一日ニ発向《はつかう》すべしと仰《おほせ》ける去ほどに明ル日の卯《う》ノ刻《こく》ニ既《すで》ニ発向《はつかう》す海道《かいたう》ノ[5]大将軍ニハ時房《ときふさ》（」33ウ）泰時泰氏義村[6]胤綱随《やすときやすうちよしむらたねつなしたか》フ兵《つはもの》[7]には陸奥六郎庄判官代《はうくはんだい》城《じやう》入道森《もり》蔵人入道狩野《かの、》介入道宇都《うつ》ノ宮《みや》―四郎頼成《よりなり》大和入道信房《のぶふさ》子息《しそく》太郎左衛門同次郎左衛門弟《おと、》三郎[8]兵衛駿河次郎[9]茂時《しげとき》同三郎光村《みつむら》佐原次郎兵衛甥《おい》又太郎天野《あまの》三郎左衛門政景《まさかけ》小山新左衛門[10]朝直《ともなを》中沼五郎宗政《むねまさ》土肥兵衛尉結城《ゆうき》七郎左衛門朝光《ともみつ》後藤《ごとう》左衛門朝綱《ともつな》佐々木四郎信綱《のぶつな》酒井《さかい》兵太郎秀胤《ひてたね》筑後六郎左衛門朝重《ともしけ》小笠原五郎兵衛相馬《さうま》八郎豊島《てしま》平太郎[11]園庄《そのせう》次郎（」34オ）大酒賀[12]兵衛東《とう》兵衛尉武《たけ》次郎同平次角田《すみた》太郎同次郎佐野《さの》太郎三郎同小太郎同四郎同太郎入道同五郎入道同七郎入道園《その》左衛門入道若狭兵衛入道小野寺《をのてら》太郎同中書下河《しもかう》辺《べ》四郎久下兵衛尉讃岐《さぬき》兵衛太郎同五郎入道同六郎同七郎同八郎同九郎同十郎江戸《ゑど》[13]太郎同七郎同[14]八郎北見《きたみ》次郎品川《しなかは》太郎志村《しむら》弥三郎[15]下島《しもしま》太郎下太郎門井《かどい》次郎渡《わたり》左近足《あ》立《だち》太郎同三郎石田《いしだ》太郎同六郎安保《あほ》刑部塩屋《しほや》民部加治《かぢ》小次郎同丹内《たんない》同源《げん》五郎荒木《あらき》兵衛（」34ウ）目黒《まくろ》太郎木村七郎同五郎相良《さがら》三郎美加尻《みかしり》小次郎馬屋次郎[16]萱原《かやはら》三郎熊谷《くまがへ》小次郎兵衛直家《なをいへ》弟《おと、》平内左衛門直国《なをくに》春日《かすが》刑部強瀬《こうせ》左近[17]田五郎兵衛引田《ひきだ》小次郎[18]田三郎武《たけ》次郎保宗《やすむね》同三郎重能《しけよし》伊賀左近太郎本間《ほんま》太郎兵衛同次郎同三郎佐々目《さ、め》太郎岡部《をかべ》

―「四」と「頼」の間に補入記号「〇」あり。右に「郎」を補う。

1由井浜ニ─東・天「浜」 2藤沢─東・天「藤源」 3て─東・天「て明後日」 4廿一日ニ─東・天「廿一日」 5大将軍ニハ─東・天「大将軍」 6胤綱─東・天「胤綱に」 7には─東・天、脱 8兵衛─東・天「兵衛孫弥久勇冠者」 9茂時─東・天「泰時」 10朝直─東「朝」、尚、「朝」の後の「直」をミセケチし、「中」と訂正する 11園庄─東・天「国府」 12兵衛─東・天「兵衛尉」 13太郎同七郎─東・天「七郎太郎」 14八郎─東・天「八郎太郎」 15下島─東・天「丁島」 16萱原─東・天「芦原」 17田─東「同」、「田」をミセケチし「同」と傍記 18田─東・天「同」、ともに「田」をミセケチし「同歟」と傍記

柄《へい》左衛門善《ぜん》右衛門太郎山田兵衛入道同六郎飯田《いゝだ》右近允宮城野《みやぎの》四郎子息《しそく》小二郎松田河村曾我《そが》中村早川《なかむらはやかは》人々波多野《はだの》五郎信政《のぶまさ》[1]金田《かねだ》十郎勅使河原《てしがはら》後四郎新関《しんせき》兵衛同[2]弥五郎伊藤《いとう》左衛門（二35オ）同六郎宇佐美《うさみ》五郎兵衛吉川《よしかは》弥《や》次郎天津屋《あまつや》小次郎高橋《たかはし》大九郎竜《たつ》瀬《せ》左馬允指間《さしま》太郎渋川《しぶかは》中務[3]安藤忠光《たゝみつ》を先《さき》として其勢《せい》十万余騎《よき》をさし上す[4]東山道《とうさんたう》[5]の大将軍《たいしやうぐん》ニは武田《たけた》五郎父子《ふし》八人小笠原次郎父子七人遠山《とをやま》左衛門尉諏方《すは》小太郎伊具《いく》右馬允入道軍《いくさ》の検見《けんみ》ニさしそへられたり其勢《ぜい》五万余騎北陸道《ほくろくだう》の大将軍ニは式部大夫朝《とも》時《とき》四万余騎相具《あいぐ》す三の道より十九万余騎ぞ上せられける宣旨《せんじ》の[6]御請《うけ》ニ詞《ことば》を以《もつ》て義《よし》時《とき》申されけるは将軍（二35ウ）の御後《うしろ》見《み》として罷過《まかり》候ニ王位《わうい》を[7]軽《かろん》じ奉ることなし自《ヲノツカラ》　勅命《ちよくめい》を[8]奉《うけたま》はること是非《ぜひ》みな道理《たうり》の推所衆中《しゆちう》の評定《へうでう》なり然《しかる》を尊長胤義等《たかながたねよしら》が讒言《ざんげん》ニ付せまし〳〵て卒爾《そつじ》に宣旨《せんし》を下され既《すで》ニ誤《あやま》りなきに朝敵《てうてき》とまかり成候条尤不《ふ》便《びん》之至《いたり》也但《たゞし》合戦を御このみ武勇《ぶゆう》を御嗜《たしなみ》候間《あいた》海道《かいだう》の大将に舎弟《しやてい》時房《ときふさ》嫡子《ちやくし》泰時《やすとき》副《ふく》将軍《しやうぐん》ニ義氏義村胤綱等《よしうぢよしむらたねつなとう》を始《はしめ》として[9]十万余騎をさし進《すゝま》す[10]東山道《とうさんだう》より[11]五万余騎北陸道《ほくろくだう》[12]より次男朝時《しなんともとき》四万余（二36オ）騎にて参《まい》り候[13]此兵《つはもの》共[14]めして合戦《かせん》させて可レ被二御覧《ごらん》一候若此勢《もしこのせい》しらみ候はゝ義時《よしとき》が三男重時《さんなんしげとき》ニ先陣《せんぢん》うたせ義時《よしとき》大将として[15]廿万騎にて馳《はせ》参《まいる》べく候其為《ため》ニふる入道共は少々鎌倉《かまくら》にのこし留《とゝ》め楚忽《そこつ》にはせ参《まいり》候間今は坂東《ばんどう》三

1金田―東・天「金子」　2弥五郎―東「五郎」　3安藤―東・天「安藤兵衛」　4東山道―東・天「山道」　5の大将軍ニは武田五郎父子小笠原次郎父子七人遠山左衛門尉諏方小太郎伊具右馬允入道の検見ニさしそへられたり其勢五万余騎北陸道の大将軍ニは式部大夫朝時四万余騎相具す三の道より十九万余騎ぞ上せられける―東・天、脱　6御請―東・天「御請文」　7軽じ―東・天「かろくし」　8奉はる―東・天「奉る」　9十万余騎―東・天「十九万八百余騎」　10東山道―東・天「山道」　11五万余騎―東・天「四万余騎」　12より―東・天「に」　13此―東・天「此方」　14めし―東・天「召向」　15廿万騎にて―東・天、脱

分一の勢を先《さき》とし余《あまり》三分《ぶん》二[1]の勢は今日明日こそ馳来《はせきた》リ候らめと奏《そう》し申べしとて旅《りよ》糧《らう》あくまでとらせて追出《をひいだ》さる推松夢《をしまつゆめ》のこゝちして上りけるが六月一日の酉《とり》ノ[2]刻《こく》ニ嘉《か》陽院《やういん》に走《はし》り参《まいり》て御[3]坪《つぼ》の内に（」36ウ）打伏《うちふし》けり君《きみ》も臣《しん》もいかに推松物《をしまつもの》をば申さぬぞつかれたるか義時《よしとき》が首《くび》をは何者《なにもの》が打《うつ》て参《まいる》ぞ鎌倉《かまくら》には軍《いくさ》するか又両方さゝへたるかと口々《くち〳〵》ニとひ給ふあまりに苦《くるし》く候て息《いき》つき候とてしはし有て申けるは五月十九日平九郎判官の[4]使《つかひ》片瀬川《かたせかは》より[5]先立《さきたつ》て鎌倉《かまくら》に入義村《よしむら》に内消息《ないせうそく》付て候へば[6]承引《しよういん》シたる顔《かほ》にて使者《ししや》をば[7]返上セ件《くだん》の状を義時《よしとき》にみせられて候ける間推松からめ出されて縄《つな》を付られ候き海道山道北陸道《かいたうさんたうほくろくだう》大勢《ぜい》（」37オ）上て後《のち》廿七日の暁《あかつき》追出《をいいだ》され[8]候義時《よしとき》かくこそ申され候しか大勢《ぜい》は[9]廿一日ニ鎌倉《かまくら》を立《たち》候しかともをくれ馳《ばしり》の勢《せい》を待《まつ》て打て上り候余《あまり》ニ大勢ニて道《みち》も去《さり》あへ[10]ず五日をくれて鎌倉をば立て候へ共かゝる御大事にて候しほどに夜も走《はし》り候間大勢より先《さき》ニ参《まい》りて候今ははや近江《あふみ》ノ国《くに》[11]へは入[12]候つらん海《かい》道《だう》は一町と馬の足《あし》の切《きれ》たる所候はず百万騎《き》も候らんとて又伏《ふし》にけり是を聞《きゝ》てみな色をうしなひ魂《たましい》をけす院《いん》は推松《をしまつ》が申状左（」37ウ）ぞ有らん臆《おく》すべからず縦《たとい》又《また》味《み》方《かた》ニ志《こゝろざし》あらん者も鎌倉出をば義時《よしとき》方とこそ名のらめ日月いまだ地《ち》ニ落《おち》給はず[13]早《はや》く御方よりも討手《うつて》[14]を向《むく》べし[15]とて北陸道《ほくろくだう》ニハ[16]二科《にしな》次郎[17]盛朝《もりとも》宮崎《みやさき》左衛門親教《ちかのり》糟屋《かすや》右衛門[18]有《あり》

1の勢―東・天、脱　2刻ニ―東・天「刻はかりに」　3坪―東・天「陣」　4使―東・天「御使」　5先立て―東・天「前にて」　6承引シ―東・天「うけひき」　7返上セ―東・天「返上」　8候―東・天「て」　9廿一日ニ―東・天「廿一日」　10ず―東・天「す道に又合戦して上候間」　11へは―東・天「へ」　12候つらん―東・天「候はん」　13早く―東・天「はや〳〵」　14を―東・天、脱　15とて―東・天、脱　16二科―東・天「三品」　17盛朝―東・天「成朝」　18有高―東・天「有尚」

高《たか》都合一千余騎を下し遣《つかは》し丶かば[1]重《かさね》てさし下スニ及ばず海道《かいだう》山道《さんだう》二の道《みち》ニ討手《うつて》を下すべしとぞ仰ける胤義広綱《たねよしひろつな》以下兵《つはもの》共各《をの〳〵》[2]存之旨を可レ申由仰下されけり中にも山田次郎重忠《しけたゝ》進《すゝ》み[3]出て申けるは敵《てき》の近づかぬ（」38オ）先《さき》ニ御方より院々《いん〳〵》宮々《みや〳〵》を大将として敵《てき》の逢《あは》ン所《ところ》まで御下候は丶其内の国々は御方ニ参《まいり》候へし[4]此義《き》あしく候は丶宇《う》治勢多《ぢせた》を堅《かため》られて人馬《じんば》の足《あし》をつからかして閑《しつか》に宮古《みやこ》にて御合戦《かせん》有て若《も》シ王法《わうぼう》つきさせ給は丶各《をの〳〵》陣頭《ぢんとう》にて腹《はら》を切《きり》名をとめ骸《かばね》をうづむへしと詞《ことば》を放《はなつ》てぞ申ける院《いん》きこしめされ此両条に過べからず但今は敵近江国ニ入ぬらん[一][5]射[討欶《うつ》]手《て》をさし向ともいく程の国をしたがへん宇治勢多《うぢせた》を堅《かた》めて都《みやこ》にての合戦も心せばし只（」38ウ）敵《てき》のあはん所まて発向《はつこう》すべきよし仰下さる胤義《たねよし》此御はからひ然《しかる》べしとぞ申ける重忠《しげたゞ》ばかりは[6]領掌《りやうじやう》申さずつふやきける[二][7]秀康《ひでやす》合戦《かせん》惣奉行《そうぶぎやう》にて胤義盛綱重忠《たねよしもりつなしげたゝ》已下《いげ》六月三日の卯《う》ノ剋《こく》ニ都を立て同四日尾張川《おはりかは》に着《つき》て手々《てゝ》を分《わか》ッ[8]大炊渡《わたり》は山道《さんだう》の手なり此手ニ修理《しゆり》大夫惟義《これよし》其子駿河大夫判官惟家《これいへ》筑後六郎左衛門糟屋《かすや》四郎左衛門西面《さいめん》の者少々《せう〳〵》其勢二千余騎鵜留間《うるま》の渡《わたり》ニハ美濃目代《もくだい》帯刀《たちわき》左衛門内蔵《くら》入道千余騎いきが瀬《せ》ニハ朝日ノ（」39オ）判官代関《せき》左衛門千余騎板橋《いたはし》には土岐《とき》次郎[9]判官代川出太郎千余騎大豆戸《まめと》は大手《て》とて能登守秀康胤義《ひてやすたねよし》佐々木下総前司《ぜんじ》盛綱《もりつな》同[10]弥太郎判官高重《たかしげ》安芸宗内左衛門弥次郎左衛

一「射」の右に「討欶《うつ》」と傍記。
二「秀」のルビ「ね」の上から「で」と書き直す。

1重て―東「定而」、「重」をミセケチし、右に「定」と傍記　2存之旨―東・天「存知の旨」　3出て―東・天「出」　4此義―東「御議」・天「御儀」　5射手―東・天「討手」　6領掌―天「領学」、ただし「学」の右に「掌」と傍記　7秀康―東・天「康秀」　8大炊―東・天「大井戸の」　9判官代―東・天「判官」　10弥太郎―東・天「太郎」

門盛時《もりとき》足助次郎西面《さいめん》の輩《ともから》少々《せう〳〵》相具《あいぐ》し一万余騎比恵島《ひゑしま》には長瀬《ながせ》判官代重原《しげはら》左衛門入道五百余騎食《シキ》ノ渡《わたり》には[1]阿波太郎入道臼井《うすい》入道山田大夫左衛門五百余騎[2]墨俣《すのまた》ニハ河内判官秀隆《やすたか》山田次郎重忠《しげたゝ》後藤判官基清《もときよ》錦織《にしこほり》判官西面《さいめん》少々相具して其勢（」39ウ）三千余騎[3]市川崎《いちかはさき》ニハ加藤[4]伊賀前司《ぜんじ》[5]光定《みつさた》伊勢国ノ住人《ぢうにん》[6]等《ら》相催《あいもよほ》して其勢千余騎都合《つかう》味方《みかた》の御勢東国《とうこく》へさし下さるゝ分二万一千余騎に過ざりけり東国より[7]攻上《せめのほ》る[8]勢《せい》の一方の勢の半分《はんぶん》にだにも不レ及勅命《ちよくめい》の忝《かたしけな》さ弓矢《ゆみや》の名おしくて思ひ切てぞ下ける院《いん》の御旗赤地《はたあかぢ》の錦《にしき》ニ[9]ひしと金剛[一]鈴を結ひ付て中ニハ不動明王四天王をあらはし奉りたる旗《はた》十流《なかれ》を十人ニ給り[10]けり私《わたくし》の家々《いへ〳〵》の文《もん》の旗《はた》さしそへたりおびたゝ（」40オ）しくそみえたりける

京方高重戦死《たかしげせんし》之事

東国《とうこく》よりの大将《たいしやう》相模守《さかみのかみ》武蔵守《むさしのかみ》遠江国橋本《はしもと》に付たる日京方下総前司《ぜんじ》の郎等筑井四郎太郎高重《たかしげ》と云者其[11]比東国へ下けるが此[12]事聞て馳上《はせのほ》るに大勢《ぜい》ニ道はとられぬ遁《のが》れ行べきやう[13]なく先陣《せんぢん》の勢にまぎれて橋本《はしもと》ニ付にけり今は遁《のか》ばやと思ひて立あがり馬の腹帯《はるび》強《つよ》くしめ高志《たかし》ノ山に打あげ[14]あゆませ行其勢十（」40ウ）九騎也相模守是を

一「経」をミセケチして「鈴」と傍記。

1阿波―東・天「阿岐」 2墨俣―東・天「淵保」 3市川崎―東・天「市脇」 4伊賀前司―東・天「伊勢前司」 5光―東・天、異字、判読不能 6等―東・天、脱 7攻―東・天、脱 8勢―東・天「所」 9ひし―東・天「ひれ」 10けり―東・天「ける」 11比―東・天「分」 12事―東・天「事を」 13なく―東・天「なくて」 14あゆませ―東「あよはせ」・天「あよませ」

見給て此勢の中に時房《ときふさ》ニ案内《あんない》を経《へ》ずして馳行《はせゆく》こそあやしけれとめよと宣《のたま》へば遠江国ノ住人[1]内田《うちだ》四郎[2]が申けるは駿河前司《ぜんじ》の申され候し御方の大勢の中に京方定《さため》てあらん道々《みち〳〵》宿々《しゆく〳〵》御用心《ようじん》有べし[3]と若気《わかげ》[4]の御心もとなきぞと[5]申され候つる物をといひもあへず鞭《むち》を上《あげ》て追《をひ》かくる[6]内田兄弟《けうだい》六騎新次郎弥太郎新野《あらの》右馬允六十余騎にて追かくる筑井《つくゐ》是をばしらず打過々々行ほとに[7]音羽川《をとはかは》と云川（」41オ）ばたに岡《をか》の有けるにおり居《い》[8]て今は何ごとか有べきとて馬の足休《あしやす》めて居《い》たる所に鎧《よろひ》着《き》たる者《もの》けはしげに来《きた》る何様《なにさま》にも高重《たかしげ》とめに来《きた》る者とおぼゆる也とて傍《かたはら》ニ小屋《こや》の有けるに入て物具《ものゝぐ》する処に[9]内田をしよせて此家《いへ》に籠《こも》りつるはいづく[一]の住人《ぢうにん》交名《かうみやう》いかやうの人にておはするぞ大将の仰《おほせ》を蒙《かうふり》て遠江国住人[10]内田四郎等《ら》参りたりと云ければ筑井《つくゐ》進出《すゝみいて》[11]て打笑《うちわらひ》[12]てかねて[13]は知《しり》給[二]はじ佐々木下総前司《せんし》盛綱《もりつな》の郎等筑井《らうどうつくい》四郎（」41ウ）太郎　平高重《たいらのたかしげ》と申者そ彼大勢を敵《てき》にして京方ニ[14]参らんとするよりかゝる事は案《あん》の内《うち》なりとて[15]内田六郎が胸板《むないた》かけす[16]本筈《もとはず》はぎのかくるゝまで射《い》たりければ少《すこし》もたまらず落にけり是をみて六十余騎少もひるまずかけ入けり安房《あは》国住人《ぢうにん》ニ郡司《ぐんし》太郎と云者小屋《こや》ニ入ければ高重弓《たかしけゆみ》をば打《うち》すてゝ組相《くみあひ》けるがさしちがへてぞ死《し》にける高重が郎等《らうどう》七人は共にうたれにけり残《のこ》る十二騎にぐるかとみる処に左はなくて大勢の中

一　底本「いづく」とあり。濁点の位置を訂正。
二　底本「給ばし」とあり。濁点の位置を訂正。

1内田—東・天「内由」、ただし東は「由」の右に「田」と傍記　2が—東・天、脱　3と—東・天、脱　4の—東・天「の御事」　5申され—東・天「申」　6内田—東・天「内由」　7音羽川—東・天「をと川」　8て—東、脱　9内田—東・天「内由」　10内田—東・天「内由」　11出て—東・天「出」　12笑—東・天「はらひ」　13は—東・天「はよも」　14参らん—東・天「参せん」　15内田—東・天「内由」　16本筈はぎ—東・天「本はき」

一「辺」をミセケチして「鳥《とり》」と傍記。
二「守殿」の右に「前司イ」と傍記。

ニかけ入一騎も〔」42オ〕のこらず討れにけり十九人が頸《くび》一所にかけてけり相模守[1]武蔵守とをるとて主従共にけなげなる者かなとぞ感《かん》し給ひける

義秀大矢河村《よしひでおほやかはむら》三郎射返《いかへす》事

六月五日辰《たつ》ノ[2]剋《こく》ニ尾張ノ一ノ宮ノ[一]鳥井《とりい》の前《まへ》ニ時房泰時《ときふさやすとき》已下《いげ》みなひかへて手々《てゝ》を分《わけ》てげり敵《てき》已《すで》ニ尾張河にむかひたり[3]大炊渡《わたり》をば山道《さんだう》の手ニあつべしうるまの[4]渡《わたり》は毛利《もり》入道気《イキ》か瀬《せ》に足利《あしかゝ》[5]武蔵守殿《前司イ》[二]足助冠者《くはんじや》板橋《いたはし》には狩野《かの》入道大豆戸《まめと》は大手なり〔」42ウ〕とて武蔵守駿河守伊豆駿河両国の勢馳加《はせくはゝり》て弥《いよ〳〵》雲霞《うんか》の[6]ことくニ成にけり[7]墨俣《すのまた》ニハ相模守城《じやう》ノ入道等《ら》遠江国[8]の勢十島《としま》足立《あたち》江戸《ゑと》川越《かはこえ》の輩《ともから》相具《あいく》してむかひたり手々ニ分らるゝ時軍《いくさ》は山道《さんたう》の手をまちて所々《しよ〳〵》の矢合《やあはせ》たるべしと武蔵守触《ふれ》[9]候はれけり大塩《しほ》太郎浦田弥三郎久世《くせ》左衛門次郎渡々《たび〳〵》ニよせたりけれども山道《さんだう》の手を相待《あいまつ》て[10]招《まねい》たる所に大豆戸の手敵向《てきむかひ》に有とみて大将《たいしやう》のゆるしなきに左右《さう》なく川をはせわたしやがて[11]射《い》〔」43オ〕ちがへけり武蔵守是をみて大にしかりて軍《いくさ》をするもやうにこそよれさしもをさへよと合図《あいづ》をさしたるかひもなく軍《いくさ》をはしめて渡《わたし》[12]候をさはがさん事前後相《せんこさう》違《い》してんず返々《かへす〳〵》慮外《りよくはい》也との給ければしづまりぬ京方より朝橋《あさはし》三郎平義秀《たいらのよしひで》と名《な》

1武蔵守―東・天「むさしのかみも」 2剋―東・天「時」 3大炊渡―東・天「大井戸」 4渡―東・天「里」 5武蔵守殿―東・天「武蔵前司殿」 6ことく―東・天「勢」 7墨俣ニハ―東、脱・天「洲の保には」 8の勢―東・天、脱 9候はれ―東・天「られ」 10招―東・天「ひかへ」 11射―東・天「討」 12候―東・天「々」

一「稲」の右に「橋歟」と傍記。

乗《のり》て矢《や》一ツ武蔵守の陣中《ぢんぢう》へ射《い》わたし[1]たり取《とつ》てみれば十四束《そく》二伏《ふせ》也泰時《やすとき》此矢《や》を大ニ笑《わらひ》て朝《あさ》稲《橋歟》は弓《ゆみ》は射《い》ざりけり矢《や》づか十二束《そく》ニ少はつみたる計也是は味方《みかた》臆《おく》させんとて（」43ウ）[2]わさとにしたる也誰《たれ》か射返《いかへ》すべきと宣《のたま》へは駿河次郎泰村《やすむら》仕らんとぞ申されける泰時《やすとき》[3]然《しかる》べからす御辺達《へんたち》の遠矢《とをや》はことはまりたらん時なり河村三郎此矢《や》射《イ》返せと仰せければ射《い》返しけり又山道の手関《せき》太郎と云者敵《てき》ありと聞て三手が一ツに成て馳向《はせむかふ》小笠原次郎長清《なかきよ》父子《ふし》八人武田《たけた》五郎信光《のぶみつ》父子《ふし》七人奈古《なこ》太郎河内太郎[4]二宮太郎平井三郎加賀美《かかみ》五郎秋山太郎兄弟《きやうだい》三人阿佐里《あさり》太郎南武《なんぶ》太郎と丶ろきの次郎逸見《へんみ》（」44オ）入道遠山《とをやま》左衛門伊具《いく》右馬入道布施《ふせ》中務あかるノ四郎兄弟《きやうだい》三人甕中《つぼちう》三志賀《さうしか》三郎塩川《しほかは》三郎矢原《やはら》太郎小山田太郎弥御三郎[5]古美田《こみた》太郎千野太郎黒田《くろだ》刑部片桐《かたぎり》三郎長瀬《なかせ》六郎百沢《もゝさは》左衛門海野望月《うみのもちつき》山にて馬とも馳《はせ》ころしつる野《の》の大寺《てら》ニ敵《てき》むかふ[6]とておとしたれども人もなし一河原《いちがはら》と云所に[7]陣取《ぢんとつ》て[8]三が一手ニより合て軍《いくさ》の評定《へうでう》す明日[9]大炊《おほい》ノ渡《わたり》をばわたらんとて各《をの〳〵》休《やす》む所に武田五郎申けるは明日とはの給つれども目ニ見たる（」44ウ）敵《てき》をいかでか一夜までは遁すべき[10]人[11]はしらず信光《のぶみつ》今日此川[12]をわたらんとて打立て武田《たけた》小五郎に心を合せて[13]進《すゝみ》ニけり二陣の手が進《すゝみ》けれは前陣《ぜんぢん》後陣《ごぢん》いかでかひかふべきとて馳行《はせゆく》川端《かははた》に馳《はせ》てみれば敵《てき》川ばたより少引上《ひきアケ》

1たり―東・天「たりし」 2わさと―東・天「はかり事」 3然―東・天「有」 4二宮―東・天「二色」 5古美田―東・天「すみた」 6とて―東・天「と聞て」 7陣―東・天「陣を」 8三が一手―東「三日一手手」、天「三日一手々」 9大炊渡―東・天「大井戸」 10人―東・天「人々」 11は―東・天「をは」 12を―東・天、脱 13進ニけり―東・天「進けり」

て陣を取川岸《きし》ニ舟《ふね》を伏《ふせ》て逆茂木《さかもき》を引たり輒《たやす》くわたるべきやうなし河上左近千《ち》野《の》弥六常葉《ときは》六郎赤目《あかめ》四郎内藤入道是常等《これつねら》わたりけるを見て敵《てき》の方より武者《むしや》[1]一人[2]下て申けるは一番ニわたすはたそ（」45オ）かう申は信濃国住人《ちうにん》諏《す》方《は》党《たう》ニ大妻《おほつま》ノ太郎[3]兼澄《かねすみ》なりとぞ[4]申ける坂東《ばんどう》より取あへず[5]上りたり同国ノ住人《ぢうにん》川上左近千野弥六とぞ答《こたへ》けるさては一家《け》なれば千野弥六をば大明神《だいみやうじん》ニ許《ゆる》し奉る左近允をば申請《こふ》とて川へざと打付たり千野おもてもふらずおめいてかく主をこそ明神《みやうじん》に免《ゆる》し奉れ馬をば申請《うけ》んとて切付《きつつけ》のあまり羽《は》かくるゝまで射《い》たり千野逆茂木《さかもき》の上ニ[6]立て太刀をぬく所をか[7]ち立武者《むしや》落合て[8]討取《うちとり》ニけり（」45ウ）常葉《ときは》六郎続《つゝい》て[9]寄《よ》するを[10]見て五人落合て頸《くひ》をとる赤目《あかめ》[11]内藤是も馬の腹射《はらい》させて歩武者《かちむしや》にて川をわたり[12]向《むかひ》の岸《きし》の下ニわたり付敵《てき》是をばしらずして討《うた》ざりけり武田[13]五郎渡《わた》らんとしけるに相具《あいぐ》してわたる輩《ともから》同六郎千野五郎太郎矢島《やしま》次郎とゝろきノ次郎五郎を先《さき》として百騎ばかり河波白《かはなみしろ》く[14]けたてゝわたらんとしけり敵《てき》是を見て川岸《かはきし》ニ歩《あゆま》せ矢《や》さきをそろへて雨のふる如《ごと》く射《い》すくめられて川中《かはなか》ニひかへたり武田《たけた》五郎[15]信光《のぶみつ》（」46オ）鞭《むち》をあげて川の東《ひがし》の岸《きし》ニひかへて鐙踏張《あぶみふんばり》いかに小五郎日比《ひころ》の口にも似《に》す敵《てき》に後《うしろ》を見せて東《ひかし》へ返《かへ》す物《もの》ならば信光《のぶみつ》爰《こゝ》にて汝《なんぢ》を討《うた》フずるぞたゞ其河中《かはなか》にてしね〳〵返《かへ》すなとぞ[16]呼《よばゝり》たる[17]小五郎是を聞て唯《たゞ》

1一人—東・天「壱人を」 2下て—東・天「出して」 3兼澄—東・天「兼證」、ただし東は「證」の右に「澄」と傍記 4申ける—東・天「名乗たる」 5上りたり—東・天、脱 6立て—東・天「おり立て」 7かち立武者—東・天、脱 8討取ニけり—東・天「射る頸を取」 9寄する—東・天「よりける」 10見て—東・天、脱 11内藤—東・天「内藤は」 12向—東・天「むかへ」 13五郎—東・天「太郎」 14けたてゝ—東・天「けさせて」 15信光—東・天「父信光」 16呼たる—東・天「おめきたるに」 17小五郎—東・天「五郎」

しねや〳〵者《もの》共とて鞭《むち》をあつ百騎《き》[1]あまり同頭《かしら》にはせ渡《わた》す舟《ふね》も逆茂木《さかもぎ》も蹴《け》[2]ちらして轡《くつばみ》をならべて[3]向《むかひ》の岸《きし》へざとかけ[4]あがる父《ちゝ》是をみて小五郎討《うた》すなとて一千余騎《よき》馳《はせ》わたす小笠原次郎長清遠山《なかきよとをやま》左衛門是を見て〔二 46ウ〕鞭《むち》を上て馳《はせ》つく是を始《はじめ》として山道《さんたう》の手《て》五百余騎《き》旗《はた》の頭《かしら》を一ニして一騎《き》ものこらずうちわたす駿河《するが》大夫判官《はうくはん》帯刀左衛門筑後六郎左衛門糟屋《かすや》四郎左衛門を始《はじめ》として名《な》をおしむ輩《ともがら》共返合《かへしあはせ》〳〵たゝかひ〳〵落行《おちゆき》ける中にも帯刀左衛門返合て深入して上野太郎ニ討《うた》れにけり美濃蜂屋冠者《はちやのくはんしや》それも深《ふか》入して伊豆ノ次郎ニ[5]討《うた》れニけり犬嶽《いぬたけ》小太郎家光《いへみつ》と云者思ひ切て返合たゝかひけるを信濃国ノ住人岩間《ぢうにんいはま》七郎組《くん》て[6]落《おち》て岩間か[7]子《こ》二人落〔二 47オ〕合て討《うつ》[8]てけり筑後糟屋大将《かすやたいしやう》にてしばしこらへけれ共大勢《せい》ニなびかされて力《ちから》なく落行《おちゆき》[9]けり大妻《おほつま》太郎は始《はじめ》より命《いのち》おしむ共みえざりけり大事の手負《ておい》て落もやらす長野四郎と小島《こしま》三郎と三人つれたりけるが小笠原六郎それよりまはし討《うた》んとするを見て大妻云《いひ》けるは兼澄《かねすみ》は敵《てき》の手にはか[10]ゝらずして山へはせ入て自害《じがい》せんわ殿原《とのはら》是より大豆戸へ落行て合戦《かせん》のやうを[11]能登守殿已下《いげ》の人々ニ語《かた》り申せとて山へはせ入けり筑後〔二 47ウ〕六郎は小笠原ノ七郎を弓手《ゆんて》ニ双《なら》べて聞ゆる[12]御所焼菊銘《しよやききくめい》の太刀《たち》にて小笠原が胴中《どうなか》を切落《きりおと》んとしけるか打はづして馬の首《くひ》を打おとす其隙《ひま》にのひニけり長野四郎

1百騎あまり—東・天「百余騎」　2蹴ちらして—東「けちらかし」・天「けちらかして」　3向—東・天「むかへ」　4あがる—東・天「あかり」　5討れニけり—東「うたれけり」　6落て—東・天「落所に」　7か—東・天、脱　8討—東・天「射」　9けり—東「ける」　10かゝらず—東・天「からす」　11能登守殿—東・天「能登殿」　12御所焼—東・天「御所作」

小島三郎大豆戸へ馳行《はせゆき》て合戦《かせん》の次第《したい》[1]を申けれは能登守秀康《ひねやす》を始《はしめ》として口おしき事かなさり共とこそ思ひつるにとて周章騒《あはてさは》[2]ｷたまふ胤義《たねよし》是を聞て唯今山道《さんだう》の手破《てやぶ》れぬれば下根《しもね》の手《て》[3]ﾆﾊ是を聞てしほれ落なんいざゝせ給へ弥太郎判官山道《さんたう》の手《て》ﾆ向《むかつ》て支《さゝへ》てみむとて常葉《ときは》（」48オ）七郎案内《あんない》[4]して五百騎ばかり歩《あゆま》せけり其日夜に入けれは能登守下総前司已下《ぜんじいげ》より合て平判官はたのもしけに云てむかひつれとも夜明なは山道の手あとへまはり大手前より渡《わた》すならはかくとも引共叶《かなふ》まじ夜ﾆまきれてこゝを引て都に参て事のよしをも申入て宇治勢多《うぢせた》を固《かた》めて世間《せけん》をしばしみんと云けれは尤可ﾚ然とて落行けり[5]胤義《たねよし》も此事我《われ》一人武《たけ》ｸおもふ共勢《せい》[6]ﾉ次第《したい》ﾆすきもてゆかば叶《かなふ》まじとて[7]落（」48ウ）て行爰《こゝ》ﾆ大豆戸にむかひたる勢の中に武蔵ﾉ国ﾉ住人阿曾治《あそぢ》小次郎と云者あり川ﾆ打臨《のぞ》んて申けるは山道の軍《いくさ》は明日と合図《あいづ》をさしたれ共はや始《はしまつ》て候けり死《しゝ》たる馬ながれたり山道の手の後陣《ごぢん》にひかへんことこそ口惜けれと云もあへず打入二番ﾆ武蔵太郎時氏《ときうぢ》打入たまふ是をみて十万八百余騎一度に打わたしけり時氏三十余騎にて敵《てき》の屋形《やかた》の内へおめいて蒐《かけ》入けり兵《つはもの》一人も見えず雑人《ざうにん》共（」49オ）ぞ十四五人逃散《にげちり》ける（」49ウ）

1を―東・天、脱　2騒ｷたまふ―東・天「さわく」　3手ﾆﾊ―東・天「手は」　4案内―東・天「案内者」　5けり―東・天「へし」　6勢ﾉ―東・天「ころ」　7とて―東・天「とて爰をうちくして」

一底本「ふぜき」とあり。濁点の位置を訂正。

承久記下

去《さる》ほどに夜《よ》も明《あけ》ほのに武蔵守《むさしのかみ》小太郎兵衛を使《つかひ》として唯今《たゝいま》大豆戸[1]をわたり候也同ク御急《いそぎ》候べしと申されければ足利殿《あしかゝとの》使《つかひ》のみる所《ところ》にてわたらんとて[2]足曲《アクマ》ノ冠者《くはんしや》相共《あひとも》にわたしけり小太郎兵衛も此手《て》ニ付てわたしけり渋川《しぶかは》六郎が落けるを日来《ひころ》のこと葉にも似《に》ず返《かへ》せといはれて大勢《せい》の中ニかけ入けるが又二たび共みえざりけり池田《いけだ》左近とて健《すくよ》か[3]者《もの》あり是も返《かへ》しあはせ（」1オ）けるが義氏《よしうち》の手に[4]太郎兵衛と組《くん》て首《くび》[5]をとる墨俣《すのまた》の手《て》も是を聞《きゝ》てわたしけり[6]小又太郎ぞ先《まつ》かけゝる敵《てき》[一]ふせぎ矢《や》ばかり射《い》て落《おち》て行《ゆく》其外《ほか》渡々《わたり〱》六月六日午《むま》ノ剋《こく》已前《いぜん》みな追落《をひおと》す京方《がた》一騎《き》ものこらず西《にし》を指《さし》てぞ落行ける野山林河《やさんりんか》をもきらはず田《た》の中溝《なかみぞ》の中共いはず打入々々《うちいれ〱》山も谷《たに》も関東《くはんとう》の勢《せい》にてうめて行京方蓆田《むしろた》と云所《ところ》に少々《せう〱》ひかへて相待輩《あいまつともから》ありけり三鹿尻《かしり》小太郎京方一人が首《くび》をとる善右衛門（」1ウ）田比《たひ》ノ左近扇兵衛各《をの〱》敵《てき》一人づゝ打山田兵衛入道二人が首《くび》[7]をとる京方ニ尾張ノ国ノ住人《ちうにん》下寺《しもてら》太郎が手《て》の者《もの》落《おち》けるを追《をつ》かけて紀《き》五郎兵衛入道生捕《いけとり》けり京方ニ尾張源氏《けんし》山田次郎御方一人ものこらず落行をみてあな心うや重忠《しけたゞ》は矢《や》一ッ射《い》てこそ落んずれとて[8]杭瀬《きせ》川の西《にし》のはたに九十余騎にてひかへたり関東方《くはんとうかた》より岡島橘《きち》[9]左衛門公長《きんなか》五十余騎にて馬ばやニ真先《まつさき》かけて河端《かははた》ニ打

1を―東・天、脱　2足曲―東・天「足油」、ただし東は「油」の右に「助歟」と傍記　3者―東・天「者の」　4太郎―東・天「小太郎」　5を―東・天、脱　6小又太郎―東・天「小太郎」　7を―東・天、脱　8杭瀬川―天「くは瀬川」　9左衛門―東・天「左右衛門」

臨《のぞ》みたるが山田次郎が旗《はた》[1]とみて（」2オ）いかゝ思ひけむ村雲立《むらくもたつ》てぞひかへたる後陣《ごぢん》ニあゆませたる相良《さがら》三郎波多野《はだの》五郎加地《かち》丹内《たんない》同六郎中務[2]高江《たかゑ》次郎矢部《やべ》平次郎伊佐《いさ》三郎三十騎ばかりにて馳来《はせきた》るを見て[3]公長《きんなが》川に[4]打ひたす西《にし》のはたに打あげて詞《ことば》をかく山田次郎重忠《しげたゝ》と名乗《なのり》て射合《いあひ》けり山田が郎等《らうどう》藤兵衛父子《ふし》山口兵衛[5]荒畑《あらはた》左近小畑《こはた》右馬允河へ懸《かけ》おとされて陸《くが》へ上てかけめくる敵引《てきひい》て西《にし》の方へ[6]落行《おちゆく》相良《さがら》三郎額《ひたい》を射《い》ぬかれて若党《わかたう》の肩《かた》に（」2ウ）かゝりて[7]ありく道に休《やす》みて矢《や》をぬくに柄《カラ》ばかりぬけて根《ね》はとまる僅《わづか》ニ五分ばかり尻《しり》のみえたるを石《いし》にて打ゆがめてくはへて引けれどもぬけず金《かな》はしにて引《ひけ》共ぬけず相良いかにもして早《はや》クぬけ[8]とておめきけり[9]弓《ゆみ》の絃《つる》をまかりめに結《ゆひ》付て木《き》の枝《えた》にかけてはね木を以《もつ》てはねたれば抜《ぬけ》たりぬけはつれば死《しに》ニけり暫《しはら》く有て息《いき》ふき出す此うへは国へ返すべし但大将《たいしやう》の御目ニかくべしとて舁《かい》て帰るを相良目を見あけて（」3オ）口おしきことをする奴原《やつはら》かな西《にし》へかくべし死《し》なば宇治《うぢ》川ニなげ入よと云ければ力《ちから》なく又かきのほる加地《かち》中務波多野《はたの》五郎矢部《やべ》五郎射《い》られて河原《かはら》ニとゝまりけり残《のこ》リは敵《てき》を追《をひ》ける大将とみえて兵《つはもの》共はせ行《ゆく》に目をかけて[10]落行《おちゆく》を伊佐《いさ》三郎をしならべて組《くむ》処に古キ堀《ほり》の有けるを敵越《てきこえ》けるとて馬まろびけるに伊佐が馬も続《つゞい》てまろびけり山田おき直《なをつ》て汝《なんぢ》は何者ぞ我は 源《みなもとの》

1と―東・天「を」　2高江―東・天「高口」　3公長―東「今出」、「今」の右に「イニ金歟」と傍記・天「公出」、「公」の右に「今歟」と傍記　4打―天「そち」、ただし「う歟」と傍記　5荒畑―東「門田」　6落―東・天「馳」　7ありく―東・天「ある」　8とて―東・天「と」　9弓の絃―東・天「弓つる」　10落行を―東・天、脱

重忠《しげたゞ》なり伊佐は信濃国ノ住人《ぢうにん》伊佐三郎行政《ゆきまさ》也とぞ（」3ウ）答《こたへ》けるさては恥《はぢ》ある者ニこそとて太刀をぬきけるを見て山田が郎等に藤兵衛と云者馬より下伊佐三郎を[1]切ル三郎[2]居尻《ゐしり》ニ打すへられて居ながら太刀を以《もつ》て合せけり伊佐が乗替《のりかへ》の郎等《らうどう》二人まもり居たりけるが主《しゆ》の既《すで》ニうたるゝをみて二人走《はしり》より[3]けるが敵《てき》太刀を取[4]直《とりなを》し討《うた》んとすれば逃《にげ》ニけり又主を討《うた》んと[5]すれば二人走《はし》りよる如《ごとく》レ此《かくの》すること三四度《しど》なり其後《ウシロ》々より大勢馳[6]来《はせきたり》けり山田をば藤新《とうしん》兵衛馬ニかき（」4オ）のせて落て行

武《ぶ》家《け》宇《う》治《ぢ》勢《せ》多《た》手《て》分《わけ》之事

相模守《さかみのかみ》[7]中一日垂井《たるゐ》ニ留《とゞまつ》て山道海道《さんたうかいたう》二の手《て》を一所《しよ》によせ[8]合《あは》せ路次《ろし》の兵《つはもの》ども馳集《はせあつまつ》て都合廿八万騎ニ成にけり関《せき》か原《はら》と云所《ところ》にて軍僉義《いくさけんぎ》所々《しよ〳〵》の手分あり武蔵守申されけるは[9]今は宇《う》治《ぢ》勢《せ》多《た》の合戦《かせん》こそ終《おはり》にて有べく[10]候へ時々《より〳〵》軍《いくさ》の僉議《けんぎ》も手分《てわけ》も大事《じ》たるへく候[11]駿河守殿[12]御はからひニ付奉るべく[13]候憚《はゝ》からずわけ給へと（」4ウ）申されければ大将《たいしやう》の御命《めい》ニより候へば旁《かた〳〵》許《ゆる》し[14]給へ北陸道《ほくろくだう》の手はいまだみえす候勢多《せた》の大手[15]には相模守殿供御瀬《ぐごせ》には武田《たけた》五郎一家《け》人ども甲斐《かい》信濃軍勢《ぐんせい》[16]宇治《うぢ》へは武蔵守殿向《むか》はせ給候へかし一口へは毛利《もり》蔵人入道殿向はれ候へし淀《よど》の手《て》には義村《よしむら》罷向《まかりむかふ》べく

1切ル―東・天「きり」　2居尻―東・天「尻居」　3けるが―東・天「けれは」　4直し―東・天「なをして」　5すれ―東・天「よせけれは」　6来けり―東・天「来にけり」　7中一日垂井ニ―東・天「垂井に中一日」　8合せ―東・天「合」　9今―東・天「今日」　10候へ―東・天「候」　11駿河守殿―東・天「駿河殿」　12御―東・天、脱　13候―東・天「候はゞ」　14給へ―東・天「候へ」　15には―東・天「は」　16宇治へは武蔵守殿向はせ給候へかし一口へは毛利蔵人入道殿向はれ候へし―東・天、脱候と定《さた》メ申けるに相模守の手ニ本間《ほんま》兵衛忠家《たゝいへ》と云者進出《すゝみ》て駿河守殿御はからひ左右《さう》ニ及はず候へとも相模守殿ノ若党軍《わかたういくさ》なせそとの御事と覚《おぼ》え候[1]武蔵守殿勢多《せた》(」5オ)へ向進《むかひまい》らせ[2]られて宇治《うぢ》へ相模殿を向進《むけまいらせ》[3]られ候べきやらんとぞさゝへけるいしうも申ものかなとぞ聞え[4]けむ駿河前司《ぜんじ》義村《よしむら》申さるゝはさる事にて候へども軍《いくさ》の有無《うむ》は所によらず候ぞ兵《つはもの》の心にてこそ候へ又[5]相模守殿ををき進《まいら》らせ候て[6]争《いかて》か[7]武蔵殿勢多《せた》へは[8]向《むか》はせ給べき且《かつ》ハ私《わたくし》の新儀《しんぎ》にあらず平家《へいけ》兵乱《ひやうらん》の手合《てあはせ》ニ木曾《きそ》殿を[9]追《つい》討《ばつ》せられし時も兄《あに》の蒲《かま》御曹司《ざうし》は大手《て》勢多《せた》へ御弟《おとうと》九郎御曹司《ざうし》は宇治《うぢ》へ向《むか》はせ給て候きかの(」5ウ)先規亀鏡《せんききききやう》にして今まで関東《くはんとう》めでたく候へば義村《よしむら》が私《わたくし》のはからひにあらずとぞ申されける武蔵守殿今ニはじめぬ事ながら此義《ぎ》ニ過《すぐ》べからずとて西路《にしぢ》へ小笠原次郎筑後太郎左衛門上田《うへだ》太郎を初《はしめ》として甲斐源氏《かいげんじ》信濃国ノ住人《ちうにん》[10]をさしそへらる小笠原次郎進出《すゝみ》て申けるは身をおしむには候はず関山《ひがしやま》にて馬共多く馳ころし又[11]大炊渡《わたり》にて手のきはの合戦《かせん》仕て馬も人もせめ伏《ふせ》て候事にもあはぬ人共を置《をか》レ(」6オ)ながら長清《ながきよ》[12]を[13]向《むけ》られ候事[14]御はからひ[15]とも覚え[16]候はずと申されければ武蔵守殿宣《のたま》ひけるは痛《いた》み申さるゝ[17]処尤《もつとも》其謂《そのいはれ》候へ共心安《やす》く思奉《おもひたてまつり》てこそ大事の手《て》ニは向奉《むけたてまつ》れと宣《のたま》ひければ力及《ちからをよ》はず重《かさね》て辞《ぢ》し申ニ及はずとて向《むか》はれけり其

1武蔵守殿—東・天「武蔵殿を」
2られて—東・天「て」
3られ候べきやらん—東・天「らるへくや候らん」
4けむ—東・天「ける」
5相模守殿—東・天「相模殿」
6争か—東・天、脱
7武蔵殿—東・天「武蔵殿は」
8向はせ—東・天「むかせ」
9追討—東・天「追射」
10を—東・天、脱
11大炊渡—東・天「大井戸」
12を—東・天、脱
13向られ—東・天「回られ」、ただし東は「志ヵ」と右に傍記
14御はからひ—東・天「別の御はからひ」
15とも—東・天「と」
16候はず—東・天「候」
17処—東・天「処に」

勢《せい》一万五千余騎《よき》なり式部丞朝時《ともとき》[1]は五月晦日越後ノ国府《こふ》ニ付て打立けり北国《ほつこく》の輩《いくさ》悉《こと〱》ク相順《あひしたか》ヒ五万余騎ニ及べり京方ニ[2]仁科《にしな》次郎宮崎《みやざき》左衛門糟屋《かすや》左衛門先立《さきたつ》て下《くた》りけれ[3]ども加賀[4]国林《はやし》が（」6ウ）もとに休《やす》みゐて国々の兵《つはもの》共を召《めす》ニ井手《いて》左衛門石見前司《ぜんじ》安《やす》原《はら》左衛門石黒《いしくろ》三郎近藤四郎同五郎是等《ら》をめしけり参《まい》らざりける物故《ものゆへ》に日数《かず》を送《をく》る所《ところ》に宮崎《みやさき》と云所をもさゝへす田脇《たわき》と云所ニ逆茂木《さかもき》を引けれども関東《くはんとう》の兵乱《ひやうらん》杙のはづれ海を泳《およ》がせてとをりけり六月八日越中の砥並《となみ》山[5]を越《こえ》くる処に京方三千余騎を三手《て》ニ分てさゝへんとしけれ共大手山のあなたに陣《ぢん》をとりて夜をこめて五十嵐党《いがらしたう》を前《さき》として（」7オ）山をこえける上は[6]仁科宮崎《にしなみやさき》一軍《いくさ》もせすして落にけり糟屋《かすや》ばかりそ[7]討死《うちしに》しける林《はやし》次郎石黒《いしくろ》三郎近藤《こんどう》四郎同五郎弓をはづして関東《くはんとう》方へ参る北陸道《ほくろくたう》の在々《ざい〱》所々《しよ〱》の京方一堪《コラヘ》もせずみな落にけり少々《せう〱》相《あひ》たゝかふ輩《ともがら》頸《くび》共[8]道々《みち〱》切かけて[9]上《のぼ》りけり[10]何面《おもて》を向《むく》べき様《やう》ぞなき

一院山門《いんさんもん》御幸《ごかう》之事

[11]六月八日ノ暁《あかつき》秀康《ひでやす》胤義《たねよし》已下《いげ》御所へ参て去ル六日[12]大炊《おほい》ノ渡《わたり》をはじめてみな落失《おちうせ》[13]候杭《き》瀬《せ》川より（」7ウ）外はか〱しき軍《いくさ》したる所も候はずと申ければ君《きみ》も臣《しん》もあはて

1は―東・天、脱　2仁科―東・天「三品」　3ども―東・天「の」　4国―東・天「は」　5を―東、脱　6仁科―東・天「三品」　7討死―東・天「射死」　8道々―東・天「道々に」　9上りけり―東・天、脱　10何―東・天「何に」　11六月―東・天、脱　12大炊ノ渡―東・天「大井戸」　13候―東・天「候又」

さはがせ給き唯《たゝ》今都《みやこ》に敵《てき》打入たるやうにひしめきけり一院《いん》は合戦の習《なら》ヒ一方はかならず負《まけ》也さればとて矢《や》も射《い》ぬことやはある今は世はかうにこそ慭《なまじい》の軍《いくさ》せんよりは山門《さんもん》に移《うつり》て三千人の大衆《だいしゆ》を頼《たのみ》て吾《われ》は相綺《あいいろ》はぬよしを関東《くはんとう》へ[1]怠状《たいじやう》せんとぞ被仰ける 即《すなはち》坂本《さかもと》へ御出なる御勢千騎ばかり有しかども用《よう》ニ立べきもの一人もなかりけり都《みやこ》には君《きみ》も臣《しん》も（一8オ）武士《ぶし》もみえす関東《くはんとう》の勢もいまだ参《まい》らすあきれはてたるけしき也輙居大将子息《たいしやうしそく》実氏《さねうぢ》召具《めしぐ》せらる二位《い》法印《ほういん》[2]尊長《たかなが》腹巻《はらまき》ニ太刀帯《はき》て世乱《よみだ》レは大《たい》将父子《しやうふし》討《うた》んとてをし双《ならへ》て目を付太刀を抜《ぬき》かけて[3]あゆませけれども一院《いん》御目も許《ゆる》しましまさねば[4]引のけ〱す中納言大将《たいしやう》ニつかみつきて法印《ほういん》が気色《きしよく》はしろしめして候か最後《さいご》の御念仏《ねんぶつ》候べし又現世《げんぜ》[5]をも[6]思召さば御祈念《きねん》も候べし敵《かたき》をは取《とり》て進《しん》すべし御心つよく思召《おぼしめ》さるべしと（一8ウ）宣《のたま》へば公経《きんつね》も心得《え》たりとのたまへども[7]わろくぞみえ給ける日吉山王《ひよしさんわう》今度ばかり助《たすけ》させ給へと心のうちにぞ申されける法印《ほういん》大将《だいしやう》ニうち双《なら》へ給ふ時は中納言[8]中へ[9]入給けり父《ちゝ》には似《に》ずよくそみえさせ給ける

一院還御《いんくはんきよ》之事

一院梶井宮《いんかぢゐ》ニいらせ給ふ座主《ざす》大僧正《たいそうしやう》乗円《しやうゑん》参《まいら》せ給ひ内々御気色《げしき》もなく御幸《ごかう》之《の》条《でう》末《まつ》

1怠状―東・天「退状」 2尊長―東・天、脱 3あゆませ―東・天「あよませ」 4引のけ―東・天「引のき」 5をも―東・天「を」 6思召さば―東・天「思食候は丶」 7わろく―東・天「はろく」 8中―東・天、脱 9入―東・天「打入」

代《だい》の御誹《そしり》をもうけさせ給ぬと覚え候口おしくも候物哉（」9オ）用《よう》にも立候べき悪《あく》僧《そう》共は水尾《みお》が崎《さき》勢多《せた》へ向《むかひ》候急《いそ》キ還御《くはんきよ》成《なつ》て宇治《うぢ》勢多《せた》をさゝへて御覧候へさり共神《しん》[一]明《めい》も御助《たすけ》候はんすらんと[1]泣々《なく〳〵》申されければ[2]ば[3]九日ニ四辻《よつつぢ》殿へ還御《くはんきよ》なる都《みやこ》には又悦《よろこ》トあへり今一度《ど》防《ふせき》て御覧《らん》有べしとて美濃堅者《げんしや》[4]観玄《くはんけん》水尾《みお》ヵ崎《さき》の大将《たいしやう》也其勢《せい》[5]一千余騎勢《せ》多橋《たのはし》は[6]山田次郎左衛門大将軍にて三塔《とう》の大衆《しゆ》さしそへらる[二][7]二千余騎供御瀬ニハ能登守平九郎判官下総前司《ぜんじ》後藤判官西面《さいめん》の輩《ともから》相《あい》そへ三千[三]〔一万イ〕余（」9ウ）騎鵜《う》かひの瀬《せ》には長瀬《ながせ》判官代上野入道五百余騎宇治《うぢ》ニハ佐々木[8]野前《のさき》中納言[9]有雅卿《ありまさきやう》甲斐《かい》ノ宰相中将[10]範《のり》義《よし》右衛門佐[11]朝俊《ともとし》大内修理大夫伊勢前司《ぜんじ》小松《こまつ》法印山城守弥《や》太郎判官西面《さいめん》の輩《ともがら》[12]一万余騎真木島ニハ足立《あだち》源左衛門[四]〔五百余騎イ〕□一口ニハ一条宰相中将二位法印[13]尊長《たかなか》一千騎淀《よど》ニハ坊門《ばうもん》大納言[14]忠信《たゝのぶ》[15]一千騎広瀬《ひろせ》ニハ阿野入道五百騎都合御勢三万七千騎とぞ聞えける[16]六月十三日官軍手《くはんぐんて》ニ向《むかひ》けり南都《なんと》の大衆《しゆ》[17]（」10オ）をば宇治《うぢ》ニさし向《むかふ》南都の[18]大衆《しゆ》をば勢多《せた》へ可レ被レ向[19]由已《すで》ニ治定《ぢてう》する処に遅参《ちさん》いか体の事ぞやと宣旨《せんじ》重《かさね》て下さる僉儀《けんぎ》しけるは治承《ちしよう》四年ニ吾寺平家《わがてらへいけ》の為《ため》ニ滅《ほろぼ》されしを頼朝《よりとも》是を悲《かなし》みて寺《し》敵重衡卿《てきしげひらきやう》を渡《わた》さるゝのみならず供養《くよう》の期《ご》ニ至《いた》るまで随分《ずいぶん》の志を当寺《たうじ》ニいたされき私《わたくし》のことに於《をひ》ては評義《へうき》ニ及はず関東《くはんとう》を見つぐへき事なれ共是は勅定《ちよくでう》忝《かたしけなき》事《こと》

一「神」のルビ「し」の上から「志」と書き直す。
二「らる」の下に補入記号「○」あり、右に「二千余騎イ」と傍記。
三「三千」の右に「一万イ」と傍記。
四「門」の下に一文字分空格あり、「五百余騎イ」と傍記。

1泣々—東・天「仰」 2ば—東・天「はけにもと思召れ」・天「はけにもと思食れ」 3九日ニ—東・天「十日」 4観玄—東・天「親玄」 5一千—東・天「三千」 6山田次郎左衛門大将軍にて三塔の大衆—東・天「三塔の大衆に山田次郎左衛門大将軍にて」 7二千余騎—東・天、脱 8野前—東・天「の」 9有雅卿—東・天、脱 10範義—東・天、脱 11朝俊—東・天、脱 12一万—東・天「二千」 13尊長—東・天、脱 14忠信—東・天、脱 15一千—東・天「千」 16六月—東・天、脱 17を—東・天、脱 18大衆—東・天「衆徒」 19由—東・天「由兼日」

なればそれまで[1]はなし関東《くはんとう》を打《うた》ん事定而《さためて》[2]仏意《ぶつい》にも背《そむく》べし只《たゝ》何方《いづかた》へも〔」10ウ〕参《まい》らざらんニしかじとて勢多《せた》へも向《むか》はざりけり然共《しかれとも》悪僧《あくそう》の申けるは今度《こんど》我等《われら》さし出ざらんこと山門《さんもん》の衆徒《しゆと》の後《のち》ニいはんこと[3]たへがたし日来《ひころ》弓矢《ゆみや》嗜《たしなむ》[一]輩《ともから》は少々《せう〳〵》かけ出て[4]軍《いくさ》せはやと云て但馬律師《りつし》讃岐阿闍梨《あじやり》已下《いげ》平等院律師《へうどういんりつし》[5]共ニ五百余人むかひけり

勢多《せた》軍《いくさ》之事

相模守《さかみのかみ》武蔵守《むさしのかみ》[6]十三日ニ[7]野路《のぢ》ニ付《つき》十四日相模守勢多《せた》へよせてみれば橋板《はしいた》[8]を二間《けん》引《ひい》て南《なん》都《と》の〔」11オ〕[9]大衆《しゆ》共坂東《ばんとう》の武士《ぶし》を招《まねき》けり宇都《うつ》ノ宮《みや》四郎遠矢《とをや》ニ射《い》ル武蔵国住人《ぢうにん》北見《きたみ》太郎江戸《ゑど》八郎早川《はやかは》平三郎をしよせて射《い》しらまされてのきにけり村山《むらやま》太郎奈瀬《なせ》左近吉見《よしみ》十郎其子小次郎渡《わたり》左近同又太郎兵衛広田《ひろた》小二郎も敵《てき》すきもなく射《い》ければのきにけり中にも熊谷《くまがへ》久目《ひさめ》吉見《よしみ》父子《ふし》五人橋桁《はしげた》を渡《わたつ》て寄《よせ》たりけり奈良法師《ならほうし》二重《にぢう》のかいだてニ引のく大将《たいしやう》山田《やまた》次郎使《つかひ》を[10]立《たて》ていかに大衆無下《しゆむげ》ニ小勢《こぜい》ニをはるゝぞ鬼神《おにかみ》とこそ頼《たの》み〔」11ウ〕つるにとぞ咲《わらひ》[11]ける大衆逃《しゆにく》るにはあらず敵《てき》を深《ふか》ク[12]引入《ひきいれ》て一人も[二]もらさじとするぞと云もあへず鳥《とり》の木《き》の枝《えだ》をかけるやうに廿三人切て[13]まはる熊谷武《くまがへたけ》く思へども長刀《なぎなた》ニあひしらひかねて[14]討手《うつて》ニ入坂東《ばんとう》方熊谷《くまがへ》うたすなと[15]おめきけれども橋桁《はしげた》はせ

一「事」をミセケチして「輩《ともから》」と傍記。
二底本「もらざし」とあり。濁点の位置を訂正。

1は—東・天、脱　2仏意—東・天「仏智」　3たへ—天「さへ」　4軍せはや—東・天「軍させはや」　5共ニ—東「共」・天「とも」　6十三日ニ—東・天「十三日」　7野路—東・天「野入」　8を—東・天、脱　9大衆—東「衆徒」　10立て—東・天「立」　11ける—東・天「けり」　12引入—東・天「入」　13まはる—東・天「参る」　14討手—東・天「射手」　15おめきけれ—東・天「おめけ」

一「ん」と「す」の間、右に「と」あり。
二「て」と「京」の間に補入記号「○」あり、右に「相模守」を補う。

1処ニ—東・天「処」　2小法師—東・天「小法師に」　3菊珍—東・天「兼珍」　4間ニ—東・天「間」　5稠ク—東・天、脱　6前へ—東・天「前に」　7千—東・天「一千」　8より—東・天「よりも」　9死なん—東・天「死せん」　10に—東・天「にそ」　11ゝり—東「ける」　12俊政—東・天、脱　13宇都宮四郎が鉢付の板ニしたゝかに射立たり宇都宮不レ安思おきあがり宇都宮四郎頼成と矢じるししたるを以て川端ニ立て能引放ッ川をすぢかひに三町余を射こして—東・天、脱　14堅めたる—東・天「かためる」

ばし寄者《よするもの》ぞなかりける熊谷《くまがへ》播磨律師《りつし》と組《くん》て首《くび》をとらん[一]とする[1]処ニ播磨が[2]小法師《こほうし》[3]菊珍《きくちん》熊谷《くまがへ》を打[4]間《あいた》ニ但馬ノ律師《りつし》落合熊谷《おちあひくまがへ》が首《くひ》を取熊谷《とるくまがへ》を初《はしめ》として七人目の前《まへ》にて討《うたる》れに（12オ）けり吉見《よしみ》十郎久目《ひさめ》ばかりは遁《のき》てげり吉見《よしみ》か子《こ》十四ニなるを肩《かた》にかけて帰《かへ》りけるを敵[5]稠《てききびし》ク射《い》るをかなしとや思ひけん子《こ》を川《かは》に投入《なげいれ》てつゞいて飛《とび》入川の底《そこ》にて物具《ものゝぐ》ぬき大将《たいしやう》の[6]前《まへ》へ裸《はたか》にてぞ出来《いできた》る久目ノ左近射《い》すくめられて立たるを見て平井《ひらい》三郎長橋《ながはし》四郎矢《や》おもてを防《ふせ》キ久目を助《たすけ》けり宇都《うつ》ノ宮《みや》四郎一日路《ぢ》さがりたるが勢待付《せいまちつ》ケて三千余騎ニ成にけり二千余騎をは父ニ付ケて[7]千騎相具《あいぐ》して行《ゆき》けるが敵《てき》に扇《あふぎ》にて（12ウ）招《まね》かれて腹《はら》を立《たて》て僅《わづか》ニ五六十騎勢多《せた》ノ橋《はし》へ出来《いでき》て散々《さん〲》ニ射《い》ル京方[8]より雨の降《ふる》ごとくに射《い》けり一千余騎をくれはせに付《つき》にけり熊谷《くまがへ》小次郎左衛門はたのみたる弟《おとゝ》討《うた》れて[9]死《し》なんとそ挙動《フルマイ》ける馬を射《い》させじとて矢《や》の及ばぬ所[10]に引のけ[11]ゝり信濃国ノ住人福地《ぢうにんふくち》十郎[12]俊政《としまさ》と書付《かきつけ》したる矢《や》を三町余射《い》こして[13]宇都宮四郎が鉢付《はちつけ》の板《いた》ニしたゝかに射立《いたて》たり宇都宮不《からず》レ安思《やすおもひ》おきあがり宇都宮四郎頼成《よりなり》と矢《や》じるししたる（13オ）を以《もつ》て川端《かはばた》ニ立《たつ》て能引放《よつひきはな》ッ川をすぢかひに三町余《よ》を射《い》こして山田次郎が居たる所へ射渡《いわた》す水尾《みお》カ崎《さき》[14]堅《かた》めたる美濃ノ律師《りつし》が手の者とも舟《ふね》ニ乗《のつ》て川中より是を射ル其中に法師《ほうし》二人宇都宮に射《い》られて引退《しりぞ》く是を見《み》て[二]相模守京六兵衛を使《つかひ》として軍《いくさ》は必《かならす》

今日ニかきるまし[1]矢種《やたね》な尽《つく》させ[2]そと仰られければ其後は軍《いくさ》もなかりけり此一両日はもとより降《ふり》ける雨十三日[3]の日さかり[4]より車軸《しやちく》のごとし人馬《しんば》ぬれし[5]ほれ（」13ウ）雑人《ざうにん》動《はたらか》ず

宇治《うぢ》橋《はし》平等院《べうどういん》軍《いくさ》之事

同十四日武蔵守宇治ニ寄《よせ》けるが日暮《くれ》ければ田原《たはら》ニ陣《ぢん》を取《と》ル駿河守淀《よど》へ打分る、所にて駿河次郎は義村《よしむら》ニ[6]具《ぐ》せよと思《おも》ふといひければ鎌倉《かまくら》より武蔵守殿ニ[7]付て候が唯今御供《とも》仕[8]候はねば[9]親子《おやこ》の中とは申ながら無下《むげ》ニ情《なさけ》なきやうに覚え候三郎付奉《つきたてまつ》り候へば[10]心安《こゝろやすく》思奉《おもひたてまつ》り候と云ければ駿河ノ守打諾《ウナヅキ》[11]て左も有事なりとぞ申（」14オ）ける泰村《やすむら》二百余騎にて足利《あしかゞ》ニ付《つき》山より父《ちゝ》ニうちわかれ宇治の軍《いくさ》の先《さき》をかけんとや思ひけん尾張川にて足利《あしかゝ》軍《いくさ》よくしたりければ[12][13]心悪《こゝろにく》ク思ひけるを足利《あしかゝ》殿も心得《こゝろえ》て泰村《やすむら》ニ打つれ〳〵歩《あゆま》せけり泰村《やすむら》が郎等《らうどう》ニ佐野太郎小川太郎長瀬三郎東条三郎十四五騎打立て雨の降《ふり》候に宇治ニ御宿取《やとゝつ》て入奉らんとて行泰村《やすむら》心得て若党《わかたう》共先《さき》ニ立《たち》候が覚束《おほつか》なく候とて武蔵守殿へ[14]使者《ししや》を立てはせ行ク足利《あしかゝ》殿もやがて参と（」14ウ）て打立けり泰村《やすむら》道ニあふ人に宇治ニ軍《いくさ》や始《はしま》ルと問《とひ》ければ十五六騎橋《はし》ニはせ付て唯今軍《いくさ》にて候と云

1まし―東・天「へし」 2せ―東・天「せ給ひ」 3日―東・天、脱 4より―東・天、脱 5しほれ―東・天「しほたれ」 6具せよ―東・天「うち具せよ」 7付―東・天「付申」 8候はねば―東・天「候は」 9親子―東・天「子親」 10心安―東・天「心安は」 11て―東・天、脱 12ば―東・天「は泰村」 13心悪ク―東・天「心ちあしく」 14使者―東「使」

ければされればこそとて馳行[1]前《はせゆきまへ》ニ立《たつ》たる若党《わかたう》共馬より下《おり》[2]桓武《くはんむ》天皇《てんわう》より十三代の苗裔《へうゑい》駿河次郎平ノ泰村宇治の先陣《せんぢん》也と名乗《なのつ》て戦《たゝか》ひける所に泰村馳寄《やすむらはせよせ》てたゝかふ郎等《らうどう》共力《ちから》ついて弥《いよ〳〵》たゝかひけり足利《あしかゞ》[3]武蔵前司《ぜんじ》をくれ馳《はしり》して[4]来《きた》リ泰村《やすむら》か旗《はた》の手《て》同頭《おなしかしら》に打立《たつ》て[5]攻戦《せめたゝか》ふ橋《はし》ノ板《いた》二間引《けんひい》て山門《さんもん》ノ大衆《だいしゅ》三千余人十重《へ》廿重《へ》ニ（」15オ）群集《くんじゅ》して橋《はし》の上にも下にも兵船《ひやうせん》三百余艘《よそう》波《なみ》をうがつて三方より射《い》る間堪《たふ》べきやう[6]ぞなかりける駿河次郎馬より下立《おりたつ》て三方を射《い》る小川左衛門と云郎等《らうとう》大将手を砕《くだ》き戦《たゝかふ》事《こと》や候と制《せい》しけるが泰村《やすむら》が矢《や》に敵《てき》のさはぐを見てさらば爰射《こゝい》給へあそこあそばせと云けり熊野《くまの》法師《ほうし》小松《こまつ》法印《ほうし》五十余騎にて来《きた》るが射《い》ちらされて引退《しりぞ》く坂東《ばんとう》方[7]も多《おほ》く討《うた》れ手負《おひ》ければ足利《あしかゞ》も駿河[8]四郎も引退《しりぞい》て平等院《べうとういん》に籠《こも》りければ敵《てき》（」15ウ）いさゝか[9]悦《よろこび》て還《かへり》て川をも[10]わたしぬべくみえたり義氏《よしうち》武蔵守のもとへ使者《ししや》を立て大手を待請《まちうけ》て明日軍《いくさ》仕候はんと存候処ニ駿河次郎が若党《わかたう》共左右なく軍《いくさ》をはじめて候間義氏《よしうぢ》も戦《たゝかひ》て若党《わかたう》あまた討《うた》せ手負《ておひ》数多《すた》候平等院《べうとういん》ニ籠《こもり》て候が無勢《ぶせい》と見てよせられぬへく覚え候勢をさしそへ[11]らるへきよし[12]申されけれは武蔵守大に驚《おどろい》て明日の相図《あいづ》をたがへ此師《いくさ》を仕損《そん》じぬるにこそ今夜前《まへ》よりわたされ後《うしろ》より奈良《なら》法師《ほうし》吉野《よしの》十津《とづ》川の（」16オ）者ども[13]夜打《ようち》ニかけんと覚《おぼゆ》る也平兵衛今夜宇治《うぢ》へはせよせ平等院《べうどういん》を固《かた》む[14]べしと触《ふれ》ら

1前ニ―東・天「前」　2桓武天皇より十三代の苗裔―東・天、脱　3武蔵前司―東「武蔵守前司」、天は「守」を書きミセケチ　4来リ―東・天「宇治の手の一番と名乗て」　5戦ふ―東・天「たゝかふ京方」　6ぞ―東・天、脱　7も―東・天、脱　8四郎―東・天「次郎」　9悦―東・天「祝」　10わたし―東・天「渡り」　11らる―東・天「られ」　12申さ―東・天「申」　13夜打―東・天「夜射」　14べしと―東「へきよし」・天「へき由」、「也」をミセケチして右に「由」と傍記

れけれとも雨は[1]降案内《ふるあんない》はしらずいかゝ向《むかふ》べき明日こそ供御瀬《ぐごせ》ニ[2]向参《むかひまいり》候はめと口々ニ申て一騎も進《すゝま》ず佐々木四郎左衛門信綱《のぶつな》ばかりぞ向《むかひ》候はんと申ける平等院《べうどういん》ニハ敵《てき》をすてゝ引退《しりぞ》くニ不レ及とて義氏泰村《よしうちやすむら》こらへたり武蔵守[一]兵《つはもの》どもを[3]催《もよほ》しかねて敵《てき》を此方へ渡させて此人共をうたせては師《いくさ》ニ勝《かつ》ても詮《せん》なし[4]泰時《やすとき》こゝ也とてかけ出給ふをみて一騎もとゞまらず[5]（」16ウ）同時《どうじ》に打立はせ行に雨車軸《あめしやちく》ばかり也兵《つはもの》とも目を[6]も見開《ひらか》す弓《ゆみ》をとる手もかゞまりけり天の責《せめ》を蒙《かうふる》にこそ十善《ぜん》ノ帝王《ていわう》ニ弓《ゆみ》を引にやと心細《ぼそ》く ぞ成ニける平等院《べうどういん》の方より雷電頻《らいてんしきり》にして身の毛《け》よたつ計也大将軍《たいしやうぐん》[7]泰時《やすとき》ばかりぞ少も恐《おそ》るゝけしき[8]なしあはれ大将やとみえし平等院《べうどういん》にかけ入て覚束《おほつか》なき間来《きたり》たりと[9]のたまへば足利《あしかゞ》[10]も駿河次郎[11]も手を合てぞ[12]悦《よろこ》びける[13]京方無勢《ぶせい》とみえしかば泰《はだ》ノ新兵衛入道馬もなし下人もなく手づから（」17オ）旗《はた》さして大将山田次郎御前に進《すゝみ》出て兵《つはもの》共少々向《むかひ》へわたし敵《てき》打はらひ平等院《べうどういん》ニ陣《ちん》をとるならば志《こゝろざし》ある者共などか御方《みかた》ニ[14]参《まい》らさるべきと申それは可《べし》レ然《しかる》とて下知《げぢ》すれとも惟吉《これよし》光定《みつさた》[15]弘経《ひろつね》高重《たかしげ》など兵衛入道を頼《たのみ》て軍《いくさ》すべきにあらずとて領掌《りやうじやう》せす十四日卯《う》ノ一点《てん》ニ足利武蔵前司《あしかゝむさしのぜんじ》駿河次郎と名乗《なのり》て又橋爪《はしつめ》ニ[16]よせて引退《ひきしりぞ》く関《せき》左衛門入道若狭兵衛入道指間《さしま》四郎布施《ふせ》中務相馬《そうま》五郎加地《かぢ》権次郎塩屋《しほや》民部同左衛門新関《しんせき》兵衛長江《なかえ》四郎（」17ウ）をしよせて射《い》

一底本「兵ともを゛」とあり、濁点の位置を訂正。

1降—東・天「ふり」 2向参—東・天「まはり」 3催しかねて—東・天「催してかねて」 4泰時—天「泰村」、東は「村」をミセケチし「時」 5ず—東・天「す十八万騎」 6をも—東・天「を」 7泰時—天「泰村」、東は「村」をミセケチし「時」 8なし—東・天「なく」 9のたまへば—東・天「宣ひけれは」 10も—東・天、脱 11も—東・天、脱 12悦び—天「祝」、東は「祝」をミセケチし「悦」 13京方—東・天「京方に」 14参ら—東・天「つか」 15弘経—東・天「弘綱」 16よせて—東、脱

伏《ふせ》らる其中に[1]秦野《はだの》五郎馬手《めて》の眼《まなこ》射《い》ぬかれて矢《や》を立ながら大将《たいしやう》の御前《まへ》にぞ参《まいり》たる杭瀬《きせ》川の額《ひたい》の疵《きず》だにも神妙《しんびやう》なるに[2]誠《まこと》ニ有難《ありかた》し鎌倉権《かまくらごん》五郎再誕《さいたん》かと誉《ほめ》[3]給《たまふ》勲功《くんこう》は[4]泰時《やすとき》証人《せうにん》なれば疑《うたかひ》なしとぞ宣《のたまひ》ける高橋《たかはし》大九郎宮寺《みやてら》三郎角田《すみた》左近[5]末名《すゑな》右馬助高井《たかい》小五郎大鷹《たか》小五郎かけ出面々《めん〳〵》ニ手負《ておひ》て帰《かへり》[6]けり塩屋《しほや》ノ[7]右近家朝《いへとも》と名乗《なのつ》て山法《ぼう》師《し》共散々《さん〳〵》ニ射《い》る左近足《あし》を橋桁《はしけた》に射《い》付られ[8]にけりあな口おしとて子《こ》の（」18オ）六郎矢面《やおもて》ニたゝかふ間に矢《や》ヲぬかんと[9]すれとも抜《ぬけ》ず太刀にて矢《や》の立たる足《あし》を二ニ切《きり》わりて引[10]ぬく肩《かた》に引かけて退《のき》にけるを人々感《かん》しける成田《なりた》ノ兵衛是も手負《ておひ》て引退《しりぞ》く山僧覚心《さんそうかくしん》円応橋《ゑんわうはし》の上にて長刀振《なきなたふり》まはしてぞ挙動《ふるまひ》けるあれ射《い》よと訇《のゝしり》けり円応足《ゑんわうあし》を橋《はし》ニ射付《いつけ》られて抜《ぬけ》ざりければ長刀《なきなた》にて足頸《あしくび》よりふつと打切て弥《いよ〳〵》鳥《とり》のごとくニ翔《かけ》りて狂《くるひ》けり武蔵守安《あん》東《とう》兵衛を使《つかひ》として橋《はし》の上の軍《いくさ》やめられ候へかやうならば日数《ひかず》を（」18ウ）送《をく》るとも勝負《せうぶ》有[11]べからずと被レ仰ければ罷向《まかりむかひ》て大将《たいしやう》の仰《おほせ》也とさけべども雨は降《ふる》川音《をと》打物のをと一方《かた》ならざりければ聞《きゝ》も入ず安東《あんどう》も乱入《みたれ》てぞたゝかひける武蔵守[12]御覧《らん》して結句《けつく》安東も軍《いくさ》するごさんなれとぞ咲《わらひ》給ける平六兵衛と云者を[13]以《もつ》て重《かさね》て使《つかひ》[14]を立られてわ君《きみ》も二の振舞《ふるまひ》[15]するなといはれて手《て》をたゝきて制《せい》すれども耳《みゝ》ニ聞《きゝ》入る者《もの》[16]なし平六兵衛力及《ちからをよ》はずして帰《かへり》にけり佐々木平三郎盛綱《もりつな》鎧《よろひ》をは脱《ぬき》をきて小具《こく》（」19オ）

1秦野─東・天「泰野」　2誠ニ─東「寔」・天「誠」　3給─東・天「給ひて」　4泰時─東・天「泰村」　5末名─東・天「末馬」　6けり─東「ける」　7右近─東・天「左近」　8にけり─東・天「て立けり」　9すれとも─東・天「するに」　10ぬく─東・天「ぬき」　11べからず─東・天「へからす候」　12御覧し─東・天「見給ひ」　13以て─東・天、脱　14を─東・天「に」　15するな─東・天「すな」　16なし─東・天「なしいよ〳〵乱合て戦ふ」

足《そく》ばかりにて軍《いくさ》をば誰《たれ》を守《まも》りてし給ふぞ橋《はし》の上[1]の軍《いくさ》御禁《いましめ》[2]候也此後《のち》軍《いくさ》せん人は大将《たいしやう》の御命《めい》を背《そむ》かるゝ[3]人は敵《てき》也かう申は佐々木盛綱《もりつな》也と申て帰《かへり》りければ其後しづまりけり

宇治《うぢ》川先陣《せんぢん》

武蔵守陸奥ノ住人《ぢうにん》芝田《しはた》橘《きち》六兼吉《かねよし》をめして軍《いくさ》は止《やみ》つ河《カハ》をわたさんと思ふぞと[4]仰ければ兼吉《かねよし》畏《かしこまつ》て承《うけたまは》り先《まつ》瀬《せ》踏《ぶみ》仕て見候はんとて河を[5]みれば夜の雨ニ昨日の水より三尺五寸ましたり惣而《そうじて》[6]常《つね》よりも（」19ウ）一丈《でう》三尺ぞまさりける兼吉《かねよし》いかゝ思ひけん検見《けんみ》を給て瀬《せ》ぶみを仕らんと申ければ南条《なんでう》七郎時貞《ときさた》をさしつかはさる刀《ちから》をくはへてわたりけるが安《やす》キ所をも大事がほニわたりけり槇島《まきのしま》ニあがりてあなたをみれば[7]安《やす》けなりわたるに不レ及とて帰《かへり》参りけり武蔵守よろこび給て打立給ふ佐々木四郎左衛門思ひけるは此[8]芝田《しばた》そゝめき申こそあやしけれ此川の先陣せんとするごさめれ此川ヲは代々[9]我家《わかいへ》ニわたしたるを今度《ど》人にわたされんこそ口（」20オ）おしけれ信綱《のぶつな》是を知《しり》ながら生《いき》ても何かせんと兼吉《かねよし》うち[10]出ければ佐々木馬ニ打乗《のつ》て芝田《しばた》が馬ニ我馬の頭する程に[11]歩せ行安東《あんどう》兵衛も心得《こゝろへ》打双《なら》へ佐々木ニつれて打出る信綱《つぶつな》芝田《しはた》ニ爰《こゝ》は

1上の―東・天、脱　2候―東・天、脱　3人―東・天「上」　4仰ければ―東・天「仰られければ」　5みれば―東「みわは」　6常―東・天「道」　7安けなり―東・天「安けなし」　8芝田―東・天「芝田か」　9我家ニ―東・天「我家の」　10出―東・天、脱　11に―東・天、脱

瀬《せ》かとぞ問ける橘《きち》六打わらひて御辺《へん》こそ[1]近江の人にておはすれば河の案内《あんない》をば知《しめ》給はめと云ければ信綱《のぶつな》ことはり也幼少《ようせう》より坂東《ばんどう》ニ有て此川案内《あんない》をしらずと申せば其後兼吉《かねよし》をともせず爰《こゝ》こそとて川の中へ打入る水浪高《みつなみたか》くして兼吉《かねよし》が馬ためらふ所ニ（」20ウ）佐々木は二位殿より給りたる坂東《ばんどう》一の名馬《めいば》に[2]鞭《むち》も砕《くだ》けよと打て近江国ノ住人《ぢうにん》佐々木四郎左衛門源信綱《のぶつな》十九万騎が一番《ばん》かけて此川に命《いのち》をすて名《な》を後代《こうたい》ニ留《とゝむ》るぞとおめいて打出す[3]兼吉《かねよし》が馬も是ニつれて泳《およが》せけり是を見て安東兵衛も[4]打入けり兼吉《かねよし》が馬川中より三段《だん》ばかりぞさがりける信綱《のぶつな》むかひへする〳〵とわたして打上てぞ[5]名乗《なのり》ける兼吉《かねよし》いくほどなく打上て名のる佐々木が嫡子《ちやくし》十五に成ははだか[6]に成て父《ちゝ》が馬《むま》の前に立て瀬ぶみ（」21オ）しけるが敵向《てきむかひ》より雨の[7]ことく射《い》る間裸《はたか》にて叶はすして取《とつ》て帰《かへ》りけり二番《はん》ニ打入輩《ともがら》は佐々木与一中山五郎溝《みぞ》次郎臼井《うすい》四郎横溝《よこみぞ》五郎秋庭《あいば》三郎白井《しらゐ》太郎多胡《たこ》宗内七騎打揚《あか》る三番ニ小笠原四郎宇都宮四郎佐々木右衛門太郎河野《かはの》九郎玉井《たまのゐ》四郎四宮右馬允長江《なかえ》与一大山次郎勅使河原《てしかはら》次郎是も相違《さうい》なく打あぐる安東《あんどう》兵衛渡瀬《わたりぜ》ニ臨《のぞん》て見けるが味方《みかた》は多《おほ》く[8]わたしけり下り頭《かしら》にて渡瀬《わたりせ》も遠《とを》し[9]二段《たん》ばかり[10]下少せばみにさしのぞき爰《こゝ》のせばみ[11]渡《わた》ス（」21ウ）ならば直《すぐ》にてよかりなんと三十騎ばかり打入けるが一目《め》もみえす失《うせ》にけり川のせばきをみ

1近江の人―東・天「近江の国の人」　2鞭―天「ふち」　3出す―東・天「渡す」　4も―東・天「は」　5ぞ―東・天、脱　6に成て―東・天「にて」　7ことく―東・天「ことくに」　8わたし―東・天「落し」　9二段―東・天「三段」　10下―東・天、脱　11渡ス―東・天「渡」

て安東かわたしければ前陣《せんぢん》の失《うす》るをもしらず大勢《せい》打入けり阿保《あほ》刑部真光《さねみつ》塩屋《しほや》民部
家綱《いへつな》今年八十四おしから[1]ぬ命かなとて打入けり一目もみえす失《うせ》にけり関左衛門入
道指間《さしま》四郎小野寺中務若狭兵衛入道是も又共みえず此中ニ指間四郎[2]は馬もつよし
死まじかりけるを帯刀関入道弓手《ゆんで》の袖《そで》に取《とり》つくとみえしが二人ながらみえす四番
ニ[3]布施《ふせ》ノ左衛門（」22オ）次郎大山弥藤太秋田城四郎諏方《すは》刑部四郎山内弥五郎高田《たかた》小
次郎成田《なりた》兵衛神崎《かうさき》八郎品川《しなかは》次郎相馬《そうま》三郎子《こ》共三人志村《しむら》弥三郎豊島《てしま》弥太郎物居《ものゐ》次郎
志田《しだ》小二郎佐野《さの》八郎同小二郎渋谷《しぶや》平三郎已下《いげ》二千余騎こゑ〳〵に名乗《なのつ》てわたしけ
るが一騎もみえず失《うせ》にけり五番ニ平塚《ひらつか》[4]小太郎春日《かすが》太郎長江小四郎飯田《いゝた》左近将監
塩屋《しほや》四郎土肥《とい》三郎島《しま》平三郎同四郎太郎同五郎平左近次郎都合五百余騎打入て二目
ともみえず六番ニ佐目島《さめしま》小次郎（」22ウ）対馬《つしま》左衛門次郎大河戸小四郎金子《かねこ》与一同
小太郎讃岐左衛門太郎井原六郎飯高《いゝたか》六郎斎藤左近今泉《いまいづみ》七郎岡部《をかべ》六郎糟屋《かすや》太郎飯島《いゝしま》
三郎備前房《ばう》三百余騎も沈《しづ》ミけり[5]七番[6]荻野《おきの》太郎小田橘《きち》六宮七郎[7]岡部野《をかへの》藤太　城介《じやうのすけ》三
郎石田左近飯沼《いゝぬま》三郎　桜井《さくらゐ》次郎猿沢《さるさは》次郎春日《かすか》次郎子二人石川三郎都合八百騎わた
しけるも又[8]共みえず失《うせ》にけり武蔵守此を[9]御覧《らん》して[10]泰時《やすとき》が運已《うんすで》ニ尽《つき》にけり帝王《ていわう》ニ弓《ゆみ》を
[11]挽《ひく》故也此上は生ても有べからすと（」23オ）手綱《たつな》かいくり馳入《はせいれ》んとし給所に信濃国ノ

1ぬ—東・天「さる」　2は—東・天、脱　3布施—東・天「布絶」　4小太郎—東・天「小次郎」　5七番—東・天「七番に」　6荻野—東・天「萩野」　7岡部野—東「岡部」　8共—東・天「も」　9御覧して—東・天「見給ひて」　10泰時—天「泰村」　11挽—東・天「引奉る」

住人《ぢうにん》春日《かすが》刑部三郎と云者子《ものこ》ども二人は前《まへ》に流《なかれ》て死《し》ぬ我身も失《うす》べかり[1]つるを弓《ゆみ》をさし出したるに取付《とりつき》て助《たすか》り二人のことを思て泣《なき》ゐたりけるが武蔵守殿既《すて》ニ河に打入給ふと見てあな心うや[2]とて走《はしり》より轡《くつはみ》ニ取付《とりつき》てこはいかなる御事候ぞ味方《みかた》の軍兵《ぐんびやう》今川に沈《しつむ》といへども三千騎の内外《うちと》也十が一たにも失《うせ》ざるに大将《たいしやう》命《いのち》をすて給事や候べき人こそ多《おほく》候へども大夫殿たのむと仰[3]候つる物を若《もし》此大勢《ぜい》を（」23ウ）置《をき》ながら此ノ[4]悪所《あくしよ》に打入て[5]みす〳〵死《し》なせ給はん事[6]誠《まこと》ニ口おしかりぬべし幾《いく》千万の勢《せい》候共君《きみ》死《し》なせ給はゞみな京方ニ付候なん是還而《かへつて》御不覚《ふかく》也さこそ心細《ぼそ》き人候らめ共君の御旗《はた》を守《まも》りてこそ候らめと馬の口に取付《とりつく》をみて武蔵守の者共一二千[7]騎前《まへ》ニ馳《はせ》[一]ふさがりてひかへたり義時《よしとき》此事後《のち》ニ聞給て春日《かすか》刑部子《こ》共二人失《うする》のみならず泰時《やすとき》が命《いのち》を継《つぎ》たる物なれば今度の第《だい》一の奉公《ほうこう》の者なりとて上野国七千余町給けり武蔵守（」24オ）泰時《やすとき》の子息《しそく》小太郎時氏《ときうぢ》父《ち、》[8]わたらんとするが人に留《とめ》らるゝと見て川に打いれんとするを安房国住人《ぢうにん》佐久目《さくめ》太郎[二]家盛《いへもり》と名乗《なのつ》て[9]轡《くつはみ》ニむずと取付《とりつく》大力《たいりき》の者《もの》なれは馬も主《ぬし》も[10]動《うこか》さず大夫《たゆふ》殿人こそ多《おほく》候へども見はなち申なと仰[11]候しと申ければ太郎殿腹《はら》をたて何条去《なんでうさる》事有べき親《おや》のひかへ[12]給へるだに口おしきに二人此川をわたさず[13]は坂東《ばんどう》の者誰《たれ》を見て渡《わた》すべきぞにくい奴《やつ》かなとて鞭《むち》を以《もつ》て佐久目《さくめ》がつら取付《とりつき》たるうでを

一 底本「ふざかりて」とあり。濁点の位置を訂正。
二 「国」をミセケチして、右に「家《いへ》」と傍記。

1つる—東・天「ける」 2とて—天「とく」、ただし「く」の右に「て」と傍記 3候—東、脱 4悪所—東・天「大悪所」 5みす〳〵—東「皆々」・天「皆〳〵」 6誠ニ—東・天「誠」 7騎—東「余騎」 8わたら—東・天「わたさ」 9轡—東・天「馬のくつはみ」 10動さず—東・天「はたらかす」 11候—東「られ」 12給へる—東・天「給ふ」 13は—東・天「しては」

一「は」の後に補入記号「○」あり。右に「打レティ」と傍記。
二「武」の字を重ねて記す。下の字、判読不能。

1まじき—東・天「まし」 2者—東・天「殿原」 3泰時—天「泰村」 4泰村—天「泰時」、東は「時」をミセケチし「村」 5は—東、脱 6て—東・天、脱 7也けれ—東・天「なれ」 8下ニ—東・天「下」 9小河—東・天「大河」 10武武—東・天「武蔵守」 11たれば—東・天「たて」 12けり—東「ける」 13野前—東・天「の」

打給ひけり家盛《いへもり》（」24ウ）さかしき殿の気色《けしき》かなゆるす[1]まじきとて指《さし》つめたり弥《いよ〳〵》腹《はら》を立《たて》打給へは家盛《いへもり》わ殿《わとの》のことを思奉てこそすれさらばいかに成はて給はん共心よとて馬の尻《しり》をはたとうつ何かたまるべき河に打入けり佐久目かいなは[一]打れていたけれ共見すつるに及はずつゞくぞよとて打入る万年九郎秀行《ひでゆき》同ク参候とて打入けり相模国ノ住人加賀輪《かかわ》三郎生年《しやうねん》十六歳《さい》と名乗《なのつ》て打入ル武蔵守是を見て太郎うたすな武蔵相模の[2]者共はなきか〳〵と宣《のたま》へば一騎も（」25オ）のこらず打入けり廿万六千余騎《き》こゑ〳〵ニ名乗てわたしけり一騎も不レ沈《しづま》向《むかひ》の岸《きし》ニ打あがる駿河次郎泰村《やすむら》是をみて今までさがりけるこそくちおしけれとて小川右衛門取付《とりつき》てしめしけれ共わたすを[3]泰時《やすとき》使者《ししや》を立《たて》て是ニこそ候へ是へわたり候へと宣《のたま》へば[4]泰村《やすむら》も一所《しよ》にひかへけり足利《あしかゝ》殿も一所ニ御入候へと申されければ家子郎等《いへのこらうどう》[5]はみな河へ打入させて是もひかへてぞおはしける加賀輪《かかわ》三郎向《むかひ》にはせ付て敵《てき》にをし双《ならへ》[6]て組《くん》て（」25ウ）落《おち》ニけり十六歳《さい》の者[7]也けれは[8]下ニなる加賀輪が下人上《げにんうへ》なる敵《てき》の首《くび》をとる[9]小河次郎あら手也かけよと[10]武[二]武太郎ニいはれて真先懸《まつさきかけ》て戦《たゝかひ》けり余《あまり》ニ乱《みだれ》あひて敵《てき》も味方《みかた》も見えずと云ければ御方は川をわたり[11]たれば濡《ヌレ》たるをしるしにせよと武蔵太郎に下知《げぢ》せられて落合《おちあひ》々々組《くん》たり[12]けり京方《がた》の大将《たいしやう》佐々木[13]野前中納言甲斐《かい》ノ宰相中将を始《はしめ》として

一騎もひかへず落に[1]けり右衛門佐武士《ぶし》ニは佐々木右衛門筑後六郎左衛門糟屋《かすや》四（一26オ）郎左衛門[2]荻野《おきの》[3]四郎同弥次郎左衛門ばかり也武蔵太郎中将の甲《かぶと》のはちを射《い》払《はらつ》て後《うしろ》の頸《くび》に射立《いたて》たりうす手なれば逃《にげ》のぶ又京方右衛門佐朝俊《ともとし》させる弓矢《ゆみや》[4]取《とつ》て朝家《ともいへ》ニ忠《ちう》を致《いた》すべき身にもあらぬが望《のぞみ》申て向《むかひ》けり大勢《せい》ニ向《むかつ》て朝俊《ともとし》と名乗《なのつ》てかけ[5]られば取《とり》こめて討《うつ》てけり仕出したる事はなけれども申し詞《ことば》ひるかへさずして打死《うちしに》しけるこそ哀《あはれ》なれ[6]次《つぎ》ニ筑後太郎左衛門有仲敵《ありなかてき》の中をかけ分て落《おつ》[7]次ニ[8]荻野《おきの》次郎落《おち》（一26ウ）行《ゆく》を渋江《しぶゑ》平三郎をし双《ならへ》て組《くん》て落《おち》[9]荻野《おきの》が頸《くび》をとる[10]次ニ[11]中条《ちうでう》二郎左衛門落行[12]を陸奥住人宮《ぢうにんみや》城《き》野小次郎生年《しやうねん》十六歳《さい》と名乗《なのつ》て[13]次郎左衛門ヵ[14]乗替打《うつ》てかゝる宮城野《みやきの》今はかうと思ひける処ニ御方三百騎ばかり馳《はせ》けるがいかなる者が矢《や》とはしらす耳《みゝ》の根《ね》を射《い》ぬく其間ニ宮城野次郎左衛門が頸《くび》[15]をとる小河太郎京方より[16]も[17]出来《いてきた》るよき敵《てき》[18]を目[19]にかけ組《くま》んとする所[20]に敵太刀《てきたち》を[21]ぬき打《うち》に目くれて組《くん》て落《おつ》おきあがりて（一27オ）みれば我身組《くん》たる敵《てき》の首《くひ》[22]はなし[23]いかなる者なれば人の組《くみ》たる敵《てき》の首取《くびとり》たるぞと呼《よはゝり》りければ武蔵守殿の手《て》の者伊豆国住人平馬《ぢうにんへいま》太郎ぞかしわ殿《わとの》はたそ駿河次郎の手の者小川太郎経村《つねむら》といひければさらはとて返《かへ》す小河是を請《うけ》とらず後《のち》に此よし申ければ平馬僻事《へいまひがこと》也小河高名《かうみやう》にぞ成にける山城太郎左衛門かけ廻《まはり》くるを佐々

1けり―東・天「けり卿上には」 2荻野―東・天「萩野」 3四郎―東・天「次郎」 4取て―東・天「とて」 5られ―東・天「けれ」 6次ニ―東・天「次」 7次ニ―東・天「次」 8荻野―東・天「萩野」 9荻野―東・天「萩野」 10「次ニ」―東・天「次」 11中条―東・天「野」 12を―東・天、脱 13次郎左衛門―東、脱 14乗替―東・天「名替」 15を―東・天、脱 16も―東・天、脱 17出来る―東・天「出来」 18を―東・天「と」 19に―東・天「を」 20所―東・天、脱 21ぬき―東・天「ぬきて」 22は―東・天「は人取て」 23いかなる者なれば人の組たる敵の首取たるぞと呼りければ武蔵守殿の手の者伊豆国住人平馬太郎ぞかしわ殿はたそ駿河次郎の手の者小川太郎経村といひければさらはとて返す小河是を請とらず後に此よし申ければ平馬僻事也小河高名にぞ成にける―東・天、脱木四郎左衛門が手《て》ニ取《とり》こめて生《いけ》とる坂東方《ばんとうがた》の兵《つはもの》共深草《ふかくさ》伏見《ふしみ》岡《をか》ノ屋《や》久我《こか》醍醐《だいご》日野《ひの》勧《くは》修《じゆ》寺《し》吉田《よしだ》東山《ひかしやま》北山《きたやま》東寺《とうじ》[1]（一27ウ）[2]四塚《よつツカ》馳散《はせち》リ々々《〱》或《あるひ》ハ一二万騎或ハ四五千騎旗《はた》の足《あし》を翻《ひるがへ》へして乱入《らんにう》す三公卿《かうけい》相《しやう》[3]北ノ政所《きたのまんどころ》女房局《にようばうつぼね》雲客《うんかく》青女《せいじよ》官女《くはんしよ》青侍《あをさふらひ》遊女《ゆうじよ》以下《いげ》ニ至《いた》るまで声《こゑ》を立《たて》ておめきさけび立まよふ天地開闢《てんちかいひやく》より王城《わうじやう》洛中《らくちう》のかゝる事いかでか有し彼保元《かのほうげん》のむかし[4]又平家《へいけ》の都《みやこ》を落《おち》しも是ほど[5]にはなかりけり名《な》をもおしみ家《いへ》をもおもふ重代《ぢうだい》の者共は[6]此彼《こゝかしこ》ニ大将《たいしやう》ニさしつかはされて或《あるひ》は討《うた》れ或は[7]からめとらる其外は青侍《あをさふらひ》町冠者原《くはんじやばら》むかひつぶて印地《いんぢ》などいふもの也いつ馬にも（一28オ）のり軍《いくさ》したるすべもしらぬ者共が或《あるひ》は勅命《ちよくめい》ニ駈催《かりもよほ》され或は見物《けんぶつ》の為《ため》に[8]出来《いてきた》る輩《ともがら》共坂東《ばんとう》の兵《つはもの》ニ[9]追《をひ》つめられたる有様《さま》[10]は唯《たゝ》鷹《たか》の前《まへ》の小鳥《ことり》のことし射殺《いころ》し切《きり》ころし首《くび》をとる事[11]若干《そくばく》[12]なり坂東《ばんとう》の兵《つはもの》首《くび》一づゝとらぬ物こそなかりけれ大将軍《たいしやうくん》武蔵守[13]足利《あしかゝ》殿駿河次郎は舟《ふね》にてをしわたる信濃国ノ住人《ぢうにん》浦野《うらの》次郎宇治橋《うぢはし》の北《きた》の在家《ざいけ》ニ火《ひ》をかけゝり其煙《けふり》天《てん》ニ映《わう》じて夥《おびたゝ》し淀《よど》一口《いもあらひ》広瀬《ひろせ》其外の渡々《どゝ》ニ是を見て一師《ひといくさ》もせずみな落に（一28ウ）けり駿河守毛利《もり》入道遠山左衛門は或《あるひ》は舟《ふね》にのり或ハ桴《いかだ》を組《くん》てをしわたる鳥羽《とば》の高畠《たかはたけ》ニ陣《ぢん》をとる宇治橋《うぢはし》の川端《かはばた》に切《きり》かけたる頸《くび》七百三十也是を実検《じつけん》して武蔵守嫡《ちやく》子《し》時氏《ときうぢ》有時《ありとき》などしたしき人々僅《わづか》ニ五十余騎にて上河原《かみかはら》と云所に陣《ぢん》を取《とる》夜《よ》ニ入て武蔵

1東寺—東、脱　2四塚—東・天「四辻」　3北ノ政所女房局雲客青女官女青侍遊女以下ニ至るまで声を立て—東・天、脱　4又—東・天、脱　5には—東・天「は」　6此彼ニ—東・天「爰かしこの」　7からめとらる—東・天「からめらる」　8出来る—東・天「出来」　9追つめ—東・天「追め」　10は—東・天、脱　11事—東・天、脱　12なり—東・天、脱　13足利殿駿河次郎—東・天「駿河次郎足利殿」

一「ぬ」と「と」の間に補入記号「〇」あり、右に「ヘキ身イ」と傍記。

1義村―東・天「泰村」 2みな―東・天、脱 3本山々々―東・天「東山」 4刻ニ―東・天「刻」 5ぬへき―東・天「へき」 6けれ―東・天「たれ」 7中々―東・天、脱 8つる―東「たる事の」・天「つる事の」 9馳向―東「馳合」・天「馳入」

守是《これ》ニこそと駿河守のもとへ使《つかひ》を立て申されければ[1]義村子《よしむらこ》二三人打具《うちぐ》して武蔵守の陣《ぢん》ニ加《クワ》はりけり瀬多《せた》宇治《うぢ》水尾《みお》カ崎《さき》落ぬときこえしかば一人も軍《いくさ》する者なく[2]みな落失にけり南都北嶺《なんとほくれい》(」29オ)の大衆《だいしゆ》も落行《おちゆき》けり当日大衆高声《たうにちだいしゆかうしやう》ニ念仏《ねんぶつ》申て哀《あはれ》なりける王法《わうぼう》かなと高《たか》らかに口ずさひ泣々《なく〳〵》[3]本山々々《ほんざん〳〵》ニ帰《かへり》けり京方能登守平九郎判官《はうぐはん》下総前《ぜん》司少輔《じせうゆう》入道所々《しよ〳〵》の軍《いくさ》ニ負《まけ》て都《みやこ》ニ帰入《かへりいる》山田次郎も同《おなしく》京へ入同十五日卯《う》ノ[4]刻《こく》ニ四辻《つじ》殿ニ参りて秀康胤義盛綱重忠《ひでやすたねよしもりつなしげたゞ》こそ最後《ざいご》の御供《とも》仕候はんとて参《まいり》候へと申一院《いん》いかに成ぬ[5]へき身とも思食《おほしめさ》れぬ所へ四人参り[6]ければ弥《いよ〳〵》さはがせ給て我は武士《ぶし》向《むか》はゞ手《て》を合て命《いのち》ばかりをは乞《こは》んとおぼしめせども(」29ウ)汝等《なんぢら》参籠《まいりこもつ》て防戦《ふせきたゝかふ》ならば中々《なか〳〵》悪《あし》かりなん何方《いづかた》へも落行《おちゆき》候へさしもの奉公空《ほうこうむなし》くなしつるこそ不便《ふびん》なれども今は力《ちから》及はず御所の近隣《きんりん》に在《ある》べからずと仰出されければ各《をの〳〵》心《こゝろ》のうちニ云も[7]中々をろか也山田ノ次郎ばかりこそされば何せんニ参けむ叶《かな》はぬ物故一足《ひとあし》も引つるこそ口おしけれとて大音声《だいおんじやう》を上《あけ》て門をたゝき日本一《につほんいち》の不覚《ふかく》人をしらずしてうきしづみ[8]つる口おしさよと詈《のゝしつ》て通《とを》るぞかひもなき各《をの〳〵》云《いひ》けるは今は二ッなし大勢《ぜい》ニ(」30オ)[9]馳向《はせむかひ》てたゝかひて若死《もしし》なれぬ物ならは自害《しがい》するより外《ほか》は別《へち》の義《ぎ》なしと申ければ各《をの〳〵》此義《き》ニ同《だう》ずとて又取《とつ》て返《かへ》す四人の勢三十騎ばかり也平九郎判官申けるは同は

宇治《うぢ》の大手ニ向《むかふ》べきを宇治勢多《うぢせた》大勢《せい》ニ隔《へた》てられては雑兵《ざうひやう》にこそあはんずれ是より西《にし》東寺《とうじ》はよき城郭《じやうくはく》也爰《こゝ》ニ楯籠《たてこも》らばや駿河守は淀《よど》の手《て》なれば東寺《とうじ》をとをらんずるによき軍《いくさ》して死《し》なんと思ふぞと云ければ又此義《ぎ》しかるべしとて東寺《とうじ》ニはせ付内院《ないいん》には（」30ウ）不《ず》レ入《いら》惣門《そうもん》の外《ほか》[1]釘貫《くぎぬき》の内《うち》に陣《ぢん》を取高畠《とるたかはたけ》ニひかへたる三浦ノ早原《はやはら》次郎兵衛尉甥《おい》又太郎天野《あまの》左衛門酒井《さかゐ》平次郎兵衛尉角田《すみた》太郎同弥《や》平三など聞《きこ》ゆる者共三百余騎おめいてかく其中に早原《はやはら》次郎天野左衛門は平九郎判官と見て眼前親類《がんぜんしんるい》なりければ扣《ひかへ》てかゝら[2]ざりけり早原《はやはら》太郎子細《しさい》をはしらず父《ちゝ》ひかへたるを心ちあしくや思けん名乗《なのり》てをしよせたり胤義《たねよし》云けるはさこそ公《ヲヽヤケ》の軍《いくさ》と云ながら太郎[3]無礼《ぶれい》也景義《かげよし》もらす（」31オ）なとて高《たか》井を始《はしめ》として中ニ取《とり》こめられて馬手《めて》の田中へかけおとされけり馳《はしり》あがらんとする所に弓手《ゆんて》馬手《めて》より攻《せめ》ければ馬より落《おち》かちに成てぞ戦《たゝかひ》ける景義《かけよし》カ甥《おい》平兵衛嫡子《ちやくし》兵衛太郎角田《すみた》兄弟《けうたい》命《いのち》をすてゝ景義《かけよし》を後《うしろ》ロにをしなし戦《たゝかひ》けり不《ず》レ叶《かなは》して胤義《たねよし》引返《かへ》す是を始《はしめ》として関東《くはんとう》の勢《せい》一面《めん》におめいてかく作道《つくりみち》を我先《さき》にと押《をし》よせければ秀康盛綱《ひてやすもりつな》いかゞ思ひけむ矢《や》一ッも射《い》ず北《きた》をさして落行《おちゆく》ク山田次郎ばかりぞ防箭《ふせきや》（」31ウ）少々《せう〳〵》射《い》てそれもあと目ニつけて落行《おちゆき》けり今は平九郎判官ばかり也胤義《たねよし》は東寺《とうじ》を墓所《はかところ》と定《さだめ》ければ自余《じよ》の者それは落《おち》も失《うせ》よ一足《あし》も退《の》くまじとて入替《いれかへ》

1釘貫―東・天「針貫」　2ざりけり―東・天「す弓矢取ものも礼儀はかくそ有へきに」　3無礼也―東「無礼儀もの哉」・天「無礼成もの哉」

たゝかひけりされ共大勢《せい》[1]しこみければ心《こゝろ》は武《たけ》く思へ共慭《なまじい》ニ一切《キレ》にも死終《しにはて》ず東《ひがし》を指《さし》て落行《おちゆき》けり角田《すみた》平二資親《すけちか》すくやか者也胤義《たねよし》ニ目をかけてをし双《なら》べて組《くま》んとしけるが資親《すけちか》叶《かな》はしとや思《おもひ》けむ胤義《たねよし》がめのとご[2]上畠《うははたけ》はせ通《とを》りけるに組《くん》て落《おち》[3]にけり資親《すけちか》が乗替落合《おちあひ》て頸《くび》をとる（」32オ）胤義《たねよし》是をしらずして弥太郎兵衛唯三四騎ニ成て東山《ひがしやま》を志《こゝろざし》て落行次郎兵衛高井《たかゐ》兵衛太郎是も東《ひかし》へ落《おち》けるが六波羅《はら》の蓮華王院《れんけわういん》ニ馳入《はしりいり》小竹《こたけ》の中にて[4]二人念仏唱《ねんぶつとな》へてさしちがへて失《うせ》にけり胤義《たねよし》[5]は志《こゝろざし》つる東《ひかし》山[6]へはせ入て物具《ものゝぐ》ぬぎすてゝ慰《なくさみ》けり十五日巳《み》ノ[7]刻《こく》泰時《やすとき》雲霞《うんか》のことくの勢《せい》にて上河原《かみかはら》より打立《うつたつ》四辻《つじ》殿の院《いんの》御所へよすと聞えけり一院《いん》東西《とうさい》を[8]うしなひ給ふ月卿雲客前後《けつけいうんかくぜんご》を忘《わす》れてあはてさはぐ責《せめ》ての御ことに院宣《いんぜん》[9]を泰時《やすとき》に（」32ウ）遣《つか》はされ[10]けり

[11]秀康《ひでやす》ノ朝臣《あそん》胤義《たねよし》已下《いげ》徒《と》党《たう》可《べき》レ令《せしむ》二追討《ついはつ》一之由《のよし》宣下《せんげ》既《すで》ニ畢《おはりぬ》又《また》停《てうじゝ》二止先《さき》ノ宣旨《せんじ》一ヲ[12]解却《けきやく》ノ輩《ともがら》可《べき》レノ[13]令《せしむ》二還住《げんぢう》一之由《よし》同《おなしく》被《せられ》二レ宣下《せんげ》一訖《おはんぬ》凡《およそ》ソ天下《てんか》ノ[14]之事《こと》於《おいて》二于今《いま》一ニ者《は》雖《いへども》レ不《ずと》レ及《をよば》二御《ご》口入《かうじゆ》一ニ御存知《ごぞんぢ》ノ趣《おもむき》[15]争《いかでか》不《ざらん》二仰知《おほせしらせ》一乎《や》就《つき》二凶徒《けうと》ノ[16]浮言《ふげん》一ニ既《すで》ニ及《をよぶ》二此御沙汰《このごさた》一ニ後悔《こうくはい》不《ず》レ能《あたは》二左右《さゆう》一ニ但天《たゝしてん》[17]笑《せう》ノ之時《とき》至《いたる》歟《か》抑《そも〳〵》亦悪魔《またあくま》ノ[18]之結構《けつこう》歟《か》誠《まこと》ニ勿論《もちろん》之《の》次第《しだい》也《なり》於《おいて》二[19]自今以後《じこんいご》一ニ者《は》携《たつさはる》二武勇《ぶゆう》一ニ輩《ともがら》者《は》不《からず》レ可《べ》二召仕《めしつか》一ハル又《また》[20]不《ず》レ稟《うけ》レ家《いへを》好《このむ》二武芸《ぶけい》一を者《は》永《なかく》ク[21]可《べき》レ被《せらる》二停止《てうじ》一也如此故《なりことくのかくのゆへ》自然《しぜん》及《をよぶ》二御大事《だいじ》一由《よし》[22]有《ある》二

1しこみ—東・天「しらみ」 2上畠—東・天「三畠」 3にけり—東・天「けり」 4二人—東、脱 5は—東・天、脱 6へ—東・天「に」 7刻—東・天「時」 8うしなひ—東・天「うしなはせ」 9を—東、脱 10けり—東・天「けり其状云」 11以下の院宣、東・天、白文 12解却ノ輩—命都輩 13令—東・天、脱 14之—東・天、脱 15争—東・天「畢」 16浮言—東「浮」の右に「流」と傍記 17笑—東・天「災」 18之—東・天、脱 19自今—東・天「于今」 20不—東・天、脱 21可—東・天、脱 22有—東・天、脱

御（」33オ）覚知《かくち》一者《モノ》也悔《くひ》二先非《せんひ》一ヲ被《らるゝ》レ仰《おほせ》也御気色《みけしき》如《ごとし》レ此《かくの》仍《よって》執達《しったつ》如《ごとし》レ件《くたんの》

六月十五日　権中納言定高《さたたか》

武蔵守殿

諾《だく》こそ被《され》レ遊《あそは》けれ院宣《いんぜん》を召次《めしつぎ》にもたせて泰時《やすとき》ニ被《され》レ遣《つかは》たり詞《ことば》を以《もつ》ては申べき事あらば其より申さるべし御所中ニやがて発向《はんかう》せんこと人民《じんみん》の歎《なげき》后妃《こうひ》采女《さいじょ》の恐《おそ》れおそるゝ事の余《あまり》に不便《ふびん》ニ[1]思召《おほしめ》さるゝ也唯《たゝ》枉《まげ》てそれに候へと被レ仰けれは（」33ウ）泰時《やすとき》馬より下院《おりいん》の御使《つかひ》ニ対面《たいめん》して院宣《いんせん》を[2]披《ひらい》て見《み》て高《たか》き所《ところ》に巻納《まきおさ》め畏《かしこまつ》テ承《うけたまはり》候畢《おはんぬ》親《おや》にて候義時《よしとき》かへり承《うけたまはつ》て何とか申候はんずらん先泰時《まつやすとき》ニあてゝ院宣《いんぜん》[3]を[4]拝見《はいけん》候条《でう》忝《かたじけなく》存候此上ニ左右《さう》なく参候はんことも其恐《そのおそれ》候へば後斟《こうしん》を[5]知《し》リ罷《まかり》リ留《とゝまり》候とて伯父《はくぶ》相模守時房《ときふさ》ニ申合られければ左右《さう》ニ及《をよ》ばずとて六条の北南《きたみなみ》に陣《ちん》を取《とつ》て居《ゐ》給ふ大勢《せい》みな六波羅《はら》に打入けり胤義《たねよし》は東山《ひがしやま》にて自害《しがい》せんと思ひけるが便宜《びんぎ》あしかりければ（」34オ）太秦《うすまさ》ニ小児《せうに》[6]あり[7]其をかくし置《をき》ける所へ落行《おちゆく》かさきには又大勢《せい》入乱《いりみた》るゝと申ければ是ニ隠れ居て日をくらし太秦《うすまさ》に[8]向《むか》はんと[9]此島《しま》と云社《やしろ》の内ニかくれゐて車《くるま》[10]の傍《かたはら》に立《たつ》て女車《をんなくるま》のよし[11]にて木造《もくぞう》の人丸《ひとまる》をそのせたりける胤義《たねよし》が[12]日来《ひころ》の郎等《らうどう》に藤四郎入道と云者高野《かうや》ニこもりたるが軍《いくさ》をも見主《みしう》の[13]行衛《ゆくゑ》をもみんと都へ上りけるが爰《こゝ》を

1思召さるゝ―東・天「思召」　2披―東・天「聞」　3を―東・天、脱　4拝見―東・天「拝領」　5知リ―東・天「しらす」　6あり―東・天、脱　7其―東「其外」、ただし「外」は後筆か　8向はん―東・天「むかん」　9此島と云社―東・天「此比島の社」　10の―東・天「をは」　11にて―東・天「にして」　12日来―東・天「年来」　13行衛―東・天「行末」

通ル を[1]内より見て出合たれは藤四郎入道いかに[2]ともいはず涙《なみだ》をながす[3]さて何とし
てかうではわたらせ（」34ウ）給ぞと申ければ西山《にしやま》におさなき者共の有を[4]一《タビ》見
て自害《じがい》せんと思て行に敵《てき》已《すで》ニ乱入《みたれいる》ときく間《あいた》爰《こゝ》にて日をくらし夜にまきれて行んと
て休《やすむ》なりと云ければ入道敵前《てきまへ》に籠《こも》り御あとに亦《また》みち〳〵たりいつのひまに公達《きんたち》の
もとへは付せ給ふべき平《へい》判官は東寺《とうじ》の軍《いくさ》はよくしたれども妻子《さいし》のことを心にかけ
て女車《をんなくるま》にて落行を車《くるま》[5]より引出されて討《うた》れたるといはれさせ給はんこそ口おし
く候へ昔《むかし》より三浦一門《いちもん》に疵《きず》やは候（」35オ）入道知識《ちしき》申べし此社《やしろ》にて御自害《しがい》候へか
しと申ければ胤義《たねよし》いしくも申たる物かなとてさらば太郎衛門先自害《じかい》せよ心安《やす》く見
をかんと云ければ嫡子《ちやくし》ノ太郎衛門腹《はら》[6]十文字《もんじ》にかき切《きつ》て死《しに》ぬ胤義《たねよし》も追《をひ》つかんとて
形見《かたみ》共送り[7]云けるは藤四郎入道は父子の首取て駿河守がもとへ行て此頸《くび》共にて
勲功《くんこう》の賞《しやう》にほこり給はん事こそをしはかられ[8]て候へ度々《たひ〳〵》の合戦《かせん》ニ三浦の一家《け》を亡《ほろぼ》
し給ふをこそ人唇《くちびる》をかへし候しに胤義《たねよし》一家《け》をさへ亡《ほろぼ》し（」35ウ）給ひ候へば弥《いよ〳〵》
人の申さん所こそ還而《かへつて》痛《いた》はしく[9]候へ唯今思ひ合せ[10]給はんずらんと[11]申せとて腹《はら》かき
きる首《くび》をば取《とつ》て森《もり》に火[12]をかけ[13]てむくろをば焼《やき》ニけり其後駿河守所へ行て最後《さいご》の有
様申ければ義村《よしむら》兄弟《けうたい》ならずは誰かは首《くび》を送《をく》るべき義村《よしむら》なればとて世の道理《たうり》をしら

1内—東「社の内」・天「社のうち」　2とも—東・天「も」　3さて—東・天「さても」　4一《タビ》—東「一目」・天「一め」　5より—天「よせ」、ただし右に「り歟」と傍記　6十文字—東・天「一文字」　7云けるは—東・天、脱　8て—東・天、脱　9候へ—東・天「候へと」　10給はん—東・天、脱　11申せ—東・天「申」　12を—東・天、脱　13て—東・天、脱

ぬにはなけれ共弓箭《ゆみや》をとるならひ親子《しんし》兄弟《けうたい》互《たがひ》に敵《てき》となる事今ニはじめぬ事也とて[1]弟甥《おと、おひ》の頸《くび》左右《さう》の袖《そで》にかゝへて泣《なき》ゐたり京より貴《たつとき》僧《そう》を請《しやう》し奉《たてまつ》り仏事《ぶつじ》（」36オ）とり行《をこなひ》太秦《うすまさ》の妻子《さいし》よびよせて[2]いたはり慰《なぐさ》めけり山田ノ次郎は西山《にしやま》に入て沢《さは》のはたに本尊《ほんぞん》掛《かけ》念仏《ねんぶつ》しける処に矢野《やの》左衛門をしよせければ自害《じがい》すべき隙なかりけるに嫡《ちやく》子《し》伊豆守防《ふせ》ぎつゝ此隙に御自害《じがい》候へと云ければ山田は自害《じがい》して伏《ふし》にけり伊豆守は生《いけ》とられぬ秀康《ひでやす》同秀隆《ひでたか》生《いけ》とられてきられぬ下総前司《ぜんじ》盛綱《もりつな》も生《いけ》どられて切《きら》れぬ糟屋《かすや》北山《きたやま》にて自害《じがい》す天野《あまの》四郎左衛門[3]は頸《くび》をのべて参りたりけれ共きられにけり山城守後藤判官《ことうはうくはん》（」36ウ）生《いけ》とられてきらる後藤をば子息《しそく》左衛門基綱《もとつな》申請《こう》て[4]切《きつ》てけり他《た》人ニきらせて首《くび》を申請《うけ》て孝養《けうやう》せよかし是は保元《ほうげん》ニ為義《ためよし》を義朝《よしとも》きられたりしに恐《おそれ》ずそれは上古《しやうこ》のこと也先規《せんき》なかりきそれをこそ末代《まつだい》までのそしりなるに二の舞したる基綱《もとつな》かなと万人つまはじきをぞしたりける近江ノ[一]錦織《ニシコリ》[5]判官代《だい》ハ六波羅《はら》武蔵守の前《まへ》にて佐野小次郎入道兄弟《けうだい》三人承《うけたまはつ》て侍《さふらひ》[6]にて手《て》とり足《あし》取してきられぬ六条河原《かはら》にて謀反《むほん》の輩《ともから》の頸《くび》を（」37オ）きるに剣《つるぎ》をさすにいとまあらず駿河大夫判官是信《これのぶ》[7]行衛《ゆくゑ》もしらず落にけり二位法印《ほういん》尊長《そんちやう》は吉野《よしの》十津川に逃《にげ》こもりて当時《たうじ》はからめられず清水寺《せいすいじ》法師《ほうし》鏡月房《きやうげつばう》弟子《でし》常陸房《ひたちばう》美濃房《みのばう》三人搦《からめ》とらる既《すで》ニ[8]きらんとする処に暫《しはら》く助《たすけ》さ

一「江ノ」と「織」の間に補入記号「○」あり、「錦」を補う。

1弟甥—天「第々甥」　2いたはり—東・天「ゐたり」　3は—東・天、脱　4切て—東・天、脱　5判官代ハ—東・天「判官代」　6にて—東・天「とて」　7行衛—東・天「行末」　8きらん—東「きられむ」・天「きられん」

せ給へ一首《しゆ》の愚詠《ぐゑい》を仕候はゞやと申けれは是程の隙[1]は給はるへしとてさしをくニ

勅《ちよく》なれは[2]身をはよせてき武士《ものゝふ》の八十《やそ》うち川の瀬《せ》にはたゝねと

此由《よし》武蔵守に早馬《はやむま》を以《もつ》て申たりければ免《ゆる》す（」37ウ）べしとて[3]師弟《してい》三人ながら被《され》レ免《ゆる》けり人は[4]能芸《のうげい》を嗜《たしなむ》べき物《もの》かな末代《まつだい》と云ながら和歌《わか》の道もたのみあり[5]泰時《やすとき》やさしくも免《ゆる》されたりと上下感《かん》しけり熊野《くまの》[6]法師《ほうし》田辺《たなべ》ノ別当《べつたう》もきられにけり

関東《くはんとう》へ早馬《はやむま》ニテ軍《いくさ》ノ次第注進《しだいちうしん》之事

[7]武蔵守早馬《はやむま》にて関東へ注進《ちうしん》す合戦《かせん》ノ次第打死手負《しだいうちしにておひ》の交名注文並《かうめうちうもんならび》ニ[8]召置所《めしをくところ》の交名《かうみやう》きらるゝ武士《ふし》の交名《かうみやう》此外院々《ほかいん〱》宮々《みや〱》の御事月卿雲客《けつけいうんかく》の罪名《さいみやう》京都の 政《まつりこと》山門南都《さんもんなんと》の[9]次第《しだい》泰時《やすとき》が私《わたくし》に（」38オ）はからひ難《かた》し急速《きうそく》ニ 承《うけたまはつ》て治定《ぢでう》して帰参《きさん》すへきよし申けり早馬《はやむま》関東《くはんとう》ニ着《つき》たりければ権《ごん》大夫殿二位《い》殿其外[10]大名小名《だいみやうせうみやう》面々《めん〱》ニ走《はし》り出て軍《いくさ》はいかに御悦《よろこび》か何とかあると口々《くち〱》ニ問《とひ》れけり軍《いくさ》は御勝《かち》候三浦平九郎判官山田次郎能登守秀康《ひてやす》已下《いげ》みなきられぬ御文《ふみ》候とて[11]大なる巻物《まきもの》さし上たれば大膳大夫入道取《とり》あげて一同《とう》ニあつとぞ申されける中にも二位《い》殿あまりのことに涙《なみた》をながし先若宮大菩薩《まづわかみやだいほさつ》を伏《ふし》おかみ進《まいら》セてやがて（」38ウ）若宮《わかみや》へ参らせ給ひけりそれより三代将軍《だいしやうくん》の御墓《はか》[12]へ

1は―天、脱　2身をはよせてき―東・天「命は捨つ」　3師弟三人ながら―東・天、脱　4能芸を嗜むべき―東・天「能は有へき」　5泰時―東・天、脱　6法師―東「法印」　7武蔵守早馬にて関東へ注進す―東・天「武蔵守関東へ早馬をたつ」　8召置所―東・天「召置」　9次第―東・天「次第は」　10大名小名―東・天「大小名」　11大なる―東・天「大」　12へ―東・天「に」

まいらせ給て御[1]悦《よろこひ》申有ければ[2]大名小名馳集《はせあつまっ》て御[3]悦《よろこひ》とも申あはる其中にも子《こ》うたれ親《おや》うたれぬと聞《きく》人悦《よろこび》につけ歎《なげき》につけて関東はざゝめきのゝしりあへりけり

宮方《みやかた》死罪《しさい》流罪《るさい》之次第《しだい》

評定《べうでう》有へしとて大名ともみな参けり一番《ばん》の鬮《くじ》は大膳大夫入道とりたりければ申けるは院々《いん〱》宮々《みや〱》をは遠国《をんこく》へなかし奉るへし月卿雲客《げつけいうんかく》[4]をは（」39オ）坂東《ばんどう》へ[5]めし下すべしと披露《ひろう》して道《みち》にて皆失《みなうしな》はるべし京都《きやうと》の政《まつりごと》は鞆居大将殿《だいしやうとの》御さたたるべし摂禄《せつろく》をば近衛《このゑ》殿へ進《まいら》せらるべしと存候と異見《いけん》を出す義時《よしとき》此義《き》一[一]分《ぶん》も相違《さうい》なし此義《き》ニ同ずと仰ければ[6]大小名共も可レ然とぞ申けるやがて此[7]返事を[8]書一疋相《あい》そへて翌日《よくじつ》京へ早馬《はやむま》を立られけり鞆居大将殿ニ[9]此よし六波羅《はら》より申され[10]ければ我当将軍《われたうしやうぐん》の外祖《ぐはいそ》ニあらず義時《よしとき》か親昵《しんじつ》にあらざれども正路《しやうろ》を守《まもっ》て君《きみ》を諫《いさめ》申に（」39ウ）依《よっ》てうき目をみし故也是も夢《ゆめ》也　併《しかしながら》山王《さんわう》ニ申たりし故也とて大将公経《きんつね》日吉《ひよし》をぞ仰奉《あふぎたてまつ》る去程に武蔵守しづかに院参《いんさん》して謀反《むほん》を進《すゝ》メ申され[11]つらん雲客《うんかく》をめし[12]給んと申されければ急《いそ》ぎ交名《かうみやう》をしるし出させまし〱けるぞ浅ましき御注文《ちうもん》ニまかせて[13]みな〱六はらへからめ出さ[14]せ給ふ人々ニは坊門ノ大納言忠信《たゝのぶ》預《あつか》り千葉ノ介胤経《たねつね》

一「分」に濁点あり。

1悦―東・天「祝」、ただし東は右に「悦」と傍記　2大名小名―東・天「大小名」　3悦―東・天「祝」　4をは―東・天「は」　5めし―東、脱　6大小名―東・天「大名」　7返事―東「御返事」　8書―東・天「馬」　9此よし六波羅より―東・天「六波羅より此由」　10ければ―東・天「たりければ」　11つらん―東・天「候つらん」　12給ん―東・天「給はらむ」　13みな〱―東・天「皆」　14せ―東・天「れ」

按察《あんぜち》ノ大納言光親《みつちか》預り武田ノ五郎信光《のぶみつ》中御門ノ中納言宗行《むねゆき》預り[1]小山ノ新左衛門朝長《ともたゞ》佐々木[2]野（」40オ）前中納言有雅《ありまさ》預り小笠原ノ次郎長清《ながきよ》甲斐宰相中将[3]範茂《のりしげ》預リ式部ノ大輔朝時《ともとき》一条ノ次郎宰相中将信能《のぶよし》預リ[4]遠江左衛門景村《かけむら》各《をの〳〵》礼義《れいぎ》の公卿《くぎやう》を辞《ぢ》して坂東武《ばんどうぶ》将《しやう》の家《いへ》ニわたり給ふ抑《そも〳〵》八条《でう》の尼御台《あまみだい》と申せしは故《こ》鎌倉《かまくら》右大臣《うたいじん》の後室《こうじつ》にておはしき坊門《はうもん》大納言忠信卿《たゝのぶきやう》の御妹《いもうと》也しかば此謀反《むほん》の衆《しゆ》ニかり入られて関東《くはんとう》へ下り給ふを知《しつ》て兼《かね》て鎌倉《かまくら》へ御使《つかひ》を奉り給ふ我右大臣《うだいじん》ニをくれて彼菩提《かのぼだい》を弔《とふらふ》より外他事《たじ》なし光季《みつすへ》が討《うた》れし朝より（」40ウ）宇治《うぢ》の落る夕《ゆふへ》まで女《をんな》の心のうたてさは昔《むかし》のよしみ心に[5]かゝり兄弟《きやうだい》をもしらず君の[6]かたふかせ給ふをも忘れて三代将軍《しやうぐん》の跡《あと》の亡《ほろび》んことを[7]かなしひて南無《なむ》八幡《まん》[8]大菩薩《だいぼさつ》まもらせ給へと心の中ニ祈《いの》りて候し此事忠信卿《たゝのぶきやう》[9]を助《たす》けんとて偽《いつはり》申候はゞ[10]大菩薩《だいぼさつ》の御慮《みこゝろ》も恥《はつ》かしかるべし数《かす》ならぬ身の祈《いのり》に答《こたへ》てかゝるべしとは思はねども志《こゝろざし》を申ばかり也然《しかる》ニ慈悲心《じひしん》には打たへしらぬ人をもたすけあはれふはならひ也何ぞ況《いはん》ヤ正《まさ》しき（」41オ）兄《あに》を助《たす》けざるへき罪《つみ》の深《ふか》さは左《さ》こそ[11]候らめ共[12]是併《しかしながら》[13]我《われ》ニ免《ゆる》すと思召《おぼしめす》べからず[14]故大臣殿ニ[15]免《ゆる》し奉ると[16]おぼしめして忠信《たゝのぶ》の命《いのち》を助《たす》けさせ給へと権《ごん》大夫殿二位《い》殿[17]へ仰られたりければ免《ゆる》し奉れとて御免《ゆる》し文《ふみ》あり遠江ノ国橋本《はしもと》にて逢《あひ》たりければ預《あつか》リの千葉介《ちばのすけ》此二位《い》殿義時《よしとき》の状《じやう》を見て許《ゆる》し

1小山─東・天「太山」　2野前─東・天、脱　3範茂預リ式部ノ大輔朝時一条ノ宰相中将─東・天、脱　4遠江─東・天「遠山」　5かゝり─東・天「かゝる」　6かたふか─東・天「かたむか」　7かなしひ─東・天「悲しみ」　8大菩薩─東・天「大菩提」　9を─東・天、脱　10大菩薩─東・天「大菩提」　11候らめ─東・天「あらめ」　12是─東・天、脱　13我─東・天「我等」　14故大臣殿─東・天「右大臣殿」　15免し─東・天「御ゆるし」　16おぼしめし─東・天「思ひなし」　17へ─東・天、脱

上《のぼ》せ奉る按察《あんせち》ノ大納言是を聞《きゝ》給て人して御悦《よろこび》申されたりければ忠信《たゞのぶ》卿《きやう》是も夢《ゆめ》や
らんと[1]こそ[2]返事し給[3]も理《ことはり》也[4]大納言は越後国《ゑちご》ヘ流《なが》され給ぬ（」41ウ）中御門ノ中納言
宗行卿《むねゆききやう》菊河《きくがは》にて
[5]昔《むかし》ハ南陽県《なんようけい》之《ノ》菊水《きくすい》ノ汲《くんで》二[6]下流《かりう》一ヲ延《のぶ》レ齢《よはひ》ヲ
今《いま》ハ東海道《とうかいだう》之《ノ》菊河《きくがは》ノ宿《しゆく》ニシテ西岸《せいがん》ニ失《うしなふ》レ命《いのち》ヲ
[7]と[8]宿《やど》の柱《はしら》に書付《かきつけ》たまふ浮島《うきしま》が原《はら》にて
けふ過る身はうき島か原にてそ露の命をきゝ定《さた》めぬる
其日の[9]辰《たつ》ノ刻藍沢《こくあいさは》と云所にてきられ給ぬ佐々木[10]野前中納言有雅卿《ありまさきやう》は小笠原具《ぐ》し奉
て甲斐国稲《いな》ツミノ庄《せう》内胡瀬村《こせむら》と云所にて切《きら》んとす二位《い》殿ニ申たる旨[11]あり其[12]返事今
日ニあらんずれ[13]ば[14]二（」42オ）時《とき》の命《いのち》をのべ給へと宣《のたま》ひけるを只[15]きれとて切てけり
一時ばかり有て有雅卿《ありまさきやう》切《きり》奉るなと二位《い》殿の御返事あり宿業力《しゆくがうちから》なしと云ながら
一時の間をまたずしてきられ[16]給ふぞあはれ[17]なる小笠原[18]も今二時の命と手を合て乞《こひ》
給ふをきりたるこそ情《なさけ》なく覚《おぼ》ゆれ三宝《ぼう》の智恵《ちゑ》も知難《しりかた》ク[19]人望《しんばう》にもうたてしとぞみえ
し一条ノ宰相中将信能《のぶよし》は美濃国遠山《とをやま》にて切奉る甲斐宰相[20]中将ハ足柄《あしから》山の関《せき》の東《ひがし》にて
[21]出家《しゆつけ》し晴川《はるかは》と云浅《あさ》き川の堤《つゝみ》を（」42ウ）せきとめて沈《しづ》め奉らんとす念仏《ねんぶつ》をとゝめて

1こそ—東・天「こそ覚候へと」 2返事し—東・天「返し」 3も—東・天、脱 4大納言は—東・天、脱 5以下東・天、白文 6下流—天「流」 7と—東・天「とそ」 8宿の柱に—東・天、脱 9辰ノ刻—東・天「たつ」 10野前—東・天、脱 11あり—東・天、脱 12返事—東・天「御返事」 13ば—東「共」 14二時—東・天「今二時」 15きれとて—東・天、脱 16給ふぞ—東・天「けるこそ」 17なる—東・天「なれ」 18も—東・天「にも」 19人望—東・天「人皇」 20中将ハ—東・天「中将」 21出家し晴川と云浅き川の堤をせきとめて沈め奉らんとす念仏をとゝめて思きや苔の下水せきとめて月ならぬ身のやとるへきとはとて—東・天、脱

思《おもひ》きや苔《こけ》の下水せきとめて月ならぬ身のやとるへきとは

とて[1]自水《じすい》せらる六人の公卿《くぎやう》の跡《あと》の歎《なげ》きいふも[2]中々をろか也

院《いん》ノ御所《ごしよ》鳥羽《とば》殿へ奉《たてまつる》レ移《うつし》事

七月六日泰時《やすとき》の嫡子《ちやくし》時氏《ときうぢ》時房《ときふさ》の嫡子《ちやくし》時盛《ときもり》数《す》千騎の軍兵《ぐんひやう》を相具《あいぐ》し院《いん》御所四辻《つじ》殿ニ参て鳥羽《とば》殿ニ移《うつし》し奉るへき由を申さる御所中の男女《なんによ》おめきさけひ倒《たふ》れ[3]まどふ女房《にようばう》達《たち》を先《さき》（」43オ）さまに出し給[4]ふ時氏《ときうぢ》是を見て御車《くるま》の内もあやしく候とて弓《ゆみ》の筈《はず》を以《もつ》て御簾《みす》をかきあげ奉る御用意《ようい》は尤《もつとも》さることなれども余《あまり》に情《なさけ》なくぞ覚えし御供《とも》には中納言種氏《たねうぢ》宰相信俊《のぶとし》左衛門尉能茂《よししげ》三人ぞ参りける武士《ぶし》前後《ぜんご》を囲《かこ》み今日をかきりの金闕《きんけつ》の御なごり思ひやり奉るも忝《かたじけな》し八日御出家《しゆつけ》有べきよし六はらより申け[5]るに御ぐしおろさせ給ふ

後鳥羽院《ごとばのいん》遷《うつり》隠岐国《おきのくに》へ給事（」43ウ）

太上天皇《だいじやうてんわう》の玉体《きよくたい》忽《たちまち》に変《へん》じて無下《むけ》の新発《しんほち》とならせ給ふ信実《のぶさね》をめして御姿《すがた》を似絵《にせゑ》にかゝせ給て七条の女院《にようゐん》へ進《まいらっ》させ給ふ女院御覧《らん》しもあへず御涙《なみた》を流《なが》させ給[6]ぬ修《しゆ》

1自水—東・天「自害」 2中々—東・天、脱 3まどふ—東・天「まよふ」 4給ふ—東・天「奉り給ふ」 5ける—東・天「ふる」 6給ぬ—東・天「給ひ」

一「近衛殿にて」の右に「イ本ニ九条殿ヘトアリ」と傍記。

1を―東・天、脱　2あから―東・天「あかか」　3両女院御目もくれ絶入させ給も理也―東・天、脱　4車―東・天「御車」　5中々―東・天、脱　6十三日ニ―東・天「十三日」　7しがらみ―東・天「防関見」　8国―東・天「島」　9置―東・天「置れ」　10るゝも―東・天「るとも」　11しも―東・天「しもは」

明門院《みやうもんいん》一御車《くるま》にて鳥羽《とば》殿へ御幸《ごかう》なる御車《くるま》を大床《ゆか》のきはに指《さし》よせられたり一院《いん》簾《すだれ》[1]を引《ひかへ》させ給て御顔《かほ》はかり指出《さし》させ給て御手《て》を以《もつ》て帰《かへら》らせ給へと[2]あからせ給ふ[3]両《れう》女院《によういん》御目もくれ絶入《たえいら》させ給も理《ことはり》也[4]車《くるま》の内の御歎《なげき》申も[5]中々をろか也[6]十三日ニ六はらより時氏時盛《ときうちときもり》（」44オ）参て隠岐国へ遷《うつ》し奉るべきよしを申御出家《しゆつけ》の上は流罪《るざい》まではあらじと思召《おほしめし》けるに遠《とを》き島《しま》ときこしめされて東西《とうさい》をうしなはせ給ふぞ忝《かたじけな》キ摂録《せつろく》は近衛殿〔イ本ニ九条殿ヘトアリ〕にてわたらせ給ひけり君《きみ》[7]しがらみとなりて留《とゝめ》させ給へとあそばされける御書《しよ》の奥《おく》ニ

墨染《すみぞめ》の袖に情《なさけ》をかけよかし涙《なみた》はかりはすてもこそすれ

とあそばされたりければ摂政《せつしやう》の御威法《いほう》も君《きみ》の君《きみ》にてわたらせ給時のこと也一院《いん》の御供《とも》ニハ亀菊《かめきく》殿聖《ひしり》一人医師《いし》一人出羽前司《ぜんじ》弘房《ひろふさ》武蔵（」44ウ）権ノ守清範《きよのり》とぞきこえし去ル平家《へいけ》の乱世《らんせ》ニハ後白河院《ごしらかはのいん》鳥羽《とば》殿ニ遷《うつ》らせ給しをこそ世の不思議《ふしき》とは申ならはしゝに今は遠き[8]国へながされさせ給ふ先代にも超《こえ》たること共也水無瀬《みなせ》殿過させ給ふとてせめては爰《こゝ》に[9]置《をか》ばやとおほしめさ[10]るゝも理《ことはり》也御心のすむと[11]しもなけれども御涙《なみた》のひまにかくぞ思召《おほしめし》つゝけゝる

立こめて関《せき》とはならて水無瀬《みなせ》川霧《きり》猶はれぬ行末の空

一「けふ」の右に「月イ」と傍記。
二「塩ひもあへぬ」の右に「なく〳〵しほるイ」と傍記。

播磨《はりま》の明石《あかし》のうらにつかせ給ふ爰《こゝ》[1]はいづくぞと（」45オ）御尋《たづね》有ければ明石《あかし》のうらと[2]申す音《をと》ニ聞所《きくところ》にこそとて

都《みやこ》をはくらやみにこそ出しかと[一]けふ《月イ》は明石《あかし》の浦《うら》にきにけり

亀菊殿《かめきくとの》

月影はさこそ明石《あかし》のうらなれと雲井《くもゐ》の秋は猶そ恋《こひ》しき

彼保元《かのほうげん》のむかし新院《しんいん》の御軍《いくさ》[3]破《やぶ》れて讃岐国へ遷《うつ》されさせ給しも爰《こゝ》を御とをり有けるとこそきけ御身の上とはしらざりし物をとおぼしめすそれは王位《わうい》を論《ろん》し位《くらゐ》を望《のそみ》給ふ御事也是は（」45ウ）されば何事ぞとぞ思召《おぼしめし》ける美作《みまさか》と伯耆《はうき》の中山を越させ給ふにむかひの[4]岸《きし》ニ細道《ほそきみち》ありいづくへかよふ道ぞととはせ給ふに[5]都へかよふ古《ふる》き道にて今は人もかよはずと[6]申せは

都人たれふみそめてかよひけむむかひの道のなつかしき哉

出雲国大うらと云所につかせ給ふ見尾崎《みおさき》と云所[7]あり[8]それより都へ使《つかひ》有ければ修明《しゆみやう》門院《もんいん》ニ御消息《せうそこ》あり

しるらめやうき身を崎《さき》の浜千鳥《はまちとり》[二][9]塩ひもあへぬ《なく〳〵しほるイ》袖のけしきを（」46オ）

[10]かくて日数[11]重リなれは隠岐国へぞつかせ給ふ是なん御所とて入奉るを御覧《らん》ずれば

1は―東・天「をは」　2申す―東・天「申けれは」　3破れて―東「やふられて」　4岸―東・天「みね」　5都へかよふ―東・天、脱　6申せは―東・天「申」　7あり―東・天、脱　8それ―東・天、脱　9塩ひ―東・天「しほり」　10かくて―東・天「かくそ」　11重リなれは―東・天「かさなれは」

一「新院」の右に「順徳也」と傍記、左に「しんいん」とルビ。
二「土佐」の右に「佐渡《さと》歟」と傍記。
三「頼経」の右に「教イ」と傍記。
四「光」の右に「元《もと》」と傍記。

1住ゐかきたるを御覧ぜしより外はいつか―東・天、脱　2懸ル―東・天「かく」　3おき―東・天「奥」　4為家―東・天、脱

あさましげなる苫《とま》ぶきの薦《こも》の天井竹《てんしやうたけ》の簀子也をのづから障子《しやうし》の絵《ゑ》などにかゝる
[1]住ゐかきたるを御覧《らん》ぜしより外はいつか御目にも[2]懸《かゝ》ルへき唯是は生《しやう》をかへたるか
と思召《おほしめ》すも忝《かたしけな》し

我こそは新島守《にいしまもり》よ[3]おきの海《うみ》のあらき浪《なみ》風心してふけ

都ニ定家《ていか》家隆《かりう》有家《ありいへ》雅経《がけい》さしもの歌仙《かせん》たち此御歌の有様《さま》を伝《つたへ》承《うけたまはり》て唯もだへこがれ泣悲《なきかな》しみ〔46ウ〕給へ共罪《つみ》に恐《おそ》れて御返事をも申されずされ共正《しやう》三位《み》家隆《いへたか》便宜《ひんぎ》ニ付て恐《おそ》れ〳〵御歌の御返事を申されけり

ねさめしてきかぬを聞てかなしきはあら磯波の暁《あかつき》のこゑ

同廿日新院《しんいん》（一順徳也）土佐（二佐渡《さと》歟）へ流《なが》されさせ給ふ御供《とも》ニハ定家《ていか》卿《きやう》の息《そく》冷泉《れいせん》ノ中将為家《ためいへ》花山院少将能氏《よしうぢ》甲斐兵衛佐頼経（三教イ）上北面《しやうほくめん》ニハ藤左衛門大夫安《やす》光（四元《もと》イ）女房ニハ左衛門佐殿帥《そつのすけ》佐殿巳下《いげ》三人也冷泉《れいせん》ノ中将[4]為家《ためいへ》は一歩《ほ》の御送をもし給はず残《のこり》三人ぞ参られける花山院ノ〔47オ〕少将は道より所労《しよらう》とて帰《かへ》られけり兵衛佐も越後にて所労《しよらう》づく安光《やすみつ》ばかりぞ候ける九条殿へ御書《しよ》あり御形見《かたみ》ニ文車《ふくるま》を奉るよし有けり中にも九条殿へそ進《しん》せられける御書《しよ》の奥《おく》に

なからへてたとへは末《すゑ》に帰《かへ》る共うきは此世《よ》の都《みやこ》也けり

後の便宜《びんき》ニ九条殿より御返事申させ給ふ

　[1]いとふともなからへてふる世中[2]のうきにはいかて春をまつへき

同廿四日六条ノ宮《みや》但馬国ニ[3]遷《うつ》させ給ふ桂《かつら》川より御輿《こし》ニうつらせ給ふ大江《え》山いくの、道にかゝらせ給て（」47ウ）[4]其より彼国《かのくに》へぞつかせ給ふ同廿五日冷泉ノ宮《みや》備前ノ国児《こ》島《じま》へうつされさせ給ふ鳥羽《とば》より御舟《ふね》ニめす此外刑部卿僧正《そうしやう》宰相中将信成《のぶなり》右大弁光《みつ》俊《とし》などもながされけり院々《いん〳〵》宮々《みや〳〵》流《なか》されさせ給ふ人々[5]の御あとに残《のこり》留《とゝまつ》て旅《たび》の御よそほひいかならんと思ひやり奉るもをろか也中にも修明門院《しゆめうもんいん》の[6]御歎《なげ》きたぐひ少き御事也一院新院《いんしんいん》西《にし》へ流《なか》され[7]させ給ひ北ニうつらせ給ひぬ御兄《あに》宰相[8]中将範義《のりたね》朝臣《あそん》死罪《しざい》ニあたり給ひぬ新院《しんいん》の御形見《かたみ》ニ先帝《せんてい》（」48オ）わたらせ給へとも御慰なきがことし七条女院《によういん》と申は故《こ》高倉院《たかくらいん》の御[9]后《きさき》一院《いん》の御母《はゝ》にてぞましましける今一度《ど》法皇《ほうわう》を見進《まいら》せばやと[10]歎《なげ》かせ給ふときこしめして法皇

　[11]たらちねのきえやらて待《まつ》露の身を風よりさきにいかてをかまし

七条女院《によういん》御返し

　荻《おぎ》のはゝ中〳〵風のたえねかしかよへはこそはつゆもこほるれ

上《うへ》[12]つかたの御歎《なげ》き類《たくひ》なし下《した》にも哀《あはれ》のみ[13]多《おほ》かり中にも佐々木山城守広綱《ひろつな》が子《こ》の児御《ちごお》

1いとふ―東・天「いとへ」　2の―東・天「を」　3遷させ―東・天「うつされさせ」　4其より―東・天、脱　5の―東・天、脱　6御歎きたぐひ少き御事也―東「御事もかなしけれ」・天「御事も悲しけれ」　7させ―東・天、脱　8中将―東・天「中納言」　9后―東・天「名」　10歎かせ給ふ―東・天「仰られける」　11たらちね―東・天「父母」　12つ―東・天「の」　13多かり―東・天「おほかりけり」

一「も十一九七五三ニ」の各文字の間に朱の中点あり。
二「弟《おとゝ》九五三七を」の各文字の間に朱の中点あり。

1給—東・天、脱　2進らせ候—東・天「まいらせよ」　3冥加ましませ—東・天「申させ」　4悦—東・天「祝」、ただし東は右に「悦」と傍記　5のせ—東・天「乗」　6児の—東・天、脱　7佐々木—東・天、脱　8は—東「か」　9間—東・天「間力及はす」　10十四歳—東・天「十八歳」　11三浦の—東・天、脱　12祖母—東・天「うは」　13七—東・天、脱

室《むろ》に有（」48ウ）しが六はらよりたづね出されて向しに御室《むろ》御覧《らん》しをくり[1]給て

埋木《むもれぎ》のくちはつへきはとゝまりてわか木の花のちるそかなしき

泰時《やすとき》見て幽玄《ゆうけん》の児《ちご》なりければ助《たすけ》て[2]進《まい》らせ候と申されければ母《はゝ》是を聞て七代《だい》武蔵守殿[3]冥《みやう》加《が》ましませ命《いのち》あらん程は祈《いのり》申べしと手を合せておかみけるにみな人わか子《こ》を助《たすく》るやうに覚え候と[4]悦《よろこひ》けり車《くるま》ニ[5]のせて帰《かへ》る処に[6]児《ちご》の伯父《はくぶ》[7]佐々木四郎左衛門信綱《のぶつな》急《いそ》ぎ馳参《はしりまいり》て此児《ちご》を御助《たす》け（」49オ）候はゝさしもの奉公《ほうこう》空《むなし》くなして信綱《のぶつな》出家《しゆつけ》し候べしと支《さゝへ》申ければ信綱《のぶつな》[8]は今度《こんど》宇治《うぢ》川の先陣《せんぢん》也泰時《やすとき》の妹《いもと》むこ也旁《かた〳〵》以《もつ》テさしをきがたき仁《じん》なれば五条富小路《とみのこうぢ》ニ使《つかひ》追付《をひつき》てかゝる子細《しさい》ある[9]間泰時《やすとき》をうらむなとて召返《めしかへ》しけり此事を聞て信綱《のぶつな》をにくまぬ者はなかりけり柳原《やなぎはら》にて生年《しやうねん》[10]十四歳《さい》にてきられけりためしなしとぞ申ける京都にもかぎらす鎌倉《かまくら》にも哀《あはれ》なる事多《おほ》かりけり判官胤義《たねよし》が子《こ》ども[一]十一九七五三ニなる（」49ウ）五人あり[11]三浦の屋部《やべ》の[12]祖母《そぼ》のもとにやしなひをきたるを権《ごん》大夫小川十郎を使《つかひ》にてみなめされけり尼《あま》も力《ちから》及《をよ》ばず今度世《よ》の乱《みたれ》偏《ひとへ》に胤義《たねよし》がしわざ也おしみ奉るに及はずとて十一ニなる一人をば隠《かく》して[二]弟《おとゝ》九五三[13]七を出しけるこそ不便《ふびん》なれ小川十郎せめて幼稚《ようち》なるをこそおしみもし給はめ成人の者をとめ給ふこと然《しかる》べからさるよしせめければ尼上《あまうへ》立出て手をすり

て宣《のたま》フ処《ところ》ことはり也されども五三のもの共は生死《しやうじ》を知《しら》（」50オ）ざればあきれたるが[1]ことし十一まで[2]おふしたてみめ形もすぐれたり唯此事を守殿《かみ》へ申[3]て給へ五人なからきらるゝならば七十ニなる尼《あま》何か命のおしかるべきと云ければ[4]けには奉公《ほうこう》の駿河守にも母《は、》也とおもひ小河情《なさけ》ある者にて免《ゆる》してげり四人の乳母《めのと》[5]倒伏《たふれふし》して天《てん》ニ仰《あふ》ぎ悲《かなし》みけり保元のむかし為義《ためよし》幼稚《ようち》の子《こ》共きられけむ事思ひいだされけりさて有まじき事なれは[6]みな頸《くび》をかく（」50ウ）

土御門《つちみかど》ノ院《いん》土佐《とさ》ノ国ヘ遷幸《うつす》

[7]同十月十日中院《なかのいん》土佐国へ[8]遷《うつら》せ給ふ此院《このいん》は今度御くみなし其上賢王《けんわう》にてわたらせ給ひけれは鎌倉よりも宥《なだ》め奉りけるをわれ忝《かたしけなく》も法皇《ほうわう》を配所《はいしよ》へやり奉て其子《こ》として花落《くはらく》ニあらん事冥《めう》の照覧《しやうらん》はゞかりあり又何の益《ゑき》かあらん[9]や[10]承元《しようげん》四年のうらみはふかしといへども人界《にんかい》ニ生《しやう》をうくること父母《ふぼ》の恩[11]報《おんほう》じても報《ほうし》がたし一旦《たん》の恨《うらみ》ニ依《よつ》て永《なかく》く不孝《ふかう》の身とならんこと罪《つみ》ふかし（」51オ）されば同し遠島《ゑんとう》へ流《なかさ》れんと度《たび》々〱関東《くはんとう》へ申させ給ひければおしみ奉りながら力《ちから》なく流《なが》し奉りけり日々《ひ、》ニ皆父《みなち、》をうらみ給ひけれどまことの時はいろはせ給は[12]ねど父の御罪《つみ》ニ遠国《をんごく》ヘ[13]下《くだ》らせ給ぞあはれな

1ことし―東・天「ことしなましひに」　**2**おふし―東・天「おほし」　**3**て―東・天、脱　**4**けには奉公の駿河守にも母也とおもひ―東・天、脱　**5**倒―東・天「たわれ」　**6**みな―東・天、脱　**7**同―東「壬」・天「天」、ただし天は「壬歟」と傍記　**8**遷らせ―東・天「うつされさせ」　**9**や―東・天、脱　**10**承元―東・天「承久」　**11**報じても―東・天、脱　**12**ね―東・天「ぬ」　**13**下ら―東「下さ」・天「下」

る庁使《てうし》万里小路《までのこうぢ》の[1]御所《ごしよ》へ参りけれは御外戚《くはいせき》土御門大納言[2]定通《さたみち》卿《きやう》泣々《なく〳〵》出し奉る御供《とも》には女房《にようはう》四人少将[3]定平《さたひら》侍従《じゞう》[4]貞元[一俊イ][二平イ][5]医師《いし》一人参りけり鳥《とり》も告《つげ》ければ大納言定通《さだみち》御車《くるま》よせられけり是は思召立《おほしめしたつ》道も一入《ひとしほ》（」51ウ）あはれなれば京中の貴賤《きせん》[6]かなしひ奉ることかぎりなし室《むろ》より御舟に[7]のせ奉り四国へわたらせ給ふ八島《しま》のうらを御覧《らん》して安徳天皇《あんとくてんわう》の御ことを思召出《おほしめしいだ》しけり讃岐《さぬき》の松山《まつやま》かすかにみえけれは[8]彼崇徳院《かのしゆとくいん》の御事も思召出《おほしめしいで》けり土佐へ御着《つき》有けるを小国《せうこく》也御封米難治《つまいなんぢ》のよし守護《しゆご》并《ならび》ニ目代《もくだい》申ければ阿波国へ遷《うつ》されさせ給ふ山路《ぢ》にかゝらせ給ふ折節雪降《ゆきふり》て東西《とうさい》みえず誠《まこと》ニせんかたなくて君も御涙《なみた》に咽《むせ》ばせ（」52オ）[9]まし〳〵て

うき世にはかゝれとてこそ生《むま》れ[10]けめことはりしらぬわか涙《なみた》哉

とあそばし京にてめしつかひける番匠《はんぜう》木ニのほり[11]枯木《かれき》おろして御前に焼《たき》たりければ君《きみ》も臣《しん》も御[12]心ちすこしつかせ給ひて番匠大切《たいせつ》の者也とそ仰ける御輿舁《こしかき》すこしはたらきて彼国《かのくに》へつかせたまふ

浦々《うら〳〵》によする[三]さ浪に[白浪イ]ことゝはんおきのことこそきかまほしけれ

抑《そも〳〵》承久いかなる年号《ねんがう》ぞや玉体《きよくたい》こと〴〵く西北《さいほく》の（」52ウ）風《かせ》に没《ほつ》し卿相《けいしやう》みな東《とう》夷《い》の鋒《ほこ》ニあたる天照太神《てんしやうだいじん》正八幡《しやうはちまん》の御はからひなり王法《わうぼう》此時かたふき[13]東国天下《とうこくてんか》を

一「貞」の右に「俊イ」と傍記。
二「元」の右に「平イ」と傍記。
三「さ浪に」の右に「白波イ」と傍記。

1御所—東・天「御前」 2定通卿—東・天、脱 3定平—東・天「平」 4貞元—東・天「俊平」 5医師—東・天「薬医」 6かなしひ—東「かなしみ」・天「悲しみ」 7のせ—東・天「のらせ」 8彼—東・天、脱 9まし〳〵て—東・天「給ふ」 10けめ—天「けん」、ただし「ん」の右に「めイ」と傍記 11枯木—東・天「枯枝」 12心ち—東・天「心」 13東国—東・天「東関」

行《おこなふ》べき由緒《ゆいしよ》にてや有つらん御謀反《むほん》の企《くはたて》のはじめ御夢《ゆめ》ニ黒《くろ》き犬《いぬ》御身を[1]飛越《とびこゆ》ルと御覧《らん》じけるとぞ承《うけたまは》るかく院《いん》のはてさせ給しかども四条院《でうのいん》の御末《すゑ》たえしかば後《ご》嵯峨《さが》ノ院《いん》ニ御位《くらゐ》まいりて後院《ごいん》と申土御門院《つちみかどのいん》の御子《こ》なり御うらみは有ながら配所《はいしよ》にむかはせ給き此御[2]志《こゝろざし》を神慮《しんりよ》もうけしめ給ひけるにや御末《すゑ》（」53オ）[3]めてたくして今の世に至《いた》るまで此院《いん》の御末《すゑ》かたじけなし承久三年の秋《あき》にこそ物《もの》の哀《あはれ》をとゝめしか（」53ウ）

1飛越ル─東・天「飛越な」　2志─東・天「心はせ」　3めてたくして─東「目出度て」

論　文

前田家本『承久記』本文の位相

日下　力

従来、『承久記』の諸本を紹介する際、最古態本たる慈光寺本の次、江戸期の出版に供された流布本の前に掲げられるのが一般であった[1]。そのことによって、諸本展開上に占めるこの本の高い評価が、研究者間の共通認識となっていたことが知られる。それゆえに、『承久記』に関する今後の研究課題として、「前田家本系本文の提供とそれへの加注」が「切望される」といった発言[2]をも生んできたのであった。

該本を初めて翻刻紹介したのは、大正六年（一九一七）刊の矢野太郎編『国史叢書・承久記』で、今日までそれが唯一の翻刻本文であった。同書には、慈光寺本・流布本・『承久軍《いくさ》物語』（「絵所」指示本）も同時に収録されているが、前田家本についての解題は、「内容及び記事の順序は刊本承久記（流布本）とほゞ同じけれども、（中略）他に見えざるもの尠からず。（中略）刊本承久記とその源を一にせるものならん」とある。前田家本と流布本とは同一祖本から派生したとする、のちの説[3]の淵源である。なお、『承久軍物語』に関しては、流布本の古活字版『承久記』と版本『吾妻鏡』とによって作成されたもので、江戸期、寛永以降の成立なることが、早くに明らかにされている[4]。

また、『続群書類従』と『史籍集覧』に『承久兵乱記』として、『国民文庫』の『平家物語』には「附承久記」として収められているテキストは、前田家本と同系統ながら、『吾妻鏡』を用いて再編集したものと判明している[5]。

該本の成立年代は、足利氏に「殿」の敬称が使われ、足利びいきが顕著なところから、室町幕府開設前後以降と推測されているが、[6] それ以上の定説を見てはいない。流布本との先後出問題も不明瞭にして充分に検証されないまま、同本より先出とする受け止め方が、漠然と流通してきたように思われる。

こうした状況下で、西島三千代氏は、平成十一年（一九九九）二月に早稲田大学大学院文学研究科に提出した修士論文「『承久記』の研究」において、前田家本には、流布本の記述を前提としなければ理解しがたい文面が、数か所にわたってあることを指摘し、該本後出の可能性を強く示唆した。後掲の同氏の論稿は、それを改めてまとめてもらったものである。前田家本をめぐる詳細な研究史は、氏の記述を参照されたい。

本翻刻は、大学院に籍を置く学生たちによる共同作業の賜であるが、注釈をも念頭に置いて進めた作業過程を通じ、西島氏の見通しの正しさが次第に明白となった。私が最初に前田家本の後出性に思い至ったのは、流布本が地名としている「関の太郎」を、人名と誤解して本文を作っている箇所に出会った時であったかと思う。以後、その目で見れば、随所に後出性を示す事例が発見できた。本稿は、翻刻終了後の再調査に基づいて執筆するものであるが、中には学生たちの指摘によるものも含まれていることを断わっておかねばならない。

一　不審な叙述

前田家本を冒頭から読み進めていくと、つじつまの合わない記述に出会う。それを順次列挙する形で論を進めよう。

①　後鳥羽院の紹介文で、「芸能、二《ふたつ》を学びます」（翻刻本文二一七頁・1オ。以下、読点・句点・送り仮名等は私に補う）とありながら、その「二《ふたつ》」が具体的に何を意味するか不明瞭である。天皇退位後のふるまいを語る、「あやし

の民ニ御肩をならべ、いやしき下女を近づけ給ふ御事もあり。賢王聖主の道をも御学《まなび》ありけり。又、弓取《つ》てよき兵《つはもの》を召《めし》つかはゞやと叡慮をめぐらし……（中略）……はやわざ水練に至《いたる》まで淵源をきはめまします」という一節がそれに対応するかと思われるが、列挙の助詞「も」が三つも使われ、鮮明さに欠ける。

　この部分の典拠は、『六代勝事記』の「芸能二をまなぶなかに、文章に疎にして弓馬に長じ給へり」と考えられる(7)が、流布本の方は、「芸能二《つ》を学び給へるに、歌撰の花も開き、文章の実もなりぬべし」（『新撰日本古典文庫・承久記』より）として一旦、文を切ったのち、退位後の「いやしき身に御肩を双《ならべ》、御膝をくみまし〳〵て、后妃・采女《うねめ》の無《やん》二止事《ごとなき》一をば、指《さし》をかせ給ひて、あやしの賤《しづ》に近付せ給ふ。賢王・聖主の直《すなほ》なる御政《まつりごと》に背き、横しまに武芸を好《み》ませ給ふ」というふるまいに言及して、最後は、「呉王、剣革を好《み》しかば、宮中に疵を蒙らざる者なく、楚王、細腰を好《み》しかば、天下に餓死多かりけり。上の好《み》に、下したがふ習《ならひ》なれば、国の危《あやふか》らん事をのみぞ奇《あやし》みける」と結ぶ。こちらの方が、「文章」の道を捨て、「弓馬」の道に励んだとする『六代勝事記』の文面に近い。

　そもそも、前田家本の「いやしき下女を近づけ給ふ御事もあり」の一文は、流布本のように、「楚王、細腰を好《み》しかば」といった後続文を伴って初めて有効に機能するもの。それがないために、浮き上ってしまっている。かたがた、流布本の内容を要約して書き直そうとし、失敗している観があるのである。

　② 後鳥羽院が、皇位を第一子の土御門から承元四年（一二一〇）に第二子の順徳へ、更に承久三年（一二二一）にその子の仲恭へと移譲させたことに関し、「……順徳院、是なり。是は当腹御寵愛ニよて也。其後十一年を経て、承久三年四月廿日、又、御位を下し奉《たてまつり》て、新院の御子《みこ》ニ譲リ給ふ。依レ之、新院とも法皇の御中、御不快也」（二一七～二一八頁・2オ～）と、「新院」すなわち順徳と「法皇」後鳥羽との不仲を語る不可解さ。流布本は、順徳に譲位後の土御門をまず「新院」と呼び、「新院、御恨《み》も深けれども、力及ばせ不レ給《たまはず》」と記した上、「又十一箇年を経て、承久三

年四月廿日、御位を下《し》奉りて、新院の御子をつけ進《まゐら》せ給ふ。懸《かかり》しかば、一院・本院、御中不レ善《よからず》」と、順徳を「新院」に、土御門を「一院」に、後鳥羽を「本院」と呼びかえて、土御門と後鳥羽との不仲を語る。この方が明らかに理にかなっており、前田家本は、「新院」の表記を誤解した結果、混乱をきたしていると考えられよう。

③　実朝の宮位昇進記事、「従五位下、十三にて元服、右兵衛ノ権ノ佐実朝とぞ申き《（し）》。従四位上、三位中将〔元如〕、従二位、建保四年、御とし廿四にて権中納言ニ補《ふ》す」（二一八頁・3ウ）は、どう見ても飛躍が甚だしい。流布本には、元服後、「明る年、従五位上。元久二年、正五位下、右中将に任じ、加賀介を兼ず。建永元年、従四位下。同二年、従四位上。承元二年、正四位下。同三年、従三位、右中将に（復）任。同五年、正三位、美作《みまさか》権《の》守を兼ず。建暦二年、従二位。同三年、正二位。建保四年、廿四にて権中納言、中将もとの如し。……」と、順を追って記されており、前田家本は、そこから適当に、四位、三位、二位と抜き書きしたものかと思われる。

④　実朝の任右大臣の大饗と鶴岡八幡宮拝賀の記事にも混乱がある（二一九～二二〇頁・3ウ～）。まず、建保七年（一二一九）の「正月廿六日」に行なわれる大饗のために、坊門大納言忠信が都から鎌倉へ下向することに対する反対論と容認論が記されたのち、「同正月廿七日、忠信卿・右衛門ノ督実氏卿」と、以下、名前が列挙されていくが、彼ら公卿に続けて「殿上人十人」「随身八人」「前駆廿人」「随兵十人」「調度懸」の各人物名が、遂次あげられているのを見れば、どうやら実朝に随行する一隊の人々の名と推測されてこよう。当日は、実朝の暗殺された鶴岡八幡宮社参の日であったから、その社参の行列を記したことになり、日付の右脇の異本注記にある「正月廿四日、忠信卿鎌倉下着」という本文が誤脱したため、理解にとまどう文面になったものと判断される。

ところが、人名列挙のあとに、再び「同廿七日、若宮にて御拝賀あらん時」と、同じ日付で八幡社参のことが記されており、重複することになって整合性に欠ける。あげられている人名の数でも、「随身八人」とありながら二名不足、「前駆廿人」も二名、「随兵十人」は六名不足している。流布本と比較すれば、両本で名前に若干の相違はあるものの、ほぼ流布本と同類の本文から人名を誤脱させたのであろうと思われてくる。

⑤　後鳥羽院から召集のかかった在京の鎌倉御家人、大江親広入道が、京都守護職の伊賀判官光季にそのことを知らせ、自分は「三井寺の騒動しづめん為とて」（二二七頁・15ウ）呼び出されたと言っている言葉に照応する記述が、前文にないのもおかしい。流布本には、前もって、捕縛される直前の西園寺公経が同じ光季に言い送った言葉として、城南寺の流鏑馬のための武士召集とはいうものの、「其《（の）》儀無《（く）》て、寺の大衆、可レ被レ静《め》とも聞ゆ」というくだりがあり、前田家本はそれに依ったかと思われる。

該本の場合、公経のその言葉は、三井寺攻撃とは逆の内容で、「三井寺の悪僧実明等《ら》を召サレ、其《（の）》外、南都北嶺、熊野の者ども多く催さる」（二二六頁・14オ）とある。あるいは、親広入道の知らせとあえて齟齬する形を創りあげ、光季に警戒心を抱かせる効果をねらったものかも知れない。

二　流布本改変の痕跡・上巻

ひとまず作品の冒頭から、不審な叙述の背景に流布本があるらしいことを探ってきたが、引き続き以下同様に、順次、上巻から問題箇所を摘出していこう。

⑥　伊賀光季邸を襲った院方武士を紹介するのに、「一番には平九郎判官、手の者、進めよとて時を作ル。信濃国住人、志賀五郎右衛門、門のうちへ……」（二三〇頁・19ウ）と語り出し、続く文面に、二番手は誰、三番手は誰という記述が来ることを予測させながら、それがない。流布本を見れば、「二番に同《じ》手《の》者、岩崎右馬允……、三番に同《じ》手《の》者、

岩崎弥清太……、四番に、一門成《り》ける高井兵衛太郎……」と、平仄の合う整った記述形態をとる。前田家本は、それを崩してしまった可能性が高い。

⑦　光季追討後、後鳥羽院は、北条氏に対する東国武士の忠誠心の浅深を知りたく、「義時が為ニ命をすつる者、東国にいかほどか有《（り）》なんずか。朝敵と成《（り）》て後、何ほどの事、有《（る）》べき」と、庭上の武士に問うたところ、「推量《をしはかり》候ニ幾《いくば》クか候べき」（二三二頁・23オ～）という返事が返ってきたとある部分、院がわざわざ問いかけていながら、自ら同じ言中で「朝敵と成《（り）》て後、何ほどの……」と高をくくった言い方をしているのは、分からなくはないが自己矛盾にも見え、何かしっくりしない。流布本では、院の問いかけに応じた三浦胤義が、「朝敵となり候ては、誰かは一人も相随《ひ》可レ候。推量仕《り》候《ふ》に、千人計《り》には過《ぎ》候はじ」と答えたとある。どうやら、胤義の返事の前半分を、院の言葉に、後ろ半分を庭上の武士の言葉に振り分けた結果の不自然さと想像がつく。見通しの甘さという、胤義像に付与されたマイナスイメージを削除しようとして、改変したのではなかったろうか。

⑧　右のやりとりに続き、「城四郎兵衛なにがしと云《（ふ）》者」が進み出て、関東の状況を甘く見た仲間の言葉を否定、「……此《（の）》人々（北条一族）の為ニ命を捨ル者、二三万人は候はんずらむ。家《てい》定《か（ママ）》も東国にだに候はゞ、義時が恩を見たる者にて候へば死なんずるにこそ」（二三二～二三三頁・23ウ～）と言ったという。そもそも地の文では、名前を「なにがしと云《（ふ）》者」とぼかした表現にしてあるのに、本人の言中では「家《てい》定《か》」と自ら名乗らせているのはおかしい。流布本で胤義の言葉を否定するのは「児玉の庄四郎兵衛尉」なる人物で、『武蔵七党系図』によれば、名は家定。父は庄三郎忠家で、役職は左兵衛尉と確認できる。本人の言中でも「家定」と自称しており、こちらには齟齬がない。前田家本は、「庄」を「城」に、「尉」を「某」に取り違えたのであろう。

⑨　上洛する東国軍のうち、東山道を行く軍勢を紹介するのに、初めは「一陣、小笠原次郎長清。二陣、武田五郎

信光。三陣、遠山左衛門長村。四陣、伊具《いく》右馬ノ允入道」（二三九頁・33オ）としながら、直後の発向場面では、「大将軍ニは武田五郎父子八人、小笠原次郎父子七人、遠山左衛門尉、諏方《すは》小太郎、伊具右馬允入道、軍《いくさ》の検見《けんみ》ニさしそへられたり」（二四一頁・35ウ）と、小笠原と武田の順位が入れ替わり、伊具右馬允の役割も異なる記述となっている。更に、木曾川の大炊の渡りにおける合戦場面では、「小笠原次郎長清父子八人、武田五郎信光父子七人、……」（二四七頁・44オ）と、再び順位が逆転、にもかかわらず、「父子八人」「父子七人」の位置はそのままなため、両家の家族構成が、先の記述と完全に矛盾する破目に陥っている。

　武田五郎を二陣と意識していることは、先頭を切って川を渡そうとする彼の行動を、「二陣の手が進《すゝみ》ければ、前陣後陣、いかでかひかふべきとて馳行《はせゆく》」（二四七頁・45オ）と描写している点でも、明らかである。が、また別に奇妙なことは、武田軍が川を渡り切ると、「小笠原次郎長清、遠山左衛門、是を見て、鞭を上《（げ）》て馳《はせ》つく」（二四九頁・46ウ～）と記す点である。すなわち、小笠原が「一陣」、遠山が「三陣」と前記されていたからには、先の、武田軍を追って「前陣後陣……馳行《はせゆく》」という叙述で、すでに両者の行動は描き取られていたはずなのに、それと矛盾する形で、再度、彼らの動きが説明されているのである。

　こうした実態が、どうして生じたのか。作者自らがそれなりに想念を練って創りあげた作品なら、このようなずさんさは考えられまい。流布本は、まず東山道軍の紹介で、「大将軍には武田五郎父子八人・小笠原次郎父子七人・遠山左衛門尉・諏訪小太郎。伊具右馬允入道、軍の検見に被ニ指添《へ》一たり」と記し、大炊の渡りの場面でも、「武田五郎父子八人・小笠原次郎親子七人・遠山左衛門尉・諏訪小太郎・伊具右馬入道……」とあって、符節が合う。武田軍の渡河に関しても、武田五郎が「小笠原の人共に不レ被レ知して抜出て」先陣すべく密命を下して敢行、それを知り、「小笠原次郎、被ニ出抜《だしぬか》一けるぞと安からず思て、打立てぞ渡しける」と語られていて、矛盾はない。

推察するに、前田家本の混乱は、流布本を下敷きにしつつ、武田五郎を二陣に移し変え、第二陣であったにもかかわらず、率先して戦いに臨んだ姿を描こうとしたところに、派生したものではなかったか。東山道軍の二番目の紹介文が流布本と一致し、武田軍渡河後に小笠原勢らが行動を起こしたとする点も一致する。前田家本作者は、流布本を改作しておきながら、流布本の本文や記述内容を抹消しそこない、自家撞着に陥っていると見られる。武田父子と小笠原父子の人数がすれ違っているのも、武田と小笠原を安易に入れ替え、調整し忘れたのであろう。

⑩　京方軍勢の北陸道への派遣をめぐる記述（二四二～二四三頁）の問題性は、後掲の西島論文に譲る。

⑪　木曾川を挟んでの戦いは、東海道を進んだ武蔵守北条泰時が大豆戸《まめど》（渡）から攻撃し、小笠原・武田の東山道軍は大炊の渡りから攻めたことになっているが、その東山道軍の動きを、「山道の手、関《せき》太郎と云《（ふ）》者、敵ありと聞て、三手が一ツに成て馳向《はせむかふ》」（二四七頁・44オ）と記している点、理解に苦しむ。「関《せき》太郎」なる人物の登場箇所はここのみであり、「三手」を「一ツ」に束ねるほどの勢力があった東国武士とはとうてい考えがたく、単なる情報入手者の紹介のつもりで書いたのであろうか。流布本を検すれば、五万余騎の東山道軍が、「各《おのおの》、関の太郎を馳《せ》越て陣をとる」と、地名になっている。更に、東国軍が木曾川を越え、軍勢を再配分する際、北陸道へ援軍として赴くよう頼まれた小笠原が、「山道の悪所に懸《つ》て馳《せ》上《り》候つる間、関太良にて、馬共、乗《り》疲らかし」と、一旦、断わる言中でも、明らかに地名である。前田家本は、その同じ小笠原の言を、「関山《ひがしやま》にて、馬共、多く馳ころし」（二五四頁・下6オ）としており、「関太良（郎）」と書くのを回避したらしい記述に見える。地名への無知から、人名と解した同本作者が、理解に苦しむ文面を作り出してしまったのであろう。

また、「三手が一ツに成て」という叙述も、四陣で発向したはずの山道の手が三手に分かれた旨の記事など、これ以前に全くなく、唐突にすぎる。右に連続する「一河原《いちかはら》」で陣取った場面でも、「三が一手ニより合て、軍《いくさ》の評定《へうでう》す」

（二四七頁・44ウ）とあるから、山道勢が三隊に分かれて進軍したと書こうとしたことは、確かである。では、なぜそう企図したかと言えば、例の武田軍に対する特別な配慮が働いているように思われてならない。というのは、評定場面にすぐ続いて、武田五郎が率先して行動を起こし、「二陣の手が進《すゝみ》ければ、前陣後陣、いかでかひかふべきとて馳行《はせゆく》」という前引の一文につながっているからで、「二陣の手」に「前陣後陣」を合わせれば「三手」となる。唐突に山道勢を「三手」と書き出したのも、武田を特化しようとする姿勢ゆえであったのだろう。場当たり的な構想と評してよいのかも知れない。

⑫　大炊の渡りの合戦場面では、流布本にあった記事を脱落させたかと思われるふしが、一部にある。京方の武将、信濃国諏訪党の大妻太郎兼澄が、自ら名を名乗り、川を渡して来る東国勢の氏素姓を問うと、「同国ノ住人、川上左近、千野弥六」（二四八頁・45ウ）という返答。そこで、「さては一家なれば、千野弥六をば大明神（諏訪明神）ニ許し奉る。左近允をば申《（し）》請《こふ》」と言って馬を川に打ち入れる。千野が激しく攻めたてると、兼澄は、「主をこそ明神に免《ゆる》し奉れ。馬をば申《（し）》請《うけ》ん」と言って馬を射、落馬した千野は討たれてしまう。この一連の描写では、兼澄が最初に命をねらったはずの「左近允」がどうなったのか、皆目、分からない。ところが流布本は、兼澄がまず「能引《よつぴい》て丁《ちよう》と射る」や、「左近が引合《ひきあはせ》を箆深《のぶか》に射させて、倒《さかしま》に落て流れ」たと、千野の馬を射る以前に語っていた。その一節を、前田家本は誤脱か省略か、してしまったものと考えられる。

⑬　京方武士で、大炊の渡りで討たれたとある「帯刀左衛門」（二四九頁・47オ）は、軍勢配備の先行記事では「鵜留間《うるま》の渡《わたり》」（二四三頁・39オ）に派遣されたことになっている。流布本でも、「鵜沼（鵜留間）の渡」へ差し向けられたとし、かつ、同地で奮戦したものの、「終《つひ》には可レ叶《ふ》にも無ければ引《（き）》退」いたと記す。慈光寺本に、「大井戸（大炊渡）」で討たれた人物として「帯刀左衛門」の名が見えるから、前田家本内の不一致の因は、作者が流布本と慈光寺本とを

共に目にしていたところに求められるのかも知れない。このことについては、後述する。

三　流布本改変の痕跡・下巻

上巻に認められた流布本改変の痕跡は、下巻にも等しく見出せる。以下、同様に列挙し、検証していく。

⑭　木曾川を越えた東国軍が、改めて軍勢を手分けする場面、三浦義村の手分け案に賛同する武蔵守北条泰時の言葉を取り込みつつ、「武蔵守殿、『今ニはじめぬ事ながら此《（の）》義ニ過《すぐ》べからず』とて、西路《にしぢ》へ、小笠原次郎、筑後太郎左衛門、上田太郎を初《はじめ》として、甲斐源氏、信濃国ノ住人をさしそへらる」（二五四頁・6オ）と語る箇所は、飛躍があって分かりづらい。原因は、「西路《にしぢ》」なる道が、前後の文脈から特定できない点にある。武蔵守が賛同した義村の提案とは、勢多へ相模守北条時房、供御瀬《くご》に武田五郎らの甲斐信濃勢、宇治へは武蔵守泰時、一口《いもあらい》に毛利《もり》蔵人入道、淀は義村自らというもので、「西路」への言及は全くない。手分けが行なわれたのは、不破の関の手前の関が原。そこから西と言えば、進軍していく方向にすぎない。前引の文面と義村提案とを突き合わせれば、甲斐信濃の軍勢は二分されることになるはずであるが、それへの配慮もない。

流布本は、泰時が義村に賛意を表明したのち、「但《し》、式部丞（北条朝時）、北陸道へ向ひ候しが、道遠く極《め》たる難所にて、未《だ》着たり共、聞へ候はず。……小笠原次郎殿、北陸道へ向はせ給へ」と、小笠原長清に援軍となるよう要請、長清が自軍の疲弊を理由に断わろうとすると、筑後太郎左衛門を含む勢一万余騎を新たに差し添えたので、彼らは、「小関《こぜき》に懸りて伊吹山の腰を過《ぎ》、湖の頭を経て西近江、北陸道へぞ向《ひ》ける」と記す。「小関」は不破の関の北方、「湖の頭」は琵琶湖の北端であるから、小笠原軍は湖北を巡って「西近江」へ出、北国に向かったわけで、こちらは理にかなっている。「西近江」は、言うまでもなく攻めのぼる北陸道軍が通るはずの地、その「西近江」を「西地」と表記し、しかも、北陸道軍への援軍派遣であることすら省略してしまったために、前田家本はわけの分からぬ文脈となったものと考えられる。

⑮ 東国軍を迎え撃った山門と南都の僧兵の配置も、奇妙である。北陸道軍に備えて、比叡山の僧兵観玄が西近江の「水尾ヵ崎（三尾崎）」へ派遣され、東海・東山道軍に対応するべく、「瀬多《の》橋」へは山田次郎重忠が比叡山の「三塔の大衆」の加勢を得て向かったとあるが、その直後の、南都大衆召集の宣旨には、「山門の大衆をば宇治ニさし向《（け）》、南都の大衆をば勢多へ可レ被レ向由、已《すで》ニ治定《ぢてう》」（二五七頁・10オ～）と見える。勢多へはもはや山門の大衆が行っているはずだし、それを遠隔地の宇治へ配置転換しようというのであろうか。奈良の大衆を近距離の宇治ではなく、遠い瀬多までわざわざ動かそうとするのもおかしい。にもかかわらず、以後、勢多では南都の大衆、宇治では山門の大衆の活躍が描かれていく（二五八頁～）。

流布本では、観玄（賢）が水尾崎へ、山法師を従えた山田次郎が瀬多へのまま、ストーリーは自然に展開しており、南都召集の宣旨などない。前田家本の同宣旨以降は、どうやら独自に手が加えられた箇所らしいのである。目的は、三浦泰村と足利義氏が勝手に始めた宇治橋をめぐる山門大衆との攻防戦で劣勢に立ち、加勢を求められた北条泰時が、「後《うしろ》より奈良《なら》法師《ぼうし》、吉野《よしの》十津《とづ》川の者ども、夜打《ようち》ニかけんと覚《おぼゆ》る也」（二六一頁・16オ～）と言う、挟み撃ちを警戒するその言葉を使いたかったからではなかったか。奈良の大衆は、宣旨による召集を受けたものの、五百余人しか出陣しなかったとあり、大多数が残っている設定ともなっていた。武田軍を第二陣に移し変えた⑨の発想と同じものが、ここには感じられる。戦略に関心があり、戦場をおもしろく描きたい作者だったのだろう。

⑯ 勢多橋における熊谷小次郎の挙動（二五八～二五九頁）の不自然さについては、西島論文に譲る。

⑰　同場面の宇都宮の描写に関しても同様。

⑱　宇治と淀と、東国軍が田原の地で二手に分かれる箇所、淀に向かう三浦義村が、北条泰時に従って宇治へ行く息子の次郎泰村に自分と同道するよう求めたところ、「鎌倉より武蔵守殿（泰時）ニ付《(き)》て候が、唯今、御供仕《(り)》候はねば、親子の中とは申ながら、無下ニ情なきやうに覚え候。三郎、付《き》奉り候へば、心安《く》思《ひ》奉り候」（二六〇頁・14オ）という答えが返ってきたというが、なぜ親子で同道できないのか、理由が示されていない。流布本では、息子の方からまず父に対し、鎌倉出立の際、泰時の父義時に「武蔵守殿《(の)》御供仕《り》候はん」と約束したゆえにここで別れると言い、父が子としての非を責めると、更に、自分も同道したいとは思うが、「大夫殿（義時）の御前にて申《(し)》て候事の空事《そらごと》に成《り》候はんずるは、家の為、身の為、悪《(し)》く候なん。御供には三郎光村も候へば、心安《く》存《じ》候」と答えたことになっている。こちらの方が明瞭で、前田家本は、要約・省略して、意が通らなくなってしまったのであろう。

⑲　宇治橋の合戦で、右の眼を射られた奏野（波多野）五郎は、大将の北条泰時から、「杭瀬川の額の疵《きず》だにも神妙《しんびやう》なるに、誠ニ有難し。鎌倉権五郎、再誕か」（二六三頁・18オ）と賞賛されているが、「杭瀬川の額の疵《きず》」に関する記事がどこにもない。同じ場面、流布本は彼の活躍を描いて、「是は、去六日、杭瀬川の合戦に、尻もなき矢にて額を被レ射たり。左有《さあ》ればとて只有《る》べきに非ざれば、進《(み)》出《で》名乗る」と語り出し、橋上で右目を射られて後ろ向きに退き、郎等に助けられて矢を抜いてもらった話へと続く。しかし、泰時の賛辞はない。前田家本の作者は、その賛辞を作中に持ち込みたいために改変し、不注意にも「額の疵《きず》」の説明を落としてしまったかと思われる。

⑳　宇治川の浅瀬を探るべく、瀬踏みの役を買って出た芝田兼吉が、「いかゞ思ひけん、『検見《けんみ》を給《(り)》て瀬ぶみを仕らん』」（二六四頁・20オ）と申し出て、検見役の人物をわざわざ同道しながら、同道の目的が判然としない。流布本では、「検見の見る前にては、浅《き》所も深《き》様にもてなし、早《き》所をも長閑《のどか》なる様に振舞て」と、自らが先陣を果たすために、味

方を裏切る目的であったことが明瞭である。前田家本は、内容を短縮した結果、不鮮明となったのであろう。

㉑　宇治川の先陣を争ったのは、その芝田兼吉と佐々木信綱の他に、「安東兵衛も心得、打《(ち)》双《なら》べ、佐々木ニつれて打《(ち)》出《(づ)》る」（二六四頁・20ウ）とし、二人が川に馬を打ち入れるや、「是を見て安東兵衛も打《(ち)》入《(れ)》けり」（二六五頁・21オ）と語るが、続く文面には、その記述と矛盾するにもかかわらず、「安東兵衛、渡《り》瀬ニ臨《ん》で見けるが、味方は多くわたしけり。下り頭《かしら》にて渡り瀬も遠し。二段ばかり下《(しも)》、少《(し)》せばみにさしのぞき、爰《こゝ》のせばみ渡スならば、直《すぐ》にてよかりなんと、三十騎ばかり打《(ち)》入《(れ)》けるが、一目もみえず失《うせ》にけり」（同・21ウ〜）とある。流布本には、川幅の狭い所を渡そうとして、一族皆、「一騎も不レ見、沈《み》けり」というくだりはあるが、芝田・佐々木と先陣争いをしようとした条はない。前田家本の矛盾は、新たに改変しようとして挫折した様を、露呈しているかに見える。

㉒　記事を短縮したために分かりづらくなっている例に、川を渡そうとする北条泰時の馬に取りついて制止した、春日刑部三郎に関する紹介文もあげうる。それは、「子ども二人は前に流《れ》て死ぬ。我身も失《す》べかりつるを、弓をさし出したるに取《り》付《き》て助《か》り、二人のことを思て泣《き》ゐたりけるが」（二六七頁・23ウ）と書かれていて、弓を差し出して彼を助けたのは誰か不明。ところが流布本には、「郎等、未岳《だをか》に有けるが、弓のはずを入て捜しける程に、無二左右一取付て」と、郎等だったことが、その具体的行動と共に明記されていた。

㉓　京方の貴族、右衛門佐藤原朝俊の討死について、「仕出したる事はなけれども、申《(し)》し詞《ことば》ひるがへさずして打死しけるこそ哀《れ》なれ」（二六九頁・26ウ）と記しているものの、「申《(し)》し詞《ことば》」がいかなるものであったのか、記述がない。流布本では、自ら名乗りをあげた言葉の中に、「御所を被二罷出一ける時、……御方、負色に見へ候はゞ、討死すべく候也と申《(し)》切て向ふたり」というふうに、含まれていたものであった。

㉔　敗北した京方の三浦胤義が、太秦にいる幼い子に会おうとして行く途中、敵の目を避け、「此島と云《(ふ)》社《やしろ》の内ニ

かくれゐて、車の傍《かたはら》に立て、女車のよしにて木造《もくぞう》の人丸《ひとまる》をぞのせたりける」（二七四頁・34ウ）とするのは、おかしい。そもそも、「社の内ニかくれゐて」と「車の傍《かたはら》に立て」とは、矛盾する行為ではないか。「木造《もくぞう》の人丸《ひとまる》」は、三重県久《ひさ》居《い》市に木造《こつくり》の地名があるから、振り仮名が誤っているのかも知れないが、たとえ人名としても、ここに突如、名前が出てくるだけなので、どういう人物か分からない。

流布本の胤義は、東山に住んでいた人丸なる女性のもとに息子ともども身を寄せ、自らの髪を切って母や妻子への形見として託してから、息子と人丸と三人で女車に乗り、太秦へと向かったが、木島《このしま》神社まで来たところで敵が満ち満ちていると聞き、「社の中に」隠れ、「人丸をば車に乗《（せ）》て置ぬ」と、詳しく語られている。前田家本の悪文は、記事省略のもたらしたものに違いない。

㉕　右に続く場面、胤義は、かつて郎等であった藤四郎入道が通りがかったのを呼びとめ、その説得によって自害するが、「さらば太郎衛門、先自《（まづ）》害せよ」（二七五頁・35ウ）と息子を先に死なせ、「胤義も追つかんとて、形見共、送り」、藤四郎入道に改めて遺言したとある。前田家本内では、息子の「太郎衛門」も、「形見」も、ここで初めて唐突に持ち出される。ここにも、流布本をもとに書き変えた実態が、露出していよう。

㉖　後鳥羽院の近臣たちのそれぞれの末路を語り、「六人の公卿の跡の歎き、いふも中々をろか也」（二八一頁・43オ）と全体をしめくくりながら、按察中納言藤原光親の処刑話を誤脱させたため、五人のことしか書かれていない。所引の一句は、流布本の「偖《さて》も六人の公卿の跡の嘆《き》共、申《す》も中々踈《おろか》也」に通じており、個々の話も類似する。光親の処刑話を落としてしまったのは、あるいは、坊門大納言忠信が助命されたのを、「按察ノ大納言」が祝福したとする記事に続け、「大納言は越後国ヘ流され給ぬ」（二八〇頁・41ウ）と書き、坊門忠信を指すその「大納言」を、「按察大納言」光親と勘違いしたからかも知れない。光親は正しくは中納言で、流布本もそうあるが、前田家本は大納言と誤ってお

り、全ての誤りは、そこに始まった可能性がある。

㉗　土御門院が土佐へ流される記事中、鎌倉へ申し送った院の言葉に、「承元四年のうらみは、ふかしといへども」（二八七頁・51オ）という、順徳への譲位に不満を抱いていた心境を伝える一節があるが、②で指摘したように、前田家本は、順徳と後鳥羽との不仲を語る一方、流布本にあった土御門の恨みには、一切、言及していなかった。右の言葉は流布本にもあり、同本は首尾相応した叙述内容となっているのに対し、前田家本は形を崩してしまっているのである。

四　慈光寺本の影

前田家本が流布本を改作したものであることは、上述の指摘で充分に論証できたと思うが、⑬で触れたように、慈光寺本に影響を受けたと考えられる要素もなくはない。それを列挙してみよう。

㋐　最初の攻撃対象となった京都守護の伊賀光季邸で、主君のために踏みとどまった人物十名の名があげられているが（二二八〜二二九頁・17ウ〜）、そのうち二名は、慈光寺本とのみ付合する。順次、対応関係を示しておく。

「新枝《ニエタ》与三郎」＝(慈)「仁江田ノ三郎父子」、(流)「贄田三郎・同四郎・同右近」。「つゝみ五郎」＝(慈)(流)なし。「飯渕《いゝふち》三郎」＝(慈)(流)なし。「大隅進士《おほすみしんじ》」＝(慈)(流)なし。「山村《やまむら》次郎」＝(慈)「山村三郎」。「河内太郎」＝(慈)同。「治部次郎」＝(慈)(流)同。「園手《そのて》次郎」＝(慈)「園平次」、(流)「園平次郎」。「犬村《いぬむら》又太郎」＝(慈)(流)なし。「金王丸」＝(慈)(流)なし。

㋑　光季が真野（間野）左衛門時連を射倒す場面は、流布本より慈光寺本を踏まえたかと思われる。時連が前線に現われると、「内より判官（光季）是をみて、『日来《ひごろ》の詞《ことば》にも似ぬ物哉《かな》』と、ことばをかけられて、門の外よりかけ入（り）て馬より下（り）、太刀をぬき、縁のきはまでよせたり。簾《すだれ》の中より判官の射ける矢に、胸板、のぶかにいられ……」（二三〇～二三二頁・20ウ～）とあるが、時連の姿を見ただけで、光季が、「日来《ひごろ》の詞《ことば》にも似ぬ物哉《かな》」と揶揄するのは、文脈上、浮き上っている感が否めない。慈光寺本によれば、間野は当初、「門南腋《みなみわき》ニゾ打立タル」（『新日本古典文学大系・保元物語　平治物語　承久記』より）と記され、それを見た光季が、「門ノ南腋ニ」いるのは間野かと声をかけて、「ソニテマシマサバ、日来《ひごろ》ノ詞《ことば》ニモ似ヌ者哉《かな》。間近《まぢか》ク押寄《おしよせ》候へ」と挑発するのであり、同じ文言が身を隠した相手の動きを見て発せられたものと分かり、つぢつまの合う形で文脈に収まっている。

更に、時連の行動描写で「馬より下《(り)》、太刀をぬき」とある点は、慈光寺本の「剣計《つるぎばかり》ヲ抜《ぬき》テ」に通じ、「縁のきは」まで攻め寄せた点も等しい。また、「簾《すだれ》の中より」射られたのは、「出《で》居《ゐ》ノ内ヨリ」とするのに通ずる。それに対し、流布本がいかに異質であるかは、右に引用するところで明らかであろう。

間野左衛門時連と名乗て、相近《ちかづ》く。「如何に伊賀判官、軍場《いくさば》へは見へぬぞ」。光季、「爰《ここ》に有《り》、近寄て問ぬか。よるは敵か」とて相近《か》に指《し》寄《せ》たる。判官よつ引て放矢《つ》に、時連が引合せ、篦深《のぶか》に射させて退にけり。

㋒　光季邸に踏みとどまった郎等として先に掲出した十名のうちにいない「政所《まんどころ》太郎」なる人物が、光季父子のために最後まで戦い自害したとあるが（二三二頁・22オ）、流布本では人名列挙中にあるのみで、特別な活躍は描かれていない。慈光寺本は、彼を光季の「後見《うしろみ》」とし、主君の意向を体して働く姿を詳細に伝え、最後は、主従「手ヲ取チガヘテ」、火中に飛び込んだと語る。その活躍を、前田家本作者は無視できなかったのではあるまいか。

㋓　西園寺公経父子を死罪にせよとの後鳥羽院下命に反対した徳大寺公継の言中、「胤義・広綱が讒ニより」（二三三頁・24ウ）院が決起を思い立ったのはいかがかとする一節があるが、三浦胤義の北条氏への恨みは記されているものの、「広綱」すなわち佐々木広綱の讒言に相当する記述は、どこにも見出せず、流布本にもない。慈光寺本でも讒言自体はないが、光季邸攻撃の前夜、広綱が彼と同僚であったゆえに、その事実をそれとなく伝える場面が設けられている。あるいは、そこからの誤解、またはイメージの誤った拡大とでも言えるものがあったのではなかろうか。

㋔　右の徳大寺公継発言を受けて、「さてこそ、鎌倉にも伝聞《へき》て、近衛入道殿・徳大寺右大臣殿両所をば、忝《かたじけなき》事ニ申されけれ」（二二三頁・24ウ～）とあるが、「近衛入道殿」つまり藤原基通まで、なぜ賛嘆されるのか、理由が明らかでない。この前後に、賛嘆に価する彼の言動など全くなく、突如、ここで称揚されているのである。慈光寺本を見れば、近衛基通は、後鳥羽院に北条義時を武力ではなく言葉で説得するよう勧め、かつ、討幕の朝議には参加しなかったとある。流布本にない同本独自の記事であり、前田家本はそれを取り込もうとして調整を怠ったのであろう。

㋕　北条義時と三浦義村とが討幕計画を知って二位殿政子のもとへ参上した場面、「大名八人、参りこみたり。庭にも間《ま》なくぞみえし」（二三六頁・28ウ）と描写しているのは、「大名八人」の表記と、「参りこみたり」以下の表現とがいささか不釣合いな感じがする。慈光寺本で、幕府への忠誠を誓う武田信光の言動中に繰り返される「四十八人ノ大名・高家」の、「四十八人」を誤ったのではないか。

㋖　前記⑬の項参照。

㋗　京方の山田次郎重忠は、六月十四日、勢多合戦の大将として描かれていながら（二五八頁・下11ウ、二五九頁・下13ウ）、同日夜の宇治平等院をめぐる攻防戦にも登場し、「兵共、少々向《むかひ》へわたし、敵打《（ち）》はらひ、平等院ニ陣をとるならば、志ある者共、などか御方《みかた》ニ参らざるべき」（二六二頁・下17ウ）という部下の主張を容れ、そう下知したものの、仲間の賛同が得られなかったと語られている。明らかな矛盾であるが、部下の主張内容は、慈光寺本で木曾川の洲俣《すのまた》にいた山田次郎が河を渡して進軍すべしと主張したそれに類似し、共に受け容れられなかった点も共通する。その記事にヒントを得たものではなかったかと、推察される。

㋘　流布本にはない章段「関東ヘ早馬ニテ軍《いくさ》ノ次第注進之事」（二七七頁・下38オ）は、慈光寺本の幕府への勝利報告記事を改変したものかも知れない。北条泰時が、書状で鎌倉方の死傷者を父義時に知らせ、皇族の処遇や公卿らの罪科を問うているところが等しい。

以上、前田家本に認められる慈光寺本からの影響らしきものを列挙した。流布本改変の痕跡と合わせて見れば、改作の仕方がいかに雑駁であったか、自ずから知られよう。該本は、慈光寺本・流布本の下位に位置づけられる、あまり質の良くない改作本と考えざるを得ないのである。

最後に、この本の文学的性格についても、言及しておこう。

五　悲話の縮少と泰時像の拡大

前田家本全体を改めて俯瞰してみると、合戦場面に種々工夫を凝らそうとした様相がうかがえるのに対し、悲劇的な話が減らされていることに気づく。

まず、伊賀光季邸の攻防戦で、光季の十四歳の子息寿王が、攻め込んできた烏帽子親の佐々木高重に矢を射かけた箇所、流布本では、寿王が高重に臆せず声をかけて矢を放ち、高重は鎧に立ったその矢を人々に見せて、殊勝な少年のふるまいに落涙した文面となっている。慈光寺本でも、涙までは描かないものの、「是ヲ見玉へ、殿原」と、矢を見せている（ただし、当該人物を佐々木広綱とす）。一方、前田家本は、単に「高重、引《き》返す」（二三一頁・21ウ）とだけしか書かない。情緒に訴える表現は、一切、ないのである。

その寿王が、火中に飛び入って死のうとするも死にきれず、最後は、父の光季が息子を呼び寄せ、子への愛情を口にしつつ殺害する悲痛な場面が、慈光寺本にも流布本にもある。しかし、前田家本は、「判官、よびよせて膝ニすへ、目をふさぎ、腹をかききり、火の中へなげ入《れ》て」（二三二頁・22ウ）と、単純淡白である。木曾川の大炊の渡りで、武田・小笠原軍と戦った京方の武将大妻太郎兼澄が重傷を受け、自害覚悟で落ちる際、同僚に大手軍への戦況報告を依頼すると共に、幼い我が子への勲功の仲介をも頼む一言、「君、軍《いくさ》に勝《た》せ給《は》ば、京に二つになる男子を持たり、是に勲功申《し》宛《あて》給へ」が、流布本にはあるが、前田家本にはその部分だけそっくり欠けている（二四九頁・47ウ）。概して、親子の情を語ろうとする意欲に乏しいと言える。

右のくだりは慈光寺本にないのであるが、同様に、流布本と前田家本との共通記事で、敗北した三浦胤義が、㈠東山の人丸なる女性のもとを訪れて出家し、髪の毛を母親と妻子に形見として託し、㈡太秦にいる妻子を今一度見ようと赴く途次、遭遇したかつての部下、藤四郎入道のすすめで自害、㈢その首は、藤四郎によって女房のもとに届けられ、妻は悲嘆にくれたが、㈣やがて、兄三浦義村の手に渡され、兄も涙にくれたとする話、前田家本は㈠と㈢とを削除している（二七四頁・下34オ、二七五頁・下35ウ）。そのため、㉔㉕で指摘したような不都合が生じていたのであった。

『承久記』の中で、同情をさそう逸話として知られる佐々木広綱の子の勢多伽丸の処刑話も、「勢多伽」の名すら記されない（二八五頁～・下48ウ～）。費やされた字数は三四六字。慈光寺本の一七〇〇余、流布本の一四〇〇余、に比べれば、あまりに少ない。その話にすぐ続けて、鎌倉に残していた三浦胤義の遺児たちの処刑話が語られるが（二八六頁～・下49ウ～）、こちらは三七八字。慈光寺本にはない話ながら、流布本は六〇〇余、これも縮少されている。京・鎌倉と、等量に悲話を振り分けたつもりなのであろうが、感興がそぎ落とされている観は否めない。

前田家本作者が表現したかったものは、そうした悲劇的話柄よりも、武士が戦場でどうふるまい、どう行動したかという問題であったように思われる。⑨と⑪で指摘した武田軍の動きを故意に書き変えたことや、⑮の、比叡山と南都の僧兵の奇妙な配置、㉑の、安東兵衛を宇治川先陣争いの一員に加えようとしたらしい痕跡などから、作者の関心のありようが想像できる。次に述べる北条泰時像の拡大も、それと表裏するものであろう。
最初に紹介したように、足利氏に「殿」の敬称が付され、足利びいきが認められる前田家本ではあるが、流布本と比べた場合、執権政治を定着させた泰時の姿に様々な手が加えられ、特別視されている事実も見落とせない。まず、鎌倉で策戦会議が開かれた際、流布本では、泰時が軍勢の集まるまで二、三日、出陣を待つべきだと発言し、父の義時がそれに激怒、即刻上洛と決したとあるが、前田家本では、慎重論を口にした人物を三浦義村に作り変えている（二三九頁・32ウ）。泰時の負の側面を払拭しようとしたのであろう。なお、慈光寺本には、このやりとり自体がない。

義時の弟の相模守時房を総大将とする東海道軍が遠江の橋本まで来た時、京方についた主君のもとに向かうべく、ひそかに東国勢の中から抜け出した一団が追撃され、討たれてしまった話がある。慈光寺本と流布本の紙面には時房しか登場しないが、前田家本は武蔵守泰時を時房に連ねて出し（二四四頁・40ウ）、討たれた連中の勇気をたたえる言葉を、共に発したとする（二四六頁・42ウ）。

一行は尾張の一の宮に到着後、手分けが行なわれる。流布本は「大豆《（まめ）》の渡（木曾川）へは相模守時房、墨俣《（すのまた）》（長良川）へは武蔵守・駿河守（三浦義村）殿、被レ向ける」と簡略に記すが、前田家本は配置替えをし、「大豆戸《まめと》は大手なりとて武蔵守・駿河守、伊豆・駿河両国の勢、馳加《はせくはゝり》て弥《いよ〱》雲霞のごとくニ成にけり。墨俣ニハ相模守・城ノ入道等、遠江国の勢、十島《としま》・足立《あだち》・江戸・川越の輩《ともから》、相具してむかひたり」（二四六頁・42ウ〜）とする。以後、大豆戸が大手と位置づけされ、泰時の活躍が書かれていく。要するに、時房と泰時の立場が逆転させられている印象を受けるのである。

この部分、慈光寺本は脱文があるらしく不明瞭であるが、泰時は大豆戸に向かった記述となっており、前田家本はそれに依ったのかも知れない。しかし、同本にある以下の泰時の言動は、全く独自の増補かと考えられる。すなわち、手分けの時に、泰時が、「軍《いくさ》は山道の手をまちて、所々の矢合《やあはせ》たるべし」と下知したにもかかわらず、大豆戸の部隊が「大将のゆるしなきに」川を渡して合戦を始める、「武蔵守、是をみて大にしかりて、……返々《かえす〱》慮外也との給ければ」、その場は治まった。陣中に京方から十四束二伏の矢が射込まれるや、「泰時、此《(の)》矢を大ニ笑て」ばかにし、泰村が自分が射返そうと言うと、それまでにも及ばぬとして、別人に命じて射返させたという（二四六～二四七頁・43オ～44オ）。

木曾川を挟んでの戦いは、東山道の手勢にまかされた大炊の渡りで始まり、武田軍の活躍で京方は大敗、死んだ馬が上流から流れてくるのを見て大豆戸でも東国勢が大挙渡河するが、全軍が渡河する契機を作ったのは、二番手に渡った泰時の息時氏であったと語られる。――「二番ニ武蔵太郎時氏、打《(ち)》入《(れ)》たまふ。是をみて十万八百余騎、一度に打わたしけり。時氏、三十余騎にて敵の屋形の内へおめいて蒐《かけ》入けり」（二五〇頁・49オ）――この一節も、慈光寺・流布両本にはないゆえ、独自の増補なのであろう。

下巻の冒頭、泰時が木曾川の「気《いき》が瀬」の攻撃隊であった足利に使者を差し向け、「唯今、大豆戸をわたり候也。同ク御急《いそぎ》候べし」（二五一頁・下1オ）と渡河を催促したとするのも独自文で、泰時を総指揮者として描こうとする意図が見える。そうした意識は、東国軍が再結集した関が原で、再度手分けが行なわれる場面でも、泰時が前面に出て、三浦義村に手分けの案を求めるという形で現われている（二五三頁・下4ウ）。これまた、両本にないところであった。⑲で指摘した奏野五郎への賛辞導入も、同様に解すべきであろう。

泰時・時氏親子の描出で生彩を放ち、成功するに至っているのは、宇治川渡河の場面である。まずは、渡河を試みて次々と流されていく味方の軍勢を目にした泰時が、自ら川を渡そうとし、春日刑部に力づくで止められた箇所、流布本は、泰時の行動を「河端へ被レ進けるを」と表現し、休んでいた春日刑部が止めに入る姿は、「立《(ち)》揚り、七寸《みづつき》によく取《(り)》付《(き)》て」と淡白に記す。ところが前田家本は、前者を「手綱《たづな》かいくり、馳入《はせいれ》んとし給《(ふ)》」（二六六頁・下23ウ）と表現し、後者に関しては、本人の目に写った光景を取り入れ、「武蔵守殿、既《すで》ニ河に打《(ち)》入《(れ)》給ふと見て、あな心うやとて走《はしり》より、轡《くつばみ》ニ取付《とりつき》て」と語る。前田家本の方が劇的な叙述方法を意識的に取っていることは明らかで、春日刑部の説得するこのあとの言葉も、七割ほど増やされている。

次に、時氏が制止する郎等を鞭で打ちすえ、父の代わりに強引に川に入る箇所、流布本は、「（郎等が）馬の七寸《みづつき》に取《(り)》付《(き)》けるに、『只放せ』とて、策《むち》にて臂《ひぢ》を健《したた》かに被ㇾ打ければ、『左有《さら》ば』とて放しける。其時、武蔵太郎、颯《さつ》と落す」と書く。この部分の前には、渡河を阻止された泰時が、同じく渡そうとする三浦義村を自ら制し、傍らに控えさせる一話があるが、前田家本はそれを削除、父の阻まれたのを見た時氏が即座に行動を起こし、佐久目《さくめ》家盛に轡を取り押さえられるくだりを、次のようにふくらませて語る。

大力の者なれば、馬も主《ぬし》も動《か》さず。「大夫殿（義時）、人こそ多《おほく》候へども、見はなち申《(す)》なと仰《(せ)》候《(ひ)》し」と申《(し)》ければ、太郎殿、腹をたて、「何条《なんでう》、去《さる》事有《(る)》べき。親のひかへ給へるだに口おしきに、二人、此《(の)》川をわたさずは、坂東の者、誰を見て渡すべきぞ。にくい奴かな」とて、鞭を以て佐久目《さくめ》がつら、取付《とりつき》たるうでを打《(ち)》給ひけり。家盛、「さかしき殿の気色かな。ゆるすまじき」とて、指《さし》つめたり。弥《いよいよ》腹を立《たて》、打《(ち)》給へば、家盛、「わ殿のことを思《(ひ)》奉《(り)》てこそすれ。さらばいかに成《(り)》はて給はん共、心よ」とて、馬の尻をはたとうつ。何かたまるべき、河に打《(ち)》入《(れ)》けり。

（二六七〜二六八頁・下24ウ〜）

このあとすぐに佐久目らがあとに続き、泰時が「太郎うたすな、武蔵・相模の者共はなきか〳〵」と声をあげると、「廿万六千余騎」が一斉に川を渡した、と、文面は展開する。父子の姿が緊密に結びつけられているわけで、表現の上でも前田家本の方が優れていることは、多言を要するまでもなかろう。

合戦終了後に後鳥羽院が出したという京方武士追討を命ずる院宣が、前田家本のみにあるが、そのあて先も時房ではなく泰時であり、うやうやしくそれを受け取る様も描き込まれている（二七四頁・下34オ）。総じて、時房の姿は、相対的に後退させられているわけである。泰時を特別視する作者の姿勢は、従来、言われてきた足利氏に対するそれより顕著に見える。一方は、成立した時代の要請から生まれたもの、他方は、物語をおもしろくしたいという熱意から生まれたものであるからであろう。

本稿では、第一に、前田家本の『承久記』が流布本の改作であることを論証し、次いで慈光寺本からの影響も一部に認められる点を指摘、最後に、合戦の悲劇的側面よりも、戦いそのものの方に関心が傾斜していたらしい作者の精神構造をのぞき見た。そもそも、このようなテキストが創り出される必然性は何であったのか、成立時点や成立圏の問題も含めて、なお考えるべき課題は多く残されている。

注

（1）『新撰日本古典文庫・承久記』（現代思潮社・一九七四刊）の松林靖明氏執筆「解説」。『日本古典文学大辞典』（岩波書店・一九八四刊）の同氏執筆「承久記」の項。「国文学・解釈と鑑賞691〈特集「軍語り」の世界〉」（一九八八・一二）の村上光徳氏論文「承久記――構想の拡散性――」。『新日本古典文学大系・保元物語　平治物語　承久記』（岩波書店・一九九二刊）の久保田淳氏執筆「承久記　解説」等。

（2）久保田淳氏「『承久記』研究史の考察と課題」（『軍記文学研究叢書・承久記・後期軍記の世界』汲古書院・一九九九刊）。

（3）冨倉徳次郎氏「慈光寺本承久記の意味――承久記の成立――」（「国語国文」一九四三・八）。

（4）龍粛氏「承久軍物語考」（「史学雑誌」一九一八・一二。『鎌倉時代・上』〈春秋社・一九五七刊〉所収）。

（5）五十嵐梅三郎氏「承久兵乱記の成立に就いて」（「史学雑誌」一九四〇・六）。

（6）原井瞱氏「前田家本承久記の作者の立場と成立年代」（「歴史教育」一九六七・一二）。

（7）『新撰日本古典文庫・承久記』（注1）の補注二。

『承久記』研究における発見のいくつか

西島　三千代

一　はじめに

一三三三年に鎌倉幕府が倒れたあと、〈承久の乱〉の歴史的位置付けも変化してきた。前稿で論じたように、[1]朝廷の思い通りにならない幕府を変革しようと挙兵したに過ぎない後鳥羽院の行動は、倒幕を目指し、実行した後醍醐天皇の人物像と重ね合わせて語られることとなり、そこに描かれた〈承久の乱〉は、倒幕という大きな目標に向かって次第に拡大していったのであった。『承久記』諸本の中で一番古いといわれる慈光寺本は、一二四〇年代の成立とされており、[2]倒幕を経験していないために非常に単純な構図で〈承久の乱〉を描いているが、一方で流布本と前田家本は、乱を起こした目的として明らかに倒幕という視座が見いだせる。よって、そのように拡大した〈承久の乱〉を描いている両本は、幕府終焉後の世界を反映した『承久記』であるといえるのだろうが、一体それはいつの時点の世界を指すのであろうか。

以上のことを踏まえて、前田家本・流布本の先後関係や成立年代を考察しつつ、いくつか気が付いた点を述べてみたいと思う。

二　先行研究を出発点に

現在、流布本と前田家本の関係はどのように位置づけられているのであろうか。三つの考え方がある。まずは先行研究を検討し直してみたいと思う。

Ⅰ前田家本→流布本という流れ

かつて、慈光寺本・前田家本・流布本における後鳥羽院の院宣及び義時の請文、藤原秀康の在り方の考察結果から、前田家本の叙述が慈光寺本に近く、流布本に対して上位にあることが推測されたことがある。[3]しかし、前田家本に古態が多くとどめられていることは、早くに指摘があり、[4]これは諸本の流れというよりは諸本間の距離の問題ではなかろうかと思われる。すなわち、流布本と前田家本は改竄された『承久記』として本文や構成に近似性が見いだせるが、どちらが慈光寺本に近いかというと前田家本の方が近い。よって、前田家本の方が流布本よりも古く、上位に来るというイメージがあるが、しかしだからといって、前田家本が流布本の前に系統付けられるとは断言できないのではないかと思うのである。

Ⅱ流布本→前田家本という流れ[5]

まず、この説をとる後藤丹治氏の論文は特に論拠を記していないが、氏の唱える流布本（一二四二年以降）と前田家本（一二七二年以前）の成立年代によっていると思われる。次に友田吉之助氏の論文は、流布本と前田家本の間に原前田家本を想定し、いくつか例をあげて説明している。一つは前田家本の「つゞみうち」[6]が流布本の「忽緒」という言葉を誤解したものという例だが、これははっきりしたことは言えないのではなかろうか。また、流布本の「一院エツボニ入セ給テ」が前田家本では「一院、胤義を小坪にめして」となっていて、「エ」と「コ」の字が似ているために起こった誤りとしているが、流布本のこの部分の表現には『平家物語』との類似が指摘されており、[7] もしもこれが、流布本の随所に現われ前田家本に少ない『平家物語』の要素の一つであるとするならば、それは自ずと流布本が後出的本文を多く含んでいることを指し示すこととなり、この例によって両本の先後関係を明らかにするのは難しいことのように思われる。また、前田家本が「近国」を「近江国」と誤っている例については異論はないが、それが流布本の「近国」に由来しているとは断言できない。さらに、流布本の「権大夫ガ為ニ、命ヲ王城ニ捨置ヌ」を、前田家本が「光季唯今大夫殿の命に代りて死に候」としていることで情勢に合わない誤りができているとしているが、ここも微妙な解釈の相違であり、必ずしも前田家本が誤っているとはいえないと思う。それに対して桜井清香氏論文は、前田家本の明らかな誤りを四点指摘し、「前田本は普通本（筆者注＝流布本）から採用されたことは明らかである」としている。一方で流布本の誤りにも言及し、[8]「恐らく普通本の前身には前田本の如くあったものと想像せらるる」とも言っており、結局前田家本と流布本のどちらを先と見ているのかわからない。原井暲氏の論文は、前田家本の足利氏優遇の立場から、流布本にあるような足利氏に不利な言葉を改変したとするところから、流布本→前田家本の流れも消せないとしている。

　以上の所をまとめると、友田・桜井・原井氏は前田家本が改変された本であるということを主張しているのである。勿論それはその通りであろう。確かに前田家本には誤りも多く、[9] 足利氏への特別な配慮も入り込んでおり、それは『承久記』の本来的なものではありえないと思われる。ただし問題は、それらが流布本を改変したことに起因するのかということである。前田家本の前段階として何らかの本が想定されなければならないとしても、それが流布本であるというように断言できるのであろうか。

それでは次に流布本・前田家本、それぞれの本の前にもう一方の本を位置づけない考え方について検討してみたい。

Ⅲ両者を兄弟もしくはいとこなどの関係とし、互いを互いの系譜の前に置かない説(10)

冨倉徳次郎氏は、前田家本と流布本とを未発見の増補訂正本からの兄弟関係にある本として、系統図を描いている。益田宗氏論文は、『六代勝事記』を材料としている部分の移入方法の違いから、また前田家本系統が義時追討などの院宣を独自に持っていることから、前田家本・兵乱記の祖本の段階で既に改竄の手が加えられていたとして、流布本・前田家本別系統の系統図を提案している。この意見を引き継ぐのが村上光徳氏の論文である。氏は友田氏の論点を整理した上で、前田家本の方が脚色が少なく簡潔であるという点と、流布本における『平家物語』を代表とする他作品の影響をどう捉えるかというところから、流布本→前田家本説に疑問を呈している。前田家本よりも流布本の方が脚色をして詳細に描いている叙述として、光季合戦、公卿の処刑、中御門中納言の最期、一条信氏の最期の場面をあげて、流布本には哀れさや合戦のすさまじさを強調しようとする傾向があると指摘した。さらに、他作品の影響については、宇治川先陣や勢多伽処刑の場面を例にあげ、流布本にはそれが色濃く現れ、前田家本には余り見られないところから、流布本は「平家物語や六代勝事記その他の資料を参酌するという洗礼を受けたと思わざるを得ない。」としている。そしてその「洗礼を受けた」時期としては前田家本と分かれてからのことであったろうとしている。

以上、先行研究にあげられた論拠を検討してみても、流布本・前田家本の関係について明確な答えは得られなかったようである。ただ、現在までの『承久記』研究において、その簡略な本文の印象から、イメージとして前田家本が流布本の前に系統付けられていることは多かったと思う。しかしながら、丁寧に見ていけば前田家本の後出性は明らかであり、本文が簡略なのは抄出した結果の本文というようにも考えられる。そこで、以下に流布本から前田家本の流れを支持する論を補強すべく、両本共に持っている場面において問題になるところをいくつか指摘し、私見を述べたいと思う。

三　流布本と前田家本の位置付け

まずは、後鳥羽院の京方が北陸へ軍勢を派遣する場面について見ていく。流布本において軍勢の派遣は、承久の乱における最初のいくさである光季合戦の直後になされている。しかし流布本の敵は「関東」であるのだから、東国という最も敵視すべき地域には院宣を下しているだけのこの時点で、北陸道に討手を向けているのは唐突である。前田家本はもっと後、院宣には従わない旨の押松の報告を受けた後で「北陸道ニハ〔略〕都合一千余騎を下し遣し、かば、重てさし下スニ及ばず」（二四二〜二四三頁・38オ）と記されており[11]、押松の報告時点より以前に軍勢を差し向けていることは明らかであるが、いつ派遣したかはわからない書き方がなされている。慈光寺本では押松の報告を聞き、山道・海道・北陸道の三つの道から軍勢が上ることを知ってから京方も軍勢を北陸道に派遣しているので、前田家本は北陸発向に言及する位置としては慈光寺本と同じということになる。しかしながら、既に以前、軍勢を遣わしたとしている点が慈光寺本と異なっている。恐らく前田家本は流布本を引き継いで物語を展開させていたものの、北陸派兵を書き落とし、慈光寺本に合わせてここで辻褄合わせをしたのではなかろうか。逆にもしもこの場面を流布本が前田家本を見て描いたとするならば、流布本にある光季合戦直後の時点で軍勢発向を行ったとするような改悪は行わないであろう。ということは、前田家本は押松報告以前に北陸へ出兵している流布本を踏まえての改態本文といえるのではなかろうか。

また次に、勢多合戦における熊谷の遠矢について、両本を引用する。

〈前〉相模守・武蔵守、十三日ニ野路ニ付、十四日、相模守勢多へよせてみれば橋板を二間引て、南都の大衆共、坂東の武士を招けり。宇都ノ宮四郎遠矢ニ射ル。〔熊谷弟等の橋合戦・略〕宇都ノ宮四郎、二日路さがりたるが、勢待付ケて三千余騎ニ成にけり。二千余騎をば父ニ付ケて、千騎相具して行けるが、敵に扇にて招かれて腹を立て、僅ニ五六十騎勢多ノ橋へ出来て散々ニ射ル。京方より雨の降ごとくに射けり。一千余騎をくればせに付にけり。熊谷小次郎左衛門は、たのみたる弟討れて①死なんとぞ挙動ける。馬を射させじとて、矢の及ばぬ所に引のけゝり。信濃国ノ住人福地十郎俊政と書付したる矢を三町余射こして、宇都宮四郎が鉢付の板ニ、したゝかに射立たり。②宇都宮不レ安思おきあがり、（二五八～二五九頁・下11オ～13オ）

〈流〉爰に宇都宮四郎頼業、親の入道を待とて、大勢には三日後たりけるが、勢待付、少々の者をば打捨て上る程に、勢多の橋の戦、第二番の時に五十六騎にて馳著たり。橋上の軍をばせず、橋より上、一町余引上て陣を取。向より敵の射矢の繁き事、雨の足の如。宇都宮四郎、河端に打立て、当の矢を射所に、熊谷小次郎兵衛直鎮・高田武者所、馳来加り戦ふに、小次郎兵衛は遠矢不レ射。「何とて射ぬぞ」と人に被レ云て、①「皆知し召様に、一谷の軍に弓手の小腕を射させて候間、遠矢は不二仕得一候」とて、敵の矢長のとゞかぬ程に、馬共引除々々扣させて、雑色・舎人共に、敵の射捨たる矢共拾聚させ、主々の前に打捨々々射させけり。熊谷次郎兵衛申けるは、「一時に事非二可レ限にも一、各休給へ」とて、河端近く打臥様に鎧打羽吹て、皆臥たり。去共、猶敵は射止事なし。宇都宮四郎が臥たりける甲の鉢を射つけて、縫様に鉢付の板に健かに射立たり。白箆に山鳥の羽にてはぎたる矢誌し仕たりけるが、真に大なりける。宇都宮四郎、甲の鉢を被レ射て、②不レ安思ひ起揚て見れば、「信濃国住人、福地十郎俊政」と矢誌しあり。

流布本と前田家本を比較して第一にいえることは、前田家本の方が簡略だということである。しかし、だからといって前田家本の方が古態を保っているかというと、決してそうではない。例えば傍線①、前田家本の熊谷は「死なんとぞ挙動ける」と積極的な戦いぶりが描写された直後に、「馬を射させじとて、矢の及ばぬ所に引のけゝり」と、馬を退かせる消極的な作業をしている様子が記されており、二文の間に時間的な隔たりを感じる。「馬を射させじ」以下の事情は、流布本の傍線①を見るとわかる。また宇都宮が射られた後の前田家本の傍線②「宇都宮不㆑安思おきあがり」は、宇都宮が流布本の二重傍線部のように臥している、或いは敵に射られて倒れてしまったことを前提とする表現であり、そうした叙述を欠いて、事情のわからない舌足らずな文章になってしまっている。このような点を勘案すると、前田家本のこの部分は恐らく抄出本文ではないかと思われる。つまり、前田家本の表現は流布本よりも後出のものであり、流布本を参照しないと作り得ない本文であるということである。

前田家本が簡略で古態を多分に有していることはその通りであろうが、細かな点を見ていくと、以上見てきたように、流布本を抄出した結果、簡略な表現になっているところもある。よって、簡略であるから流布本より前田家本が古いとか、前田家本と流布本は兄弟のような関係にあって、それぞれに増補・改訂が行われたとする意見には注意が必要であることがわかった。

それでは以上の点を踏まえて、前田家本や流布本の成立時期について考えてみたいと思う。

四　流布本の成立年代の下限について

これまでの研究史を辿ることによって両本の成立年代がどのように考察されてきているかを確認してみたい。流布本の成立年代については、鎌倉時代後期説(12)と南北朝以降説(13)がある。鎌倉時代説について検討してみると、流布本では後鳥羽院の寵愛していた亀菊の長江・倉橋の庄の地頭改補問題をきっかけとして「関東を可レ被レ亡」と決定しているように、幕府が討てば倒れるものであるという意識のもとに、「義時」から「関東」へと〈承久の乱〉の標的が拡大しており、(14)鎌倉幕府滅亡後に成立したものと考えられるので、妥当ではなかろう。よって南北朝以降説を主に考えるべきだと思う。次に、前田家本であるが、足利氏に対する特別な視線がうかがえることから、足利幕府開設直後という意見が出された(15)後は、これが今日の定説となっている。(16)では、流布本について考えてみると、一体南北朝以降、いつ頃までに成立した本なのであろうか。

謡曲に『光季』という作品がある。その詞章は伊賀光季の子である寿王とその母との別れを哀れ深く描いている点で流布本と一致しており、当該場面は慈光寺本や前田家本にはない。では、『光季』と流布本の先後関係はどうなっているのであろうか。右の場面、『光季』は寿王の姿を、「かきくどきたる其気色、〳〵、いとけなき身のかくばかり、思ひきたりたる言の葉の、実にはづかしや(17)」と、その幼さ、けなげさを強調して描いているが、流布本でも戦いの最後に父から自害するように言われ、「流石をさなき故にや」自分では死ぬことが出来ずに、父の手に懸けられるというように、いたいけな子供であるような描き方がなされており、この点は慈光寺本や前田家本にも共通している。しかし、『光季』の寿王はその死の場面で「かくて時刻うつるとて、大勢面にみだれ入るを、光季件の大太刀取りなほし、面に進む若武者を、一太刀に二人切りふせ給ひ、また立ち帰り、いかにや寿王、同じ道にといざなひければ、心得たりとて刀を抜き持ち、口にくはへ、椽より下に落ちければ」のように、刀を口にくわえて立派に自害している。これは、流布本で光季の郎等の贄田三郎が寿王が死ぬ前に主君に先んじて「贄田三郎、三箇所に痛手負て、太刀を杖に突、よろぼひ〳〵判官の前に参て、「今は角罷成候程に、弓も不レ被レ引、太刀も被レ持候はねば、御供仕覧とこそ存候へ共、敵に被レ取て、犬死仕候はんよりは、先立奉て、死出の山にて待進らせ可レ候」とて、突たる太刀を取直し、鋒口に含み、鐔本迄貫てぞ臥にける。」というように、同じ方法で自害している点を踏まえていると考えられる。流布本の贄田三郎の自害は、『平家物語』の今井四郎兼平の自害の影響を受けて書いた話であろうが、[18]『光季』では寿王に当てはめたため、その人物像が『承久記』諸本から継承した幼くてけなげな姿と分裂してしまっているのではなかろうか。

以上のことから、『光季』は流布本をもとに作られている可能性が高い。よって、流布本の成立は『光季』の成立以前ということになるのではないか。「能本作者注文」によると『光季』は世阿弥の甥・音阿弥の七男である信光（一四三五〜一五一六年）作ということであるから、少なくとも一五〇〇年ぐらいまでには確実に流布本『承久記』は成立していたといえそうである。また、前田家本の成立が足利時代と考えられている点も勘案すると、流布本はそれ以前には成立していなければならないことにもなるのである。

五　おわりに

本稿で論述してきたことは、1前田家本は流布本を抄出したものであるということ、2流布本の成立下限は一五〇〇年前後であるということ、の二点である。

『承久記』の諸本展開として、慈光寺本が最も古いのは周知の通りであるが、それを改竄した形で前田家本・流布本が成立したので、後者二本については物語の構成などがよく似ている。そして前田家本が簡略で古態を多く有しているので、前田家本から流布本への流れがあるように捉えられてきたところがあるが、前田家本の本文が簡略なのは流布本を抄出した結果のものであることがわかった。よって、流布本から前田家本への流れが明らかになったのであるが、村上氏の指摘された[19]前田家本よりも流布本の方に多くの『平家物語』の要素が取り込まれているという現象をどう考えるべきか、また足利氏に特別な配慮をしていたりなど、流布本と異なる部分がかなり見受けられるのは何故なのか。このような疑問点を、前田家本とは一体いつの時代の空気を映し出して成立した本文なのかを今後更に細かく考察していくことで、明らかにしていかなければならないと思う。

注

（1）拙稿「慈光寺本『承久記』の乱認識」（「国文学研究」130　二〇〇〇・三）

（2）杉山次子氏「慈光寺本承久記成立私考（一）―四部合戦状本として―」（「軍記と語り物」七　一九七〇・四）

（3）青木三郎氏「承久記の本文の展開」（「解釈」27―1　一九八〇・一二）

（4）冨倉徳次郎氏「慈光寺本承久記の意味―承久記の成立―」（「国語国文」13―8　一九四三・八）

（5）後藤丹治氏「承久記概説」（「歴史と国文学」22―5　一九四〇・五）、友田吉之助氏「承久記諸本の系譜について」（「島根大学論集」7　一九五七・三）、原井曄氏「前田家本承久記の作者の立場と成立年代」（「歴史教育」15―12　一九六七・一二）、桜井清香氏「承久記」（『大和絵と戦記物語』木耳社　一九六九・三）

（6）本文は引用論文による。以下同。

（7）後藤丹治氏は『平家物語』巻一「鹿谷」の後白河院の描写との関連を指摘している（「平家物語著述年代考（三）」「史学雑誌」52―12　一九四一・一二）。注（4）冨倉氏論文も同様。

（8）前田家本の誤りは、1「依ㇾ之新院とも法皇の御仲不快也」→傍線部を「中院は新院・法皇とも」とすべきか、2「近江国」→「近国」、3「明日は悪日なれば〔略〕発向す」→「なれど」、4「新院土佐へ流され」→「佐渡」。流布本の誤りは、義時と三浦義村が二位殿の所に行った場面を指摘しており、前田家本は矛盾なく叙述しているとする。

(9) 他にも、勢多に向かったはずの山門の僧兵が宇治に行っていて、宇治橋合戦に参加している例などがあげられる。

(10) 注（4）冨倉氏論文、益田宗氏「承久記―回顧と展望―」（「国語と国文学」37―4　一九六〇・四）、村上光徳氏「流布本承久記と前田家本承久記の関係―その性格をめぐって―」（「駒沢大学文学部紀要」25　一九六七・三）

(11) 本文引用の際の使用テキスト及び略号は、〈流〉→流布本＝新撰日本古典文庫、〈前〉→前田家本＝尊経閣文庫蔵本。傍線・傍点等は筆者による。また前田家本については私に句読点・濁点を付した。

(12) 注（10）益田氏論文、鈴木智子氏「『承久記』考」（「静岡国文学」4　静岡女子短大　一九八一・一二）

(13) 注（2）杉山氏論文では『承久記』の成立に『増鏡』が関係しているという見解から、兵藤裕己氏の論文（「承久記改竄本系の成立と保元物語」「軍記と語り物」14　一九七八・一）では、改竄本系『承久記』の成立に深く関わっている金比羅本『保元物語』の成立から、それぞれ南北朝以降の成立としている。また、高木武氏（『日本文学大事典』新潮社　一九五〇・一〇）は室町以前の成立を唱えている。

(14) 慈光寺本ではこの問題は北条義時追討の契機に過ぎない。『神皇正統記』や『梅松論』等の幕府滅亡後の作品は流布本同様「関東」を標的にする傾向が見られる。注（1）拙稿参照。

(15) 注（5）原井氏論文

(16) 注（13）兵藤氏論文、大津雄一氏「前田家本『承久記』の「源氏志向」とその意味」（「古典遺産」31　一九八〇・一二）

(17) 『光季』の本文は『謡曲叢書』（一九一八・九　博文館　一九八七・一〇復刻　臨川書店）による。

(18) 松林靖明氏校注「古典文庫　新訂承久記」（現代思潮社）の六七頁注二七に同様な例として「木曽最期」が挙げられている。

(19) 注（10）村上氏論文

（福岡県立嘉穂高等学校教諭）

あとがき

本翻刻は二〇〇一年四月から二〇〇四年三月、早稲田大学大学院文学研究科日本文学専攻中世散文研究室のゼミに参加し、日下力先生の御指導を仰いだ学生達の共同作業により成ったものである（凡例に参加者全員の名を掲げた）。前田家本の翻刻は、つとに国史叢書より刊行されているが、現在では入手困難な状況となっており、また翻字の誤りも見受けられることから、今回、影印の出版とともに改めて翻刻紹介を行うこととした。

上・下巻、それぞれ一年ずつかけて行った輪読は、翻字、同系統とされる東京大学附属図書館蔵本、天理大学附属天理図書館蔵本との校合によって前田家本本文を正した上で、記録類との照合、人物比定、慈光寺本・流布本との比較などから同本の性格を明らかにすることを試みるものであった。本研究室所属の学生だけではなく、中古韻文研究室、中世韻文研究室、また他大学院に所属する学生が参加したこともあって、それぞれ異なった専門を持つ立場から活発な討議が交わされ、自分たちなりに『承久記』の世界を読み解くことができたかと思う。それらのすべてを本書に投影させることは到底できるものではなかったが、一部は校異や人物索引の形となって表れているし、前田家本本文の位相を論じた日下先生の御論でも取り上げていただいたと伺っている。尚、人物索引は、ゼミでの作業を下敷きとはしているものの、総点検を行い、このような形に作り上げたのはひとえに羽原彩氏の尽力によるものである。また、出版に向けての作業の全体のとりまとめは羽原氏と私、田中が、そして、出版社との折衝、最終調整は私が担当した。

ゼミで『承久記』を取り上げることになったきっかけの一つに、今回、高校教員として多忙な中、寄稿してくれた西島三千代氏の『承久記』研究があったことは間違いない。彼女の『承久記』に関する熱のこもった発表を聞いていた日々がつい最近のことのように思われる。しかし、時は確実に流れているのであって、二〇〇四年夏現在、この作業に参加していた者の多くがすでに研究室を離れている。学生としての貴重な数年間を諸氏と共に学び、また、その時の成果をこのように出版することができたことを非常に嬉しく思う。そして、その期間を日下先生に御指導いただけたことをこの上なく幸せなことであったと感じている。先の担当に併せ、あとがきを書く任までも仰せつかり、その重責に胃が痛くなるような日々が続くこととなったが、今思えば、これもなかなか独り立ち出来ない私への御指導の一環であったのかもしれない。長年に渡っての我々学生への先生の御指導に対しては感謝してもしつくせない。

出版に際しては、汲古書院社長の石坂叡志氏、ならびに編集部の飯塚美和子氏に大変お世話になった。書式面をはじめ様々な面において、かなりの無理難題を申し上げていたかと思う。それら我々のわがままとも言うべき要求に付き合ってくださり、我々の希望以上のものを作り上げてくださった。汲古書院の方々のお力添えなくしては、本書の完成はなかったことであろう。ここに御礼申し上げる。

最後となったが、貴重な資料の影印出版ならびに翻刻紹介を御快諾下さった財団法人前田育徳会尊経閣文庫に厚く御礼申し上げる。

田中尚子

二〇〇四年七月五日

平治物語の成立と展開	日下　力著	15750円
承久記・後期軍記の世界〔軍記文学研究叢書10〕		8400円
校訂 延慶本平家物語　全十二冊（既刊六）		各2100円
百二十句本平家物語　全二冊	慶応義塾大学斯道文庫編	15750円
四部合戦状本平家物語　全三冊	慶応義塾大学斯道文庫編	21000円
小城鍋島文庫本平家物語	島津忠夫・麻生朝道解題	10500円
平家物語の形成と受容	櫻井陽子著	13650円
『平家物語』語り本の方法と位相	志立正知著	10500円
真福寺本楊守敬本 将門記新解	村上春樹著	10500円
軍記文学の位相	梶原正昭著	12600円
軍記文学の系譜と展開	梶原正昭編	26250円
中世文藝比較文学論考	増田　欣著	27300円

（表示価格は二〇〇四年一〇月現在の税込価格）

——汲古書院刊——

編者略歴

日下　力（くさか　つとむ）

1945年生。早稲田大学教授。博士（文学）。

『平治物語の成立と展開』（汲古書院　1997．6）

『平家物語の誕生』（岩波書店　2001．4）

田中尚子（たなか　なおこ）

1972年生。日本学術振興会特別研究員。博士（文学）。

「『太平記』における〈三国志〉の享受」（「和漢比較文学」23　1999．8）

「『通俗三国志』試論－軍記の表現の援用とその指向性－」（「国文学研究」140　2003．6）

羽原　彩（はばら　あや）

1974年生。横浜国立大学非常勤講師。

「『源平盛衰記』頼朝挙兵譚叙述の一方法」（「国文学研究」131　2000．6）

「『源平盛衰記』頼朝挙兵譚における義家叙述の機能」（「国文学研究」140　2003．6）

前田家本 承久記

平成十六年十月五日 発行

原本所蔵 財団法人 前田育徳会

編者 日下　力
田中尚子
羽原　彩

発行者 石坂叡志

整版印刷 富士リプロ株式会社
モリモト印刷株式会社

発行 株式会社 汲古書院

〒102-0072 東京都千代田区飯田橋二-五-四
電話〇三（三二六五）九七六四
FAX〇三（三二二二）一八四五

©二〇〇四

ISBN4-7629-3522-0 C3093

人　物　索　引

凡　　例

1）この索引は前田家本『承久記』に登場する人物を対象としたものである。

2）見出しは基本的に実名で挙げた。作品中に通称や異称で登場する人物についても、比定できたものは実名で項目を作った。その際、通称や異称でも見出しを作り、実名の項目へと移れるように配慮した。実名の比定が困難な人物は、通称で挙げてある。また、通称も示されない場合（例えば「…の子」、「…の父」など挙げられているとき）は、可能な限り実名を比定し、比定できない場合には「…の子（父）」などの形で項目を作った。通称や異称などから実名を比定した場合は、その旨を注記した。注記の際に以下のものについては略称を用いた。

吾妻鏡→（吾）　尊卑分脈→（尊）　続群書類従→（続群）　前田家本承久記→（前）

3）本書では同一人物がさまざまな呼称で登場するため、見出し以外の登場名を全て《　》内に列記した。その際、姓を「同」として続けているものについては、（　）内に姓を補っている。誤記の可能性があるものはその旨を注記した。

4）配列は五十音順による。その際、前田家本のルビには誤りが多いためこれには従わず、複数の読み方があるものについては、私意により判断した。

ア行

カ行

サ行

タ行

ナ行

ハ行

マ行

ヤ行

ラ行

ワ行